LA BIBLIA
ESCARLATA

LA BIBLIA ESCARLATA

Óscar de los Reyes

Papel certificado por el Forest Stewardship Council®

MIXTO
Papel procedente de
fuentes responsables
FSC® C117695

Penguin
Random House
Grupo Editorial

Primera edición: octubre de 2023

© 2023, Óscar de los Reyes Murillo Caballero
Autor representado por Editabundo S.L., Agencia Literaria
© 2023, Penguin Random House Grupo Editorial, S. A. U.
Travessera de Gràcia, 47-49. 08021 Barcelona
Imágenes de guardas: Science History Images / Alamy Stock Photo

Printed in Spain – Impreso en España

ISBN: 978-84-666-7629-8
Depósito legal: B-13.745-2023

Compuesto en Llibresimes

Impreso en Liberdúplex
Sant Llorenç d'Hortons (Barcelona)

BS 7 6 2 9 8

A mi padre. Y a Pilar.
A ambos, in memoriam

No te dejes vencer por el mal; al contrario,
vence el mal con el bien.

Romanos 12, 21

Prólogo

La vigilia tocaba a su fin. La capilla del monasterio, sin embargo, permanecería abierta noche y día, como era costumbre, para alborozo de la feligresía, que podía ponerse a bien con Dios en cualquier momento sin descuidar por ello sus quehaceres cotidianos.

Entretanto, la hermana más joven, celosa guardiana de la Adoración Perpetua, a duras penas conseguía mantenerse despierta. Arrodillada ante el tabernáculo, oraba fervorosa con ánimo inquebrantable. Mientras, ajena a las palabras musitadas a escasos codos de distancia, la superiora dormitaba recostada sobre un sillón frailero.

A no mucho tardar, la llamada a laudes envolvería el claustro con el frufrú de los hábitos al caminar, desbaratando aquel silencio expiatorio.

La alborada, perezosa, traspasaba tímidamente las celosías de la clausura arrojando un haz de luz que vivificaba los mortecinos muros del cenobio.

A pocos pasos de las monjas, envuelto por las densas vaharadas emanadas por los sahumerios, un crucificado de alabastro parecía observar aquella quietud con serenidad sin llegar siquiera a anticipar que muy pronto un alma maldita se arrodillaría ante él para suplicar un perdón que nunca obtendría.

Su sed de venganza la devoraba. Sus ojos, inyectados en sangre, la delataban.

Iba a matar a un hombre. Una vez más...

Hacía varios días que la lluvia se había apoderado del campo, anegando sembradíos, huertas y mieses sin remedio alguno. El río discurría caudaloso envalentonado por aquel maná recibido del cielo con el riesgo de desbordar, de un momento a otro, el pequeño puente que unía ambas orillas, volviendo a dejar el monasterio aislado y a las profesas a su suerte, como así venía ocurriendo desde tiempo inmemorial durante la época de lluvias.

Al pronto, a la hermana guardiana le pareció oír un relincho de caballo. Aguzó el oído, pero los únicos sonidos que consiguió escuchar no fueron otros que el quejido que provocaba la lluvia al estamparse, una y otra vez, contra los pedruscos.

Poco después, un carruaje reprimía su impulsivo recorrido cuando el cochero, receloso, se percató de que el puente que debía atravesar empezaba a quedar sepultado bajo las embravecidas aguas.

En esa ocasión la guardiana del templo sí que oyó con nitidez, a pesar del alborotador ruido del agua sobre los tejados, el chirriar de las ruedas sobre aquel resbaladizo tramo del camino, aledaño al puente, empedrado y cubierto de musgo.

Los animales relincharon, impetuosos, sujetos con férrea determinación por las bridas.

El cochero, malhumorado, retomó la marcha tras balbucear un reniego casi imperceptible, templando a los corceles y atravesando el puente que apenas si era capaz de tragar agua por el único ojo que las ramas no habían taponado.

El carruaje se acercó hasta la capilla del monasterio, y el solícito cochero, empapado bajo el aguacero, descendió del pescante y bajó el tocón para que, sin demora, su ocupante pudiera apearse sin dificultad.

Desde su mirilla, protegida tras una afiligranada celosía, la guardiana de la capilla no acertó a distinguir de quién se trataba, alcanzando tan solo a intuir una silueta que se ocultaba bajo una gruesa capa de estameña.

Al poco, la robusta puerta que daba acceso a la capilla se abrió chirriante, y la figura se dirigió con paso firme hacia el oratorio.

La hermana correteó sigilosa hacia la balconada desde donde podría observar sin ser descubierta, ya que las celosías que la protegían eran tan copiosas que semejaban un panal de abejas. Sin embargo, a pesar de los esfuerzos, no conseguía ver con claridad al recién llegado, pues las pocas varas de distancia que separaban el oratorio de los feligreses de las dependencias de la clausura de las hermanas parecían ahora insalvables.

Aquella desdibujada figura, oculta en la oscuridad del templo, depositó unas monedas en el cepo de las limosnas y, acto seguido, prendió unas mariposas de aceite que, junto a otras velas, desfiguraban su siniestra apariencia entre las sombras de los techos abovedados que la contemplaban. A continuación, con estudiada parsimonia, se arrodilló ante el crucificado para orar en voz baja en una burla a cuanto aquel cristo representaba.

La guardiana miraba expectante por entre la celosía con creciente desasosiego por no saber de quién se trataba. Tras ella, un leve soplido la sobrecogió. La superiora dormitaba apacible, ajena a cuanto acontecía en el templo.

Poco después, cuando apenas había deslizado unas cuantas cuentas de su rosario, quedó petrificada al oír entre susurros unas breves palabras que la sumieron en un profundo pavor hasta conseguir paralizarla del todo.

Intentó serenarse. Sentía que el corazón se le agitaba y que un nerviosismo desmedido se apoderaba de ella anulando por completo su voluntad.

Quiso pensar que las horas de vigilia habían hecho mella en su dolorido cuerpo y que su imaginación la hacía oír aquello que no era posible, menos si cabía, dentro de aquel templo consagrado a Dios todopoderoso.

Y volvió a ocurrir, volvió a oírlo, con una nitidez que dañaba sus sentidos:

—¡Oh Señor misericordioso, tú que sufriste los tormentos de la cruz, apiádate de mí, porque este será el día en el que volveré a matar! Yo los maldigo —escupió entre dientes la figura, feroz, fuera de sí.

Sin demora, entonó una letanía sosteniendo entre sus manos una biblia cuyas tapas parecían desgastadas por el uso:

Maldito serás en la ciudad
y maldito en el campo.
Malditos serán el fruto de tus entrañas,
y el fruto de tu tierra y de tu ganado.
Maldito serás hasta que seas exterminado
y desaparezcas sin tardanza.
Tu cadáver servirá de pasto a las aves del cielo
y a las bestias de la tierra.
Todas estas maldiciones caerán sobre ti.
Te perseguirán y te alcanzarán hasta destruirte.

La hermana reconoció, casi al instante, aquellos salmos del Deuteronomio, uno de los libros del Antiguo Testamento que aquella alma descarriada y envilecida imploraba.

Con las manos en el regazo, apretando la cruz que colgaba de su cuello al punto de lacerarse la delicada piel, rogó con todas sus fuerzas para que el Señor, ante quien aquel ser cruel se postraba, lo apartara del crimen que pretendía cometer y obrara en él un sincero arrepentimiento.

Sin embargo, la candorosa cenobita ignoraba que ni siquiera su Dios podría apagar la sed de venganza de aquel espíritu impío.

Era la misma sed de venganza que lo había poseído desde su niñez. Nada ni nadie lograría cambiar el destino que había decidido para los desdichados a quienes ya había sentenciado.

Ante ellos se abría un camino negro y sangriento como nunca se había conocido en aquella ciudad que, ajena a los malos augurios que sobre ella se cernían, dormitaba apacible bajo los nubarrones que amenazaban con una tormenta aún más devastadora.

Poco después, paralizada y temblorosa, la religiosa contemplaba la marcha de aquel endiablado ser sin saber quién se ocultaba bajo aquellos paños.

Los caballos, inquietos por la tempestad y la apremiante fusta del cochero, iniciaron el camino de regreso.

El puente ya se había visto superado por el río, que, desbordado, corría sin ningún impedimento capaz de detenerlo. El cochero, con la brida fuertemente agarrada, espoleó a los caballos encomendándose al Hacedor.

El temporal arreciaba, como si la torrencial lluvia quisiera borrar las huellas que pudieran delatar a aquel mal que, justiciero e inmisericorde, caería sobre todos ellos.

1

Flandes, Imperio español
Hacia finales de 1600

L eonarda se desperezó bajo las mantas. A pesar de que
durante la noche la habían inquietado varias pesadillas,
parecía descansada. Notar en la piel el cálido aliento de Alonso, dormido plácidamente, despejaba cualquier mal presenti-
miento que la asaltase.

Le gustaba refugiarse entre sus poderosos brazos, que la
rodeaban por la cintura y la hacían sentirse protegida. Desde
que llegaron a Gante se sentía feliz, dichosa junto al hombre
al que amaba y con quien compartía aspiraciones y propósitos.

Atrás habían dejado la tierra que los vio nacer. Huyeron
juntos cuando supieron que el padre de Leonarda la había
prometido en matrimonio con un rico y avejentado mercader
a quien la joven ni siquiera conocía.

Huir fue la única y desesperada salida que les quedó para
poderse amar en libertad. Fue entonces cuando Flandes se

presentó ante ellos como la tierra prometida, y el tío de Leonarda, Miguel, se convirtió en su más firme defensor y aliado, aunque aquello lo llevase a enemistarse de por vida con su único hermano, el padre de su ahijada.

De la mano de Miguel, que esperó entusiasmado su llegada a aquella región flamenca, Leonarda se fue introduciendo poco a poco en la llevanza del taller de paños. Aunque al principio aquella encomienda le pareció difícil de conseguir, sin embargo, con determinación y denuedo, nunca perdió la esperanza de labrarse un futuro junto a Alonso, libres ya de ataduras, confiando en que acabarían adaptándose a aquella tierra que les resultaba tan fría y distante, donde las lluvias parecían no dar tregua nunca y donde el sol se empeñaba en ocultarse bajo unos densos nubarrones que, a cualquier hora del día o de la noche, presagiaban tormenta.

El azar quiso que por aquel entonces, atraída por la buena fama que corría de boca en boca acerca del taller de paños de Miguel Guzmán, la condesa de Flandes se personase en él acompañada de otras damas de su confianza, quienes, solícitas, acudieron movidas por la curiosidad de conocer a aquel apuesto hombre llegado desde los reinos peninsulares de quien se decía que había hecho relucir con sus vestidos a las toscas damas castellanas. En absoluto quedaron defraudadas. Al contrario, se prendaron de los finos brocados hilados en hebras de oro y plata y de los tejidos de excelente calidad elaborados en aquellos telares, apreciando sobremanera los confeccionados con lana merina.

Fue allí donde una desenvuelta Leonarda explicó con detalle a la dama todo lo que desde niña había aprendido sobre tejidos, casi sin querer, en los talleres regentados por su familia en su añorada Zafra, bastión del ducado de Feria, en la Baja Extremadura.

A esa visita sucedieron muchas más en las que Leonarda, percatándose del interés que sus palabras suscitaban en la noble, que pasaba por ser una reconocida mecenas de artistas, le hablaba de pintores desconocidos en esas regiones del imperio y de los que ella había tenido conocimiento por boca de Alonso, quien durante su niñez fue aleccionado por su único tío, canónigo de San Isidoro de Sevilla.

El religioso le había instruido no solo en el conocimiento de los textos sagrados, sino también en lenguas antiguas, gramática y arte, por lo que, andando el tiempo y una vez ya habían conseguido instalarse en Gante, esos conocimientos adquiridos de niño le habían permitido iniciar un floreciente comercio como marchante de obras de pintores castellanos y flamencos.

Bajo las cálidas mantas, Leonarda se removía perezosa recordando aquellos inicios en los que la condesa de Flandes, sorprendida gratamente por la formación que atesoraba, le confió la educación de su hija. La joven se esforzó en enseñarle gramática española, pues la niña apenas sabía comunicarse más allá de su lengua materna, un flamenco cerrado que a la propia ilustre le costaba entender y que, a buen seguro, imitaba la lengua de aquellos hombres burdos e ignorantes con los que convivían en la fortaleza, ebrios de poder y sin apego alguno a las artes.

El propio conde de Flandes, enfrascado en la defensa de sus territorios y en la de perpetuar su linaje por medio de sus hijos varones, no prestaba atención al porvenir de su única hija, si bien no se oponía a que su esposa obrase según su conveniencia.

Fue entonces cuando la ilustre vio en Leonarda una oportunidad de futuro para la niña y, decidida, obró en su favor para obtener licencia con la que regir un taller de hilanderas que ella misma se cuidó de alojar en los fondos del castillo de Gravensteen, fuera de miradas indeseables y de cuyos beneficios participaría a fin de ir reuniendo una buena dote para su hija, ya que no heredaría nada del patrimonio condal.

Leonarda no pudo sino sonreír agradecida ante aquel recuerdo. Con el paso de los días se había ido ganando la confianza de la pequeña, quien, aunque desdeñosa al principio, terminó por desear ilusionada aquellos encuentros semanales. En ocasiones, daban largos paseos por la campiña, siempre acompañadas de jinetes protectores, a lomos de su inseparable Telmo, que, complacido y juguetón, acogía de buen grado el débil espoleo que la niña le infligía en los lomos.

Cuando los condes decidieron instalarse en sus dominios del nordeste, próximos a las Provincias Unidas neerlandesas, que, independizadas del Imperio, quedaban ya fuera del alcance de los Austrias y del pago de impuestos a la Corona, Leonarda no pudo por menos que sentirse afligida por tan inesperada nueva. Con todo, antes de marcharse, la condesa le pidió que siguiera manteniendo aquel taller de hilanderas en el que un buen puñado de mujeres se ganaban el sustento familiar al tiempo que el reparto de sus rendimientos le permitiría seguir engrosando la dote de su hija.

Con tal propósito, fue la propia noble quien pidió a Ana

María de Aragón, esposa del nuevo gobernador de los Países Bajos españoles, el marqués de Castel-Rodrigo, que acogiese bajo su protección a Leonarda y a su familia, haciéndole constar lo valioso de sus conocimientos y de su buen juicio. La marquesa aceptó de buen grado ya que, entre otras razones, había tenido la poca fortuna de parir dos hijas y ningún hijo varón.

Aquellos no eran buenos tiempos, se dijo Leonarda mientras, ya completamente despierta, paseaba la mirada por la habitación, que aún permanecía en penumbra a pesar de vislumbrarse los primeros haces de la alborada a través de los cristales.

Intuía que un peligro los acechaba, pero no alcanzaba a hacerse una idea de qué podía tratarse y eso le provocaba mayor desasosiego.

Sabía cuando algo preocupaba a Alonso, y en las últimas semanas lo había notado cabizbajo, aunque él intentase disimularlo en su presencia. Incluso su propio tío, Miguel, quien la había acunado desde niña y que la quería como si de su propia hija se tratara, parecía esquivar su mirada cuando se sentaban a la mesa o cuando se encontraban en el taller, lugar en el que había reasentado a las hilanderas tras la negativa del nuevo gobernador de permanecer en los fondos del castillo de Gravensteen, ahora destinados a caballerizas.

Conocía por sus conversaciones que la situación en los territorios flamencos se volvía cada vez más peligrosa, habiendo perdido la Corona numerosas plazas fuertes y alguna que otra ciudad importante por la invasión y el continuo hostigamiento al que eran sometidos por las mesnadas francesas.

El perro francés aprovechaba cualquier ocasión para hincar el diente a los prósperos territorios de Flandes, y esa sin duda lo era, debido a lo maltrechos que se encontraban los tercios españoles, que a duras penas podían velar por el mantenimiento de las fronteras y el orden en las poblaciones. Estaban tan desabastecidos de pertrechos aquellos hombres que incluso de cuando en cuando se habían visto obligados a mendigar ya que las soldadas prometidas por Madrid no llegaban, unas veces porque no se enviaban, tal era la bancarrota en la que la Corona se hallaba, y otras veces porque los corsarios ingleses interceptaban los galeones reales, se apropiaban del botín y pedían elevados rescates por los oficiales mientras se divertían degollando o arrojando por la borda a la tripulación.

Leonarda no podía por menos que sentirse culpable por ser feliz en aquella tierra tan lejana sin saber qué habría sido de sus padres, sobre todo de su madre, Juana, de quien hacía meses que no recibía noticias, a pesar de preguntar a los heraldos si traían nuevas de España.

Presentía que algún mal se cernía sobre ellos, pero como no era capaz de averiguar de qué podría tratarse, se mantenía alerta por cuanto quizá llegara a sobrevenirles.

2

Mayorazgo de La Torre
Baja Extremadura, España

Isabel se había despertado somnolienta con los primeros destellos del alba. Ovillada bajo las mantas, escuchaba complacida el quiquiriquí de los gallos al amanecer. Se sentía feliz al estar encinta de su tercer hijo.

El matrimonio concertado años atrás por su tía, Águeda de Poveda, con Nuño del Moral, el poderoso secretario de los duques de Feria, no solo había resultado provechoso para el sostenimiento del mayorazgo de La Torre que por derecho le pertenecía, sino que enseguida había brotado entre ambos un enamoramiento veraz que arrebolaba sus mejillas como si de una atolondrada muchacha se tratase.

Nuño no solo demostró ser un hombre cabal y buen administrador de las tierras del mayorazgo, más fructuoso bajo sus riendas al aumentar los rendimientos tanto de las cosechas como de la cría de reses y rebaños, sino que en la intimidad de su alcoba era un marido de sutiles ademanes, amable y afectuoso con ella, prodigándole tanto amor y atenciones que nunca habría imaginado llegar a sentirse tan dichosa.

Además, supo atajar con prontitud la revuelta propiciada por el bastardo de su padre, clérigo en la parroquia del mayorazgo, quien desde su púlpito lanzaba sobre la feligresía encendidas filípicas con el ánimo de soliviantar a los cultivadores, pecuarios y arrendatarios de sus fundos y levantarlos en contra de ella. Su emponzoñada mente albergaba la idea de adueñarse del mayorazgo por creerse con mejor derecho por el solo hecho de ser varón, a pesar de haber nacido fruto de un infame devaneo entre una de las mozas del servicio y el señor.

Isabel desconocía qué habría ocurrido en el único encuentro mantenido entre Nuño y el religioso, pero desde entonces los belicosos ánimos de sus aparceros se sofocaron y, poco a poco, todo fue tornándose más calmo y sosegado.

Por supuesto, no se le escapaba que haberse hecho escoltar Nuño por los custodios de los duques de Feria, bravos y temibles sobre sus jaezadas monturas, y actuar en su nombre, como señores plenipotenciarios de todas esas tierras, terminó achantando al alterador. Con todo, para mantener el orden, tuvo que apostar varias partidas de escopeteros en los caminos y en los cruces, así como en los terrenos de pastos y de labranza durante algún tiempo, ante el temor de que las algaradas terminasen malogrando la recogida de las cosechas y, llegado el momento, pudieran incluso ser pasto de las llamas.

Al asaltarle esos pensamientos, Isabel no pudo por menos que sentir que un escalofrío le cruzaba toda la espalda y se acurrucó bajo la confortable lanosidad de la frazada con la que se cubría.

Estaba muy agradecida a su tía y mentora, Águeda de Poveda, consciente de que gracias a su intermediación con la reina, de quien seguía siendo dama principal, la casa ducal de los Feria recibió una misiva lacrada con el sello real en la que se les apremiaba a hacer guardar el orden no solo en sus dominios, sino en todas las tierras sometidas a sus jurisdicción, como era el caso de su mayorazgo, no consintiendo revueltas ni algaradas, menos aún si las alentaba desde un púlpito un miembro de la Iglesia.

Por supuesto, la valedora se cobraba con creces su intercesión con cada remesa de ducados que su esposo le participaba para su mantenimiento y acomodo en la vida cortesana. Así y todo, Isabel lo daba por bien empleado y nunca pedía cuentas de las diligencias llevadas a cabo por Nuño, conocedora de que esos desembolsos siempre resultaban medidos y provechosos.

Sentirse amada y protegida le otorgaba felicidad. Saberse señora y dueña de su propio mayorazgo, hacer y deshacer a su antojo dentro de sus posesiones y organizar casa y hacienda le confería poder.

Envuelta en sus cálidas sábanas de lino se desperezaba con holgazanería, estirándose con delicadeza. Seguramente su esposo andaría ya afanado en la gobernanza del ducado y las ayas estarían disponiendo el aseo y el almuerzo de los niños. Dios la había bendecido otorgándole un hijo varón en el primer alumbramiento, lo que los llenó de satisfacción al suponer un heredero para el mayorazgo. Aquellas tierras y propiedades permanecerían bajo el dominio de la misma familia que desde generaciones las venían detentando.

Recordaba vanidosa los fastos en honor del bautizado, quien, con el paso de los años, se convertiría en dueño y señor de La Torre. A la celebración eclesiástica acudieron los propios duques, para henchido de su orgullo, aunque lo hicieran como pagamento por los desvelos y buenos servicios prestados siempre por su marido para con la casa de Feria.

Aquel día se sacrificaron innumerables aves, lechones y corderos para satisfacer el voraz apetito de los invitados al tiempo que se hicieron traer numerosas barricas con los mejores caldos del gremio de los vinateros y toneleros del ducado.

Isaías, par principal de dicho gremio, los agasajó con vinos de excelentes cosechas, de esas con las que solo se honraba a miembros de la corte, como cuando Su Serenidad, el príncipe Juan José de Austria, visitó aquellos lares alojándose en el alcázar de los Feria, acompañado por otros ilustres, para holgar unos días tras los quebrantos que le provocaba la incursión en el vecino reino de Portugal.

Hasta las tierras del mayorazgo acudieron todos los regidores del Cabildo, incluido el regidor mayor, Rodrigo, con su esposa, Sancha, y algunos de los infanzones más destacados de la nobleza local, como Fernando de Quintana, dedicado a la trata de esclavos que, a pesar de su hidalguía, era temido y denostado por igual, pero cuyos dineros avalaban el sostenimiento del Cabildo e incluso, en parte, la propia hacienda ducal. Fue acompañado por su esposa, Mencía, sobrina de los anteriores, a quien la propia Isabel detestaba por considerarla una advenediza arrogante y vanidosa.

Desde luego no le pasaba desapercibido que muchos de

los asistentes se personaron en la celebración para rendir pleitesía más a los Feria que a ellos mismos. Con todo, allí estaba ella, Isabel Ramírez de La Torre, sintiéndose reina en sus tierras cuando, uno a uno, todos fueron desfilando delante de ella y de su esposo, honrándolos mientras sostenían a su heredero en brazos tras haber sido ungido por las aguas bautismales y envuelto en un lujoso faldón bordado con finas hebras de oro en las que destacaban los ribetes carmesíes de las enseñas del mayorazgo.

El recién bautizado no lloró, y en las caras de Isabel y su esposo resplandecían sendas sonrisas cuajadas de una indisimulada satisfacción mientras por el rabillo del ojo veía disfrutar en el coro de la parroquia a su tía en compañía de don Mauricio, el nuevo duque de Feria, y de su madre, la duquesa viuda, doña Mariana de Córdoba.

Regodeándose en aquellos placenteros recuerdos, Isabel se desperezaba sin prisas. Había dado órdenes para que ninguna de las fámulas la despertase por las mañanas, solo ella decidiría cuándo hacerlo.

Le gustaba salir a la amplia solana que daba al valle, desde donde en lontananza se veían las tierras aradas y sembradas, con alternancia de colores ambarinos y verdosos dependiendo del tipo de cultivo y de la temporada del año en la que se encontraran. Cereales como el trigo y la cebada parecían germinar bajo los rayos del sol, mientras que la frondosa siembra, verde y abundante, clamaba por que la lluvia hiciera acto de presencia en cualquier momento, conformándose la mayoría de las veces con el rocío que le regalaba la noche, refrescándola y dando vida a aquellas tierras de contrastes. Sin embargo, el mayor disfrute de Isabel era sin duda cuando, desde su atalaya, contemplaba ensimismada las hojas de labranza repletas de color escarlata, descansando, baldías, tras años de intensos cultivos, donde las amapolas parecían brotar espontáneas y despreocupadas para alborozo de los sentidos envueltos, al mismo tiempo, con el refrescante aroma de la lavanda que emanaba de los campos.

Abundaban los cielos limpios y despejados, de un intenso azul cerúleo que solo se veía alterado por nubes ocasionales de formas algodonadas, caprichosas y divertidas con las que sus hijos se entretenían imaginando diversas formas posibles. Así, mientras el mayor de ellos, su heredero, Germán, se empeñaba en vislumbrar caballos y dragones, Jimena, delicada como una flor, siempre señalaba con su diminuto dedo índice las que parecían formar corazones y mariposas. Ella era la que le provocaba más ternura y los mayores desvelos, pues debía pensar en su porvenir.

Le atraía la idea de que tal vez pudiera desposarse con uno de los hijos de la duquesa, no desde luego con el mayor, Mauricio de Figueroa, que siendo todavía muy joven había heredado el título y todos los derechos por primogenitura sobre sus hermanos a la muerte de don Luis, su padre y anterior duque de Feria, pero sí tal vez con Antonio Baltasar, su hermano menor.

El joven duque de Feria era además grande de España y reunía bajo su mando tres marquesados: el de Priego, el de Villafranca y el de Villalba, al margen de ostentar el señorío de las casas de Córdoba, de Montilla, de Monturque, de Meneses, de Zafra, de Salvatierra, de Salvaleón y de Almendral, entre otras. Tanto era así que, a no mucho tardar, concedería graciosamente el gobierno de algunos de esos señoríos a sus hermanos, para que viviesen con holgura de sus rentas, como de su posición se esperaba, si bien no serían hereditarios para sus descendientes y volverían a su grandeza una vez que el Hacedor los llamase a su presencia.

Isabel nunca había hablado a Nuño de esa idea que acariciaba con insistencia en su mente, motivo por el cual había aceptado ser dama de compañía de la duquesa viuda. Estaba segura de que, andando el tiempo, su cercanía a tan ilustre dama, y más siendo ella misma dueña y señora de uno de los principales mayorazgos de los contornos y con la ascendencia de su marido sobre el nuevo duque, joven e inexperto, podría lograrlo. Si fuera preciso se haría merecedora del aval de su notable tía, a quien ya le había escrito una carta rogándole que pidiera dispensa a la regente para retornar al mayorazgo con la excusa de su inminente alumbramiento, aunque en la misiva le hablaba con franqueza acerca de sus secretas aspiraciones.

Además, llegado el momento, el tío de Nuño, el arzobispo de Toledo, Pascual de Aragón, consejero de la regencia del reino, también apostaría por esa boda que beneficiaría a todos, incluido él mismo, ya que una parte de los rendimientos del mayorazgo contribuían fielmente al mantenimiento de las arcas del prelado y con tal unión a buen seguro que se verían incrementados.

Sin embargo, todas esas elucubraciones le parecían lejanas a Isabel. Ahora eran días en los que el tedio vespertino se combatía con las risas de los infantes, alborotando a su alrededor entre juegos y correrías con otros niños, hijos de los aparceros que, varias veces por semana, solícitos a sus órdenes, los llevaban para que jugasen con los suyos y, de paso, para que tuvieran la oportunidad de saciar sus desconfortados estómagos.

Al principio, mohínos y cabizbajos, esos críos parecían reticentes a los juegos, limitándose a obedecer las órdenes que los hijos de Isabel y Nuño les daban, pero después, poco a poco, entre bollos y risas olvidaban por unas horas sus diferencias sociales y se divertían bajo la atenta mirada de las ayas. Estas permanecían alerta ante cualquier caída, empujón o manotazo que pudiera escapársele a uno de los críos, pues una cosa era permitirles compartir un tiempo de holganza y divertimento con los hijos de sus señores y otra muy distinta que faltasen a la autoridad que por ascendencia y cuna los asistía, ya que desde su nacimiento les debían obediencia y dedicación.

Momentos después, Isabel se asomó a uno de los balcones laterales de su alcoba y abrió la puerta, cuyas maderas crujieron quejumbrosas, para aspirar la brisa vivificadora y húmeda de las primeras horas de la mañana. El zureo de unas palomas apenas alteraba la quietud del momento. Tras unos instantes en los que su delicada piel pareció estremecerse con el suave roce del vientecillo volvió sobre sus pasos y se dirigió hacia una jamuga de cuero repujado que se había hecho traer desde uno de los mejores talleres artesanos de Zafra. Desprendía un intenso olor a piel curtida que no le desagradaba.

Hacía años que conocía al cofrade mayor del gremio de los curtidores, Melquíades, que formaba parte del Cabildo de la ciudad y quien siempre se había mostrado generoso con ella, colmándola de atenciones y atendiendo solícito sus deseos, a pesar de verse las caras tan solo apenas un par de veces al año en algún acontecimiento patrocinado por la casa de Feria.

En ese preciso momento, apoyada en la jamuga, Isabel sintió como algo dentro de ella se removía con fuerza. Instintivamente se agarró el vientre y respiró hondo, exhalando el aire con lentitud a fin de tranquilizarse, tal como le había enseñado la comadrona durante su primer alumbramiento. Su estado de buena esperanza le agradaba, ya que cumplía conforme de ella se esperaba, dando hijos sanos y fuertes a su esposo con los que asegurar su descendencia y el mantenimiento de su casa.

Empero y a pesar de la buena situación que ocupaban y de los magníficos presagios que su descendencia le auguraba, hacía semanas que encontraba a Nuño preocupado, más de lo habitual, con un semblante serio que se esforzaba en disimular delante de ella. Con todo, Isabel no le había preguntado nada, pues bien sabía que esas eran cosas de hombres y que ella, por muy dueña que se sintiera en su propio mayorazgo, no debía inmiscuirse. No obstante, la intranquilizaba el rictus apesadumbrado de su esposo. Presentía que algo grave debía de estar pasando en los asuntos del gobierno del ducado o del Cabildo, por lo que se propuso estar atenta ante cualquier indicio, por pequeño que fuera, que la sacase de esa incertidumbre que se iba apoderando de ella.

Sintiéndose fatigada, alargó un brazo y tiró del llamador. Sabía que en unos instantes María, su criada de confianza, subiría para ayudarla a vestirse. Decidió que ese sería un buen momento para que en la intimidad de su alcoba le encomendase que indagara entre el personal de la casa. Nadie mejor que los propios sirvientes, que parecían oír y ver a través de las paredes, para que le participasen acerca de cuáles podían ser las cuitas que provocaban los desvelos de su esposo.

3

Gante, Países Bajos españoles

Leonarda se había levantado con la desgana pegada a la piel. Fue hacia el aguamanil y vertió un poco de agua de azahar con la intención de atusarse el sedoso cabello.

La alborada ya alumbraba las calles, y desde su ventana pudo ver a los primeros arrieros de camino al mercado. Las ruedas de las carretas, quejumbrosas, golpeaban el empedrado mientras las bestias, hostigadas por sus amos, vencían un camino que se les revelaba esquivo y resbaladizo.

Dado lo temprano del día, Coba, su fiel sirvienta, aún no había acudido a su alcoba para ayudarla a vestirse. Aquella mujer, de piel tersa y manos firmes a pesar de su avanzada edad, le recordaba mucho a su vieja aya, Blanca, a quien tanto echaba de menos, siempre alegre y dicharachera y siempre pendiente de ella desde que nació, como si se tratase de una segunda madre.

Coba era más reservada, tal vez como las propias gentes de Flandes, sin color, sin brillo, tan apagadas como el plomizo cielo que descansaba sobre sus cabezas. A pesar de ello, la anciana poseía un gran corazón y era eficiente y discreta, así que cuando su antigua señora le participó que no podía llevársela consigo a su nuevo hogar Leonarda no dudó ni un instante en pedirle que le permitiera alojarla en el suyo. Sabía que a su edad, no habiendo conocido más oficio que el de servir a su dueña, Coba no sobreviviría en las frías calles gantesas después del primer invierno.

La fámula le quedó tan agradecida que se esmeraba cada día en adecentar el hogar con más ímpetu que las más jóvenes del servicio. Ni siquiera consentía que las otras se hicieran cargo de la planta superior, que habitaba Leonarda, para ser ella quien estuviera pendiente de su nueva señora y, llegado el caso, también de Alonso.

Con una leve sonrisa posada en los labios, recordando su cara rechoncha y su carácter gruñón, Leonarda se dirigió de nuevo hacia el aguamanil y vertió un poco de agua, esa vez para asearse. La noche anterior había pedido que le tuvieran preparado el baño para cuando despertase.

Las teas candentes de la lumbre caldeaban la alcoba mientras en un rescoldo de la chimenea el agua de las cazuelas comenzaba a borbotear. Así y todo, abandonando la idea del baño para más tarde, prefirió adecentarse para bajar rauda a las cocinas, como hacía desde que era una niña, al percibir el olor a pan recién horneado. Imaginó que Coba se habría entretenido preparando el almuerzo o, sencillamente, trasteando en la cocina.

Bañarse varias veces en semana era una costumbre que había adoptado desde la niñez, aunque nadie la hubiera entendido. A ella, sin embargo, nunca le preocuparon los pensamientos ajenos. Un baño con agua tibia, reparador, la calmaba al tiempo que gozaba con el aromático olor a menta o yerbabuena que tanto le recordaba a los paisajes adehesados de su infancia.

Sin darse cuenta, durante unos instantes se entretuvo coqueteando frente al espejo. Volteó su frondosa melena, y se sorprendió y ruborizó al mismo tiempo, pero acabó por divertirse con aquel ademán desenfadado. Sonriéndose a sí misma, se vistió con una gruesa capa de lana que le cubría hasta una cuarta por encima de los tobillos y se dispuso a abandonar la habitación.

Cuando descendía por la escalera percibió las voces de Alonso y de Miguel, no pasándole desapercibido que bajasen el tono cuando la proximidad de su presencia quedó delatada, irremediablemente, por los crujidos arrojados por los escalones de madera a cada paso que daba.

Nada más verla, Coba se adelantó hacia ella con una amplia sonrisa y le indicó con sus poderosas manos que el desayuno estaba servido. Ese habría sido, quiso pensar Leonarda, el motivo de su tardanza ya que junto a una bandeja de crujientes hogazas de pan humeaba una generosa jícara de chocolate a la que no pensaba renunciar.

—Leonarda..., hoy te has levantado antes —le dijo Miguel a modo de saludo—. Mejor, así nos acompañas en el desayuno —le sugirió sin darle tiempo a contestar.

Entretanto, Alonso se había acercado a ella, la había besado en la mejilla y, entrelazando sus manos, fue acercándola hacia el fuego entre taimadas sonrisas y refulgentes miradas.

En ese breve trayecto pudo ver que sobre el vasar de la chimenea había dos pequeños vasos con restos de ese licor tan propio de aquellas tierras cocido con bayas de enebro y vino de malta con el que los hombres se calentaban el cuerpo en las gélidas mañanas flamencas.

—Tío, eres bienvenido en esta casa —le dijo complacida.

Antes de que Miguel volviera a tomar la palabra, una sigilosa Coba les sirvió un puré de patatas con verduras y mantequilla, muy del gusto de las gentes de aquellos lares, ante el que Alonso se relamió de gusto.

—¡Qué apetecible! A buen seguro nos levantará el ánimo —concedió Leonarda para agrado de la cocinera, que la escuchaba desde la cocina donde un puchero burbujeaba derramando el caldo sin reparo—. Tío, hace semanas que te noto diferente, distante... —le soltó a bocajarro en un tono de voz dulce pero firme.

Miguel, que había cogido un pedazo de queso y unas almendras, la miró preocupado sin desviar la mirada. Conocía muy bien a su sobrina. La había visto nacer y sabía cuán inteligente era, por lo que, tras mirar de soslayo a Alonso, se propuso no mentirle y revelar la peligrosa posición en la que se encontraban.

—La situación en las provincias flamencas es muy... delicada —inició la explicación Miguel, pausado, como si no quisiera soliviantar a su sobrina más de lo necesario, sabiendo de lo impredecible de su carácter, aguerrido e indómito.

Leonarda lo miraba expectante, sin ningún atisbo de desazón en su rostro.

Entretanto, Coba había vuelto a las cocinas, donde no dejaba de trastear de un lado para otro. Mientras, un gato, taimado y anaranjado, se paseaba por delante de los fogones esperando, tal vez, poder alcanzar algunos de los tasajos que empezaban a churruscarse para el almuerzo.

—Los tercios apenas cuentan con pertrechos para resistir durante el invierno al mismo tiempo que los impuestos cada vez asfixian más a todos los gremios —les informó Miguel, hastiado—. El malestar crece entre la población, que ve a los Austrias como unos monarcas distantes que los exprimen y los someten a continuas levas, empobreciendo unas ciudades que, hasta no hace mucho, eran las más prósperas de Europa.

Miguel hizo una pausa meditando si debía proseguir con la exposición de los hechos. Leonarda, que apenas había tomado bocado, ofreció a la vieja Coba un gesto complaciente cuando fue a retirarle el plato.

Alonso guardaba silencio, dando por buenas las explicaciones de Miguel, si bien parecía distraído mientras azuzaba con ahínco el fuego que el propio tiro de la chimenea se encargaba de tragar con avidez.

—Las soldadas casi no llegan para cubrir los pertrechos, y el hostigamiento al que las huestes francesas nos someten a duras penas encuentra resistencia en nuestros tercios. Algunos acantonamientos ni siquiera han opuesto resistencia, abandonando sus posiciones para refugiarse al abrigo de ciudades mejor fortificadas... Aquella maldita guerra contra Portugal nos sigue pasando factura, y el perro francés aprovecha para hincarnos el diente y traspasar nuestras fronteras.

—La debilidad de la Corona tampoco ayuda —habló por

vez primera Alonso, y lo hizo en voz baja como si estuviese informando de un secreto que nadie supiera.

Leonarda lo miró queda, como si esperase a que dijera algo más, mientras se calentaba las manos albergando contra su pecho la taza de chocolate, que aún seguía humeando.

—Así es —confirmó Miguel alentándolo para que siguiera con su explicación.

Alonso, imperturbable, con la mirada extraviada entre las llamaradas de la chimenea, cuyo candor los reconfortaba, se animó a continuar hablando.

—Nuestro futuro rey, el príncipe Carlos, es apenas un niño a quien pocos auguran larga vida y la reina regente es una mujer... —Al decir aquello desvió instintivamente la mirada hacia Leonarda, intentando que con sus palabras no se sintiera ofendida, pero no encontró en ella ningún atisbo de resquemor.

—Es influenciable —se atrevió a apostillar Miguel—. Corre de boca en boca por todos los reinos del Imperio que doña Mariana, la regente, apenas atiende a los dictados del Consejo de Regencia y que ha nombrado a su propio confesor, Juan Nithard, en el cargo de valido delegando en él sus responsabilidades de gobierno.

—En un jesuita austriaco —confirmó Alonso—, un extranjero...

—Los nobles españoles se sienten ninguneados por la regente. Ambos, tanto la reina Mariana como el ahora su valido, pretenden imponer nuevos impuestos para el mantenimiento de su costosa corte —explicó contenido Miguel—. Tampoco la Iglesia está conforme con tal proceder, a pesar de ser un religioso quien ocupa ese cargo, ya que el jesuita pretende que buena parte de las gabelas y alcabalas recaigan por igual entre los purpurados, gravando todos sus bienes y los de sus diócesis.

Leonarda seguía las explicaciones sin inmutarse, confortada con pequeños sorbos de aquella deliciosa y espesa crema que se derramaba por su garganta y endulzaba su paladar. Al fondo, oía a la vieja Coba apremiar a una atolondrada muchacha que había vertido el agua de un caldero a sus pies, salpicándola sin remedio. No pudo por menos que intentar disimular una sonrisa por la cotidianidad de su pequeño mundo ante la gravedad del asunto del que estaba siendo prevenida.

La propia Leonarda no era ajena a aquella situación. Antes de que los condes de Flandes se marchasen a sus posesiones en Amberes, huyendo tal vez del belicoso ambiente de los territorios más occidentales y cercanos a la frontera francesa, la condesa la puso en guardia ante la tensión que se estaba viviendo. Incluso Leonarda había hablado en algunas ocasiones con Alonso de aquel asunto. No le gustaban sus desplazamientos a otras ciudades, que antaño les resultaban seguras, para la tasación y adquisición de lienzos y pinturas, por lo arriesgado de los caminos. Temía que los tercios pudieran asaltar la caravana para decomisar la mercancía y hallar con ello los fondos necesarios para su propia subsistencia. Brujas o Malinas le parecían ahora ciudades distantes y peligrosas de transitar.

Incluso había comentado a Miguel en más de una ocasión que, tal vez, aprovechando el ofrecimiento de la condesa, deberían instalarse al otro lado de la frontera, en los territorios flamencos bajo el control de las Provincias Unidas, fuera del alcance de las mesnadas francesas y de la Corona de los Austrias.

Amberes era una ciudad próspera, limítrofe con los territorios flamencos neerlandeses y con salida al mar gracias a varios de sus antepuertos, desde la que proseguir con su floreciente mercadeo con los artistas flamencos y donde Miguel podría mantener sus prósperos negocios de paños y orfebrería. De esa manera, seguirían contando con la protección de los condes de Flandes, sobre todo de la condesa, quien en alguna misiva había rogado a Leonarda que reconsiderase su oferta. Hasta le había propuesto que se instalaran más al norte, en la ciudad de Ámsterdam, donde, al parecer, había encontrado un desposorio conveniente para su única hija: una familia noble, infanzones de escasa hacienda pero de rancio abolengo que aceptarían de buen grado emparentarse con los condes a cambio de una dote jugosa. Al fin, su pequeña hallaría un destino que no fuese tras los muros de un convento.

También les hablaba del inmenso poder de los gremios de españoles, benefactores de la iglesia de San Jacobo, presidida por una imagen de Santiago y ubicada en el Camino del Norte hacia Compostela y que se había erigido sobre un antiguo albergue de peregrinos.

A la condesa no se le escapaba la veneración que Miguel sentía por el apóstol. Por eso les hizo llegar aquella misiva en la que les anunciaba la seguridad que les proporcionaba poder contar con los servicios del burgalés Marcos de Velasco, caballero de la Orden de Santiago, quien en breve sería investido maestre de campo de Flandes y que, hasta entonces, comandaba la ciudadela de Amberes.

Así pues, Leonarda no acababa de comprender el severo rictus que Miguel presentaba, aunque pretendiera disimularlo. Hacía semanas que lo notaba más preocupado de lo habitual y no debía de ser solo por cuanto le contaba, puesto que ni sus vidas ni sus negocios parecían correr verdadero peligro, pudiendo establecerse en cualquier otro lugar de Flandes, más seguro y alejado de los belicosos llegado el momento.

Había algo más que lo inquietaba, y aunque había preguntado a Alonso al respecto en fechas anteriores, este no supo responder, o no quiso, llegó a suponer Leonarda. En cualquier caso, testaruda como era, se propuso averiguarlo.

—El propio gobernador, el marqués de Castel-Rodrigo, hace lo imposible por mantener las comunicaciones entre las principales ciudades de Flandes, entre ellas Gante, para no quedar aisladas e incomunicadas —continuaba Miguel, ajeno a los pensamientos de Leonarda—. Ahora está centrando todos sus esfuerzos en reclutar nuevas levas de valones y alemanes para prestar auxilio, más pronto que tarde, a la ciudad de Lila, que está sufriendo un feroz acoso por los franceses —prosiguió—. Es imprescindible mantener la hegemonía española en dicha plaza, no solo por ser una de las ciudades más populosas y prósperas de Flandes, sino también porque si cayera en manos del francés la seguridad que Gante nos proporciona se vería seriamente amenazada —añadió resoplando como si con aquel espontáneo gesto quisiera poner de manifiesto la incomodidad que le produciría tener que abandonar su asentamiento para establecerse en otra ciudad en la que volver a empezar.

—Tal vez deberíamos aceptar la oferta de la condesa de instalarnos en sus posesiones... —sugirió Alonso.

—Tal vez... —masculló Leonarda en un susurro apenas perceptible, como si permaneciera ajena a todo conflicto.

—En la ciudad de Amberes se ha constituido un poderoso gremio de mercaderes bajo la denominación de «Nación española», compuesto por aragoneses, vizcaínos, navarros y castellanos y sustentado por el Consulado del Mar burgalés —argumentó convencido Alonso—. Controlan los mercados de la lana, los aceites, las especias y los alumbres que llegan a sus antepuertos de Midelburgo y Vere, y desde ellos exportan cera, trigo, metales y... —Hizo una pausa de propósito, antes de añadir—: Y tejidos. La protección de los condes y de la agrupación gremial que controla las rutas y sus puertos nos permitiría seguir con nuestra actividad, que no se resentiría. Además, tendríamos más fácil el acceso terrestre a las escuelas de pintura de Róterdam y de Ámsterdam y mantendríamos nuestros negocios en Gante —aseguró con una mirada felina, como quien aguardara a mostrar una jugada maestra—. Sería muy beneficioso para nosotros. Deberíamos considerar la propuesta de la condesa —insistió.

Tras esas palabras, un reflexivo silencio sobrevoló la estancia, donde el chisporroteo de la lumbre era lo único que se oía.

—Tío..., ¿qué es lo que me ocultas en realidad? —le preguntó Leonarda a bocajarro mientras lo miraba fijamente a los ojos, desentendiéndose de todo lo dicho hasta entonces.

Alonso la observó con sincera extrañeza pues la pregunta lo cogió por sorpresa. Miguel, entretanto, le sostuvo la mirada sin ni siquiera pestañear. Supo que era el momento de contarle cuáles eran los verdaderos motivos de su preocupación. Los verdaderos peligros que se cernían sobre su familia.

4

Cámara de la regente, Real Alcázar de Madrid
Corte de Carlos II de España

Á gueda de Poveda aguardaba con nerviosismo en la antesala de la cámara privada de la regente, la reina viuda
Mariana de Austria, junto a una de sus inalterables damas germánicas como única compañía.

El ambiente en la corte se había enrarecido y últimamente
resultaba tan gélido como aquella doña que se mostraba ante
ella, cuyos hieráticos ropajes, tan del gusto de la corte imperial de la que procedía, resaltaban, más si cabía, sus ya de por
sí prominentes pómulos.

Madrid olía a azahar, al menos en cuanto a los jardines de
palacio se refería, ya que poco más allá se aventuraba a salir.
El frescor que trepaba por el barranco configurado por la
hondonada del valle del río Manzanares amortiguaba el calor
en las épocas de estío, permitiéndoles pasear despreocupadas
sin ser visibles a los lugareños.

Sus risas y confidencias quedaban ocultas tras la fachada

occidental del palacio, de sólidas piedras y cuyos cubos estaban rematados con chapiteles de pizarra, si bien, por el contrario, esos mismos muros era lo primero que atraía la atención de las caravanas de mercaderes procedentes del norte de la península que accedían a la villa a través del puente de Segovia.

En contadas ocasiones gustaba de deambular por los jardines de la Huerta de la Priora, en terrenos situados al noroeste del alcázar, próximos al recién fundado convento de la Encarnación. Desde allí contemplaba el contraste con las otras fachadas de la residencia real, construidas en ladrillo rojo y granito que daba al edificio esa coloración tan característica de la arquitectura tradicional madrileña, donde abundaba la arcilla extraída de la ribera del Manzanares y la piedra granítica de la sierra de Guadarrama.

La vida en la corte era todo cuanto Águeda necesitaba.

Las campanas del monasterio de las Descalzas, que proveían las cocinas de palacio de ingentes cantidades de panecillos de cabello de ángel y pastelillos de gloria, volteaban con ahínco los badajos provocando en ocasiones un ruido ensordecedor que agitaba las bandadas de palomas al tiempo que generaban una visible y alarmante irritabilidad en la regente, quien, a pesar de los años que llevaba en la corte de los Austrias, no acababa de acostumbrarse a las alborotadoras costumbres españolas, prefiriendo el silencio y la sobriedad de la añorada corte de su padre, el emperador Fernando III.

Águeda se desazonaba inútilmente, pues ya conocía que la reina siempre la hacía esperar, a veces lo indecible.

Sin lugar a dudas, para ella era un gran honor que la regente la siguiera requiriendo varias tardes durante la semana para compartirlas a solas con ella mientras disfrutaban de una partida de ajedrez que siempre terminaba ganando.

En los últimos años el juego de la regente se había vuelto menos arriesgado en sus movimientos; así y todo, jamás la había ganado, algo que mortificaba y satisfacía por igual a la reina, con quien Águeda había fraguado una complicidad que los demás cortesanos envidiaban.

Tan solo en una época en la que la tensión política resultó convulsa dejó de acudir a las partidas, pues no era requerida para ello. Lo recordaba muy bien, fue cuando se propiciaron diversos levantamientos y revueltas que a punto estuvieron de llegar hasta las propias puertas de palacio alentadas, al parecer, por los partidarios de Su Serenidad, el príncipe Juan José de Austria, de quien se decía que pretendía el derrocamiento del gobierno de la regente para ser proclamado valido principal del Reino.

La reina no lo perdonaría jamás, pues temió que los acontecimientos se desencadenaran en altercados sangrientos y pudieran terminar con el derrocamiento del heredero, su hijo, el príncipe Carlos, si bien era verdad que a la regente nunca le había agradado que, antes de expirar, su augusto esposo hubiera reconocido como legítimo a uno de sus bastardos, engendrado con una vulgar actriz a la que apodaban la Calderona, y mucho menos que alcanzase las dignidades y privilegios propios de un príncipe.

Más aún la irritaban todos los éxitos militares y diplomáticos que había conseguido para el engrandecimiento del Imperio y que servían para que su padre, Su Majestad Felipe, cuarto de su nombre, le otorgase en vida títulos, reconocimientos y honores y le concediese el poder sobre Nápoles primero y sobre Flandes después, con mando plenipotenciario sobre las huestes y las plazas sublevadas, así como sobre los territorios anexionados. De ahí que cuando la guerra contra Portugal devino en fracaso azuzase a los responsables de las imprentas de la villa, las mismas a las que quería amordazadas, a que imprimiesen cientos de libelos, que repartirían más tarde por tabernas y corralas, en los que se burlaban de su derrota y lo tachaban de necio, cobarde y despilfarrador, causante de la muerte de miles de soldados y de provocar las hambrunas en el reino, para tormento de Su Serenidad cuando llegaba hasta sus manos cualquiera de esos calumniosos impresos.

Los mentideros de la corte contaban que su ánimo iba decayendo cada vez más, en parte también por el desgaste sufrido tras las sucesivas campañas llevadas a cabo en los diferentes territorios del Imperio, siempre levantiscos e insurgentes contra la Corona, como en los casos de Cataluña, Sicilia y Flandes, donde los tercios a duras penas conseguían mantener el orden bajo la lauréola de los Austrias.

La regente, de dulce semblante, con una cara redonda enmarcada por finos tirabuzones ambarinos que otorgaban un brillo angelical a su mirada, podía llegar a ser malévola y devastadora si se lo proponía. Ayudada por el valido principal, su propio confesor, el jesuita vienés Juan Nithard, con quien departía en su lengua materna, había conseguido apartar a Su Serenidad de cualquier cargo de relevancia en la corte, desligándolo tanto del Consejo de Estado como de la Junta de

Regencia, lo que lo relegaba a una vida palaciega sin ninguna encomienda militar o diplomática de altura que marchitaba al de Austria como se marchitaría una rosa durante el invierno.

Ni siquiera había cumplido la voluntad testada de su esposo y soberano, quien rogaba que a su muerte se reconocieran a su hijo Juan José los privilegios y honores propios de ser descendiente de rey, aunque sí que se encargó de hacerlo valer en la parte en la que Felipe de Austria la nombraba gobernadora de todos sus reinos, estados y señoríos, además de reina y tutora de Carlos, último de los hijos varones que le sobrevivió, príncipe heredero, con todas las facultades y poderes conforme a los fueros, privilegios y costumbres de cada uno de esos reinos.

Imbuida por esos pensamientos, Águeda de Poveda se sobresaltó al percatarse de que la germana se ponía en pie como movida por un resorte, rígida y estirada. Las puertas de la antesala se habían abierto de par en par y dos libreas aguardaban con porte ausente a que ambas damas se adentrasen en la cámara donde la regente aguardaba, expectante, con el tablero desplegado sobre un elegante mueble de escribanía recubierto de pan de oro.

Al fondo, unos revoltosos jilgueros de vivos colores parecían querer amenizar la velada.

Águeda siguió a la germana, unos cuantos pasos por detrás de ella. En su cabeza bullían las palabras de su sobrina Isabel Ramírez de La Torre, quien en su última misiva le rogaba que pidiera licencia para ausentarse de la corte y la acompañase en el parto de su tercer hijo. También la ponía al corriente de sus propósitos, que pasaban por emparentar con los duques de Feria, lo que le provocaba fundados recelos por lo improbable de tal encomienda.

Pese a todo, intentaría complacer a su única sobrina, ya que no olvidaba que las rentas que su esposo, Nuño del Moral, le hacía llegar a la corte, para que pudiera seguir disfrutando de aquella vida regalada, provenían del mayorazgo familiar, cuyos rendimientos se verían más reforzados con un enlace con cualquiera de los Feria. Intentaría escoger el momento adecuado para solicitar la dispensa a la reina, pensó al tiempo que las puertas se cerraban tras ella con un sonido bronco que contrastaba con la exquisitez del interior.

Las piezas descansaban sobre el tablero. La partida comenzaría de inmediato y debería jugar sus mejores fichas.

Una estudiada sonrisa afloró en su rostro, dejando entrever unos níveos dientes tras un carmín escarlata con el que perfilaba sus carnosos labios, los mismos que habían causado la perdición de algunos ilustres de la corte.

5

Mayorazgo de La Torre, Baja Extremadura
Indagaciones

La dueña de La Torre no se equivocó. Apenas le había dado tiempo a bostezar un par de veces cuando María, una oronda mujer entrada en años, golpeaba la puerta con sus descarnados nudillos.

Nada más entrar se humilló torpemente. Isabel Ramírez de La Torre hacía ya mucho tiempo que pasaba por alto su tosquedad, pues la conocía desde la niñez y se había mantenido siempre fiel al servicio de su casa, a pesar de su rudeza y su manifiesta cortedad de entendederas.

Solícita, y sin mediar palabra, la mujer descorrió los cortinajes para que una luz blanca y cegadora inundara toda la alcoba, abriendo de par en par las contraventanas por las que se colaban los sonidos del nuevo día, un ir y venir de labriegos, carros y bestias que tanto reconfortaba a su señora.

Las algaradas de los hombres, las risas de los niños, el vocerío de las mujeres, el cacareo de las gallinas o el ladrido de los perros, todos esos sonidos cotidianos hacían muy feliz a Isabel. Mientras, ajena a todos esos pensamientos, María se esforzaba en verter agua fresca sobre una jofaina de porcelana con motivos arabescos.

—María...

La fámula, como si una fuerza sobrenatural se hubiera apoderado de ella, giró de inmediato sobre sí misma y se acercó unos pasos hacia su dueña, sin que mediasen más palabras y sin atreverse a mirarla fijamente a los ojos, permaneciendo con sus curtidas manos, bastas y encallecidas, recogidas en el regazo.

—María, preciso de tu favor —le dijo Isabel en un tono despreocupado, falsamente distraído.

La mujer, sonrojada al punto de las amapolas porque su señora se confiase a ella, tragó saliva y afirmó ligeramente con la cabeza. No sabía muy bien qué podría necesitar de ella aquella que de todo disponía en su propia hacienda; aun así, se propuso remover cielo y tierra si preciso fuere para complacerla.

—Se me antoja que don Nuño, mi esposo, lleva unos días cabizbajo, a buen seguro que por el peso de la gobernanza del ducado sobre sus espaldas —refirió Isabel en un tono neutro, como si no estuviera hablando con ella.

Mientras, desentendida, jugueteaba de propósito con un botón que amenazaba con desprenderse de un momento a otro de la estola forrada de armiño con la que se protegía de las corrientes.

Entretanto, María aguardaba impaciente el desenlace del requerimiento de su dueña.

—Deposito mi confianza en ti...

María parecía visiblemente violentada por las palabras de Isabel, poco acostumbrada a dichas sutilezas.

—Preciso que andes pesquisas acerca de todo cuanto pueda ocurrir en las tierras del mayorazgo, así como entre los regidores del Cabildo —requirió al fin.

Inesperadamente, una ráfaga de viento cerró de golpe una de las contraventanas, lo que sobresaltó a la fámula pues la había cogido desprevenida.

—Mantén bien abiertos los ojos —le dijo Isabel sin inmutarse—. Indaga con discreción entre las cocineras, lavanderas y planchadoras, así como entre los pegujaleros y aparceros si fuera preciso.

Tras estas palabras, un incómodo silencio se apoderó de ambas por unos instantes.

—Sabré recompensarte —prometió a María al tiempo que con desdeñoso gesto le indicaba que fuese hacia el vestidor.

La sirvienta no añadió nada más y se entregó a lo ordenado.

Tras el desayuno, Isabel ordenaría que preparasen su carruaje pues esa misma tarde debía acompañar a doña Mariana, la duquesa viuda. A buen seguro, pensó para sí, sería un momento propicio para indagar con sutileza sobre los avatares del gobierno e intentar descubrir cuáles podrían ser las causas de la zozobra que atenazaba a su esposo.

Ella personalmente elegiría las joyas que luciría en presencia de la duquesa, tal era su propósito de acercamiento a la casa de Feria.

Animada y absorta en esos pensamientos, apenas se percató de los esfuerzos de María por mostrarle una infinidad de vestidos, depositados sobre la cama, para que eligiese el más apropiado. En cualquier caso, ya sabía cuál vestiría: uno de damasco encarnado entretejido con hilos de plata con el que podría presentarse ante la mismísima corte.

Aquella ocurrencia hizo que soltara una sonora carcajada, ante el recelo de la criada, que miraba a su señora como si de repente fuera presa de algún desvarío.

Lejos siquiera de imaginar las fabulaciones de su esposa, Nuño del Moral se batía consigo mismo por contener la ansiedad provocada tras el recibo de nuevas amenazas. El día anterior, bien entrada la tarde, el justicia mayor, Martín Olite, le había anunciado la existencia de un escrito encontrado en la antesala del cabildo.

Siguiendo sus instrucciones, no había permitido que nadie tuviese conocimiento del hallazgo y solo Nuño estaba al corriente.

En la soledad de su cámara, el secretario de los duques de Feria apretaba el escrito como si pretendiera hacerlo desaparecer con aquel gesto.

Para su desasosiego, se dispuso a leerlo, una vez más, intentando descubrir una señal que no lograba descifrar:

Si no me obedecéis, si despreciáis mis mandamientos,
pondré sobre vosotros un terror súbito
que consuma los ojos y haga languidecer el alma.
Si no escucháis los mandamientos del Señor,
si os apartáis del camino de vuestro Dios,
pondré delante de vosotros una maldición.

Desencajado, por mucho que releía la cita una y otra vez, no era capaz de desentrañar el significado de aquel puñado de palabras.

Contrariado, abrió un pequeño cofre esmaltado que se hallaba sobre el vasar de la chimenea y extrajo otro escrito guardado celosamente en su interior. Los comparó y no tuvo dudas de que ambos eran páginas arrancadas de una misma biblia. Pero ¿por qué?, se preguntó. ¿Cuál era su propósito? ¿De qué los prevenía?

Sin poder contestar a esas preguntas, Nuño tomó entre sus manos el escrito hallado semanas antes:

He visto violencia y rencilla en la ciudad.
Día y noche la rondan sobre sus muros,
y en medio de ella hay iniquidad y malicia.
Hay destrucción, y la opresión y el engaño
no se alejan de sus calles.
Se mofan y hablan con maldad
desde su encumbrada posición.

Pensativo, como si meditara qué hacer, Nuño cerró el cofre y arrojó los escritos a la lumbre de la chimenea para deshacerse de ellos. Consciente de que suponían una amenaza, en esa ocasión guardaría silencio y no los mencionaría a los corregidores de la ciudad, pretendiendo con ello no alterar su ánimo.

En la última junta tenida, tras conocer las amenazas, el huraño Simón Acosta, patrono mayor del gremio de platerías, enlazó lo proferido con unos extraños sucesos que tuvieron lugar en unos talleres de su propiedad, donde dos zagales, aprendices de baja estofa, habían aparecido muertos meses atrás, abiertos en canal, sin que nadie se hubiera interesado por la desgracia de aquellos desharrapados.

Desde entonces, el miedo sobrevolaba la sala de juntas del cabildo, y los corregidores amenazaron con dejar de aportar fondos para su sostenimiento y el de la hacienda ducal si no se sentían protegidos. Por eso Nuño prefirió no sobresaltar los vencidos ánimos de los pares del Cabildo y optó por aguardar.

Se equivocaba, aunque él todavía no lo supiera.

El mal hacía tiempo que acechaba sobre sus cabezas como cuando el buitre sobrevolaba la carroña.

6

Camino al castillo de Feria, Baja Extremadura
Sobresaltos

T ras un reconfortante desayuno en el que se encargó de
partir personalmente el humeante pan que aguardaba
sobre la mesa, crujiente y recién horneado y de no menos de
dos libras de peso, Isabel se despidió de sus hijos besándolos
en la frente mientras ellos se entretenían con sogas y aros en
el cuarto de juegos.

Poco después, el carruaje la esperaba ya dentro del patio
de la casona, que lucía esplendoroso pues, tal como Nuño le
había anunciado el día anterior, recibiría la visita de uno de los
regidores más notables del Cabildo con quien debía departir
asuntos de la gobernanza.

Ella, como acostumbraba, no preguntó nada a su esposo;
apreciaba sobremanera que él la tuviera al tanto de esos pormenores. Supuso que debía de tratarse del rico mercader de
paños y sedas Alejo Guzmán, dado que era el único al que
recibía fuera de los muros del alcázar.

Tal vez fuera esa la preocupación que asaltaba a Nuño, pues eran muchas las cuitas que los negocios con ese regidor le ocasionaban, se dijo para sí Isabel. En cualquier caso, confiaba en la diligencia de María para enterarse de cuanto aconteciera durante su ausencia.

Sopesando que sería mejor no molestar a su esposo, dio las últimas órdenes al ama de llaves e hizo llamar al cochero.

Envuelta en una capa de terciopelo bermellón con forro de tafetán que la cubría hasta los pies, destacando un broche de relucientes perlas blancas sobre su hombro izquierdo, bajaba por la escalinata que separaba aquellos dos mundos, el noble y opulento, despreocupado y abundante, del humilde y falto, sumiso y silenciado, con la altivez propia de su rango.

Apenas miraba a su alrededor mientras descendía, haciendo repicar sus botines, de doradas hebillas, sobre las frías baldosas.

El cochero, que la aguardaba a pie de rueda con la portezuela abierta y el tocón bajado, le ofreció su brazo a modo de apoyo y ella lo tomó sin inmutarse. Una vez que se acomodó sobre el asiento revestido de ricos paños con formas de mil flores, el hombre se encaramó de un salto al pescante delantero, donde lo esperaba un guarda de la hacienda que los acompañaría durante el recorrido. Cogió la fusta y golpeó a los caballos, que, piafando al sentir el látigo sobre sus carnes, iniciaron la andadura.

Poco más de unas cuantas leguas los separaban del castillo de Feria, situado sobre una loma de la Sierra Vieja, adonde la duquesa viuda se había trasladado desde el alcázar de Zafra, bastión de la casa ducal, para pasar unas jornadas de holganza con el ánimo de aliviar su duelo. Doña Mariana decía ser muy devota de san Bartolomé, patrón de la población, ya que lo consideraba uno de los Doce a los que Jesús se apareció en el lago de Tiberíades tras su resurrección, según el Evangelio de Juan. Le ofrecía novenas en la iglesia bajo su advocación mientras la chiquillería se arremolinaba a las puertas del templo aguardando la salida de la duquesa y su séquito, pues era costumbre que se distribuyera entre ellos roscas y flores de miel, que hacían las delicias de los menesterosos.

En esos pensamientos se hallaba Isabel cuando un brusco frenazo echó su cuerpo hacia delante en un inesperado bamboleo.

A través de la ventanilla pudo ver, fugazmente, el paso al galope de uno de los justicias del Cabildo que se dirigía hacia su heredad. El jinete espoleaba la montura sobre la que cabalgaba hincando las espuelas en los ijares del animal, que levantaba una gran polvareda.

De inmediato, el carruaje reanudó su parsimonioso camino hacia el castillo de Feria mientras Isabel volvía a imbuirse de sus pensamientos y pasaba las cuentas del rosario que, por fortuna, se mantenían intactas a pesar del golpe recibido.

Sin otorgar mayor consideración a aquel inesperado lance, supuso que el jinete portaría aviso de la llegada de Alejo Guzmán, el regidor a quien su esposo esperaba para despachar.

No mucho tiempo más tarde, tras la marcha del carruaje de su señora, los criados parecían retornar a la calma de los quehaceres diarios. El patio volvió a cobrar la vida de costumbre con el deambular cansino de cebones y gallinas en torno al abrevadero y con el zureo de las palomas que habían regresado a sus nidales.

Apenas a unos cuantos codos de distancia, junto a un venero que brotaba a los pies del pozo, María permanecía atenta al parloteo de las lavanderas que, despreocupadas, se afanaban en refregar los ropajes con un jabón viscoso, cocido con restos de aceite y láudano y al que añadían una cucharada de miel, al tiempo que desvelaban las intimidades de sus señores conforme hundían las manos en el agua fresca con la que lavaban sus ropas.

Un sol radiante y cómplice atravesaba la colada que, tendida sobre los juncales, lucía resplandeciente.

Entretanto, algunos de los hombres herraban a las bestias mientras otros apilaban leña para la cocina o acarreaban cubos de agua con los que rellenar las pilas.

Poco les duraría el descanso, pues uno de los zagales, jadeante y sudoroso, dio aviso de la polvareda levantada en el camino por el que se accedía a la heredad, si bien, con cierto deje de pesadumbre en sus palabras, les informó de que no había podido distinguir de quién se trataba.

No necesitaban de más señas, ya que supusieron al instante que debería tratarse de la visita de uno de los regidores del Cabildo que Nuño les había participado el día anterior.

No se equivocaban. Al poco, sin apenas tiempo para desbandar la piara y adecentar de nuevo el patio, un carruaje con las enseñas del Cabildo de Zafra penetró en la casona, escoltado por dos justicias a caballo.

El cochero, encaramado sobre el pescante, asió fuertemente la brida sobre el guardabarros y, de un salto, descendió raudo para abrir la portezuela al ocupante.

Frente a ellos se situaban el mayordomo y otro criado, quienes esperaban a pie de la escalera, encerada para la ocasión.

La plata alojada en las hornacinas se había bruñido, y los tapices que cubrían las enmohecidas paredes del tiro de la escalera se habían vapuleado para desterrar el polvo que, irremediablemente, acababa posándose cada día.

Alejo Guzmán descendió por el estribo y sin más preámbulo se dirigió hacia la parte noble de la casona, ascendiendo por la sinuosa escalera y apoyándose en el pulido pasamanos de madera, como ya hiciera en anteriores cumplimientos.

Nuño del Moral ya había sido avisado de su llegada, pero prefirió aguardar y recibirlo en su cámara, entre registros contables y legajos con olor a humedad.

Andando el tiempo, entre ambos hombres se habían suprimido las formalidades, al menos hallándose al abrigo de estancias privadas, tal era su amistad y complicidad en los diversos negocios que los mantenían unidos.

El mayordomo pidió al regidor que aguardase en el minúsculo salón que era la antesala de la cámara de su señor.

Alejo ni siquiera tomó asiento. Algo impacientado, permaneció de pie mientras observaba un tapiz de medio cuerpo que le resultaba familiar y que colgaba ante sus ojos a menos de una vara del suelo.

Tentado estuvo de empujar la puerta y entrar sin más, aunque juzgó más sensato abstenerse de tal proceder que dejaría en evidencia a su anfitrión.

Resoplando, se acercó aún más al tapiz para observarlo con detenimiento. En él se apreciaba a un coro de querubines que cobijaban, ante la mirada inocente de un cordero, a dos candorosos niños que se daban de beber.

Aquella escena le recordó un lienzo que había en el altar mayor de la capilla del convento de Santa María del Valle, de la que su esposa, Juana, era benefactora. Las clarisas lo llamaban *Los niños de la concha* y era obra de un tal Bartolomé Murillo, un pintor del que había oído decir que contaba con mucho predicamento en Sevilla.

Poco más tuvo que esperar. Al momento la puerta se abrió de par en par y el regidor se adelantó unos pasos hasta encontrarse frente a frente con su interlocutor.

Nada más hacerlo, la puerta se cerró suavemente a su espalda. Ambos hombres se desprendieron de cualquier solemnidad que pudiera haber entre ellos en presencia del servicio y se dirigieron una sonrisa repleta de complicidad.

Nuño y Alejo se abrazaron.

El mercader de sedas y el secretario ducal volvían a encontrarse después de varias semanas alejados, según habían convenido y sin sospechar cuanto estaba por ocurrir.

7

F ernando de Quintana cabalgaba tranquilo en solitario. Aun así, a pocas varas de distancia lo seguía su fiel rode-lero, Bartolomé, cuyo ajado rostro, herencia de antiguas pen-dencias, le otorgaba un aspecto temible. Algo más atrás iba una exigua mesnada que, para no avivar suspicacias entre los portugueses, no superaba la decena de hombres que los escol-taban por las rutas del Alentejo, entre sierras y barrancos, desde que partieran de Zafra hasta su arribo final a las meri-dionales tierras del Algarve.

Mantenía la idea de recorrer a caballo el largo camino que separaba su hacienda, en los dominios del ducado de Feria, de la costera localidad de Lagos y, una vez allí, cerciorarse del desenvolvimiento del mercado de esclavos y apuntalar los tratos con sus antiguos abastecedores.

Entre sus postreros planes quedaba el de poner rumbo ha-cia la próspera ciudad de Valencia, de la que había oído contar que se había convertido en uno de los focos esclavistas más destacados. Allí asentistas y mercaderes de la trata abrían oficinas llegados desde las principales ciudades del Mediterráneo: genoveses, marselleses, malteses, palermitanos..., todos ellos competían por hacerse con las mejores rutas. Incluso había oído decir que delegaciones de tunecinos y tripolitanos habían cursado licencia ante el Consejo de Aragón para obtener los tan ansiados asientos de esclavos.

El florecimiento de los mercados de la ciudad y de su puerto atraía constantemente a inversores y banqueros, por lo que las opciones de negocio resultaban ser inmejorables para sus propios intereses.

Abandonado a esos pensamientos, miró de reojo hacia atrás y vio a Bartolomé, que no le quitaba la vista de encima, cabalgando sigiloso, vigilante, seguido a pocos pasos por un mulato de porte imponente, nariz ancha y pelo ralo, rasgos propios de los negros bozales africanos.

Entre los correveidiles de la hacienda del hidalgo hacía mucho tiempo que corría el rumor de que aquel hercúleo muchacho era hijo del propio Bartolomé, cuyo mentón prominente y mirada fiera así lo auguraba, uno de tantos bastardos engendrados tras el amancebamiento con esclavas. Por alguna desconocida razón, había acogido bajo su protección, con la venia de su señor, a aquel muchacho de su mismo carácter bravío y encorajinado, convirtiéndolo desde entonces en su propia sombra.

Al divisar los areniscos acantilados desde un altozano, Fernando mandó descabalgar y detenerse a descansar durante un tiempo antes de adentrarse por las sinuosas callejuelas de la población. En lontananza divisaba el puerto que, como cabía esperar, se encontraba abarrotado de naos fondeadas en su muelle.

El mar se mostraba en perfecta calma y las gaviotas, revoloteando en círculos sobre la costa, graznaban inquietas ante el arribo de las barcazas de los pescadores, adivinando el festín.

Descabalgó, ató su montura a una retama seca que usó a modo de improvisada ajorca y anduvo unos pasos hasta situarse sobre un precipicio donde, sin saber muy bien por qué, podía sentir una placentera sensación de ingravidez.

Después, sin mediar palabra alguna, absorto en sus pensamientos, se recostó sobre una escoriada roca e inspiró una bocanada de aquella brisa fresca, marinera, que lo vivificaba tras los largos días de cabalgada.

Bartolomé, viéndolo tranquilo, desanduvo los pasos que lo habían guiado tras él y volvió con el resto de los hombres, quienes prefirieron buscar cobijo en las sombras proporcionadas por un abrigo en la falda del despeñadero.

El hidalgo notaba que su piel, a pesar de estar curtida por el sol, parecía cuartearse al roce con la brisa del mar, sin que aquella sensación lo importunase. Contemplaba el horizonte con expresión taciturna, cayendo en la cuenta de que hacía ya varios años que no visitaba Lagos, desde el inicio de las hostilidades entre los Austrias y los Braganza que a punto estuvieron de arruinar las rutas del mercado de la trata.

Desconocía si sus mediadores de antaño, escribanos, síndicos, albaceas y toda una pléyade de comisionados del mercado esclavista, seguirían operantes y, en todo caso, si conservaría la misma autoridad de antes. Se la había ganado a fuerza de muchos años aligerando generosamente su bolsa y, hasta entonces, le había permitido un trato preferente tanto de los síndicos portuarios como de los fedatarios reales para tentar la mercancía antes que cualquier otro mercader.

Lo primero que haría sería ir a presentar sus respetos a Lorenzo Guterres, el notario con quien había tejido una maraña de influencias en el mercado de esclavos. Recordaba que la visita al fedatario real era más importante que la propia presentación ante el alcázar de los Gobernadores y la Casa dos Escravos, como era costumbre.

Aquel viejo avaro, desconfiado y con mirada huidiza, que extendía los rollos notariales y las cartas de compraventa de los esclavos llegados desde las factorías de Santo Tomé y Príncipe, se había convertido en su socio más leal, moldeando su férrea voluntad a cambio de unas desmedidas gabelas que no le quedaba más remedio que apoquinar. Aquella remembranza atrajo sobre sí negros nubarrones, y chasqueó malhumorado la lengua como si con esa indeliberada mueca pretendiese ahuyentarlos.

Se incorporó parsimonioso y echando una última ojeada a los acantilados, donde las olas comenzaban a abalanzarse sobre las derrotadas rocas, ordenó proseguir la andadura sin mayor demora.

8

Flandes
Se confirman las sospechas

G ante había amanecido envuelta por espesas brumas. El río Lys, que atravesaba la ciudad de este a oeste, mostraba la misma quietud de siempre, y sus diques y canales iban tomando el pulso al trajín diario de los mercaderes que se acercaban hasta aquella bulliciosa urbe, abarrotada ya desde las primeras luces del día, para vender sus mercaderías.

Los porteadores, cubiertos por gruesas capas con las que intentaban protegerse del intenso frío que atenazaba sus miembros, aguardaban impacientados el turno en los embarcaderos para acceder, a través del caudaloso río, a la almendra de la villa.

Cientos de hogueras prendían a lo largo de los canales, no solo con la intención de hacerlos visibles y transitables a horas tan tempranas, cuando la luz solar apenas era perceptible, oculta tras un cejo que presagiaba el alba, sino para romper los témpanos arremolinados en las orillas y caldear por igual a las bestias y los hombres que, incansables y sufridores, trasegaban aquellos caminos.

Leonarda aparentaba tranquilidad, pero su inquietud iba en aumento. Expectante, temía lo que Miguel tuviera que anunciarles.

El día se presentaba intenso ya que antes de acudir a la cita con la marquesa de Castel-Rodrigo en el castillo de Gravensteen debía entregar unos ricos bordados en la vicaría de la catedral de San Bavón, encargo del esposo de la dama, el nuevo gobernador de Flandes, para congraciarse con la curia catedralicia.

Y luego estaba el asunto de aquel noble llegado desde Madrid, el marqués de Leganés, alojado por el gobernador y que, por mediación de su anfitrión, había requerido una entrevista con Alonso ya que se mostraba muy interesado en la adquisición de obras de arte. Había sido el propio gobernador quien, conociendo de antemano la reputada fama de marchante en tierras flamencas del esposo de Leonarda, le había pedido que lo atendiese debidamente.

Sin embargo, todo aquello podía esperar.

—Leonarda... —dijo Miguel, al fin—. Desde hace varios meses he recibido misivas de nuestra tierra, de nuestra Zafra natal.

—Sí, lo sé, tú mismo nos has tenido al tanto de las noticias llegadas desde mi casa.

Miguel se tomó un tiempo antes de contestar, apurando su vaso de malta como si con ello quisiera coger fuerzas antes de continuar.

—No os he contado todo cuanto en ellas se me refiere... —les confió.

Leonarda lo miraba severa, como si pretendiera amonestarlo sin necesidad de decir ni una sola palabra.

—Has podido leer las cartas de tu madre. En ellas, mi amada Juana, la esposa de mi hermano, tu padre, nos envía parabienes y siempre muestra su carácter afable y piadoso. Nos habla de la buena marcha de los negocios, de sus obras de caridad, de los cambios que se van produciendo en la ciudad y de lo mucho que nos extraña y nos ama, rezando por todos nosotros.

Leonarda asintió sin pestañear. Sabía que todo aquello debía ser el preámbulo de lo que habría de venir a continuación.

—Incluso en algunas de sus misivas incluye también referencias al hogar de Alonso —les dijo mientras lo miraba a los ojos, obteniendo con ello un gesto de gratitud por su parte—. Por medio de mi amada cuñada —prosiguió—, sabemos que Soledad, la madre de Alonso, se encuentra bien y que sus dos hermanos menores se han hecho cargo de la hacienda que, con tanto trabajo y esfuerzo, están levantando.

Alonso se mostró regocijado de cuanto oía. También él había tenido la oportunidad de leer esas cuantas líneas en las que su madre le agradecía los ducados que, a través de Miguel, le enviaba para el sostenimiento de su casa.

—Todas estas noticias nos han congratulado y llenado de felicidad —resolvió Alonso.

—Nos han hecho muy felices —concedió Leonarda.

—Hay algo más, algo que no os he dicho antes, que os he ocultado... —Notó que un súbito rubor le caldeaba las mejillas.

Los tres permanecían solos. Coba no había vuelto a aparecer; seguramente estaría entretenida en la cocina toda vez que ordenaba a las demás criadas que no molestasen a sus dueños.

La chimenea seguía tragando el humo que la lumbre iba arrojando mientras infinitas y minúsculas partículas chisporroteaban a su alrededor, posándose calladamente sobre las teselas cercanas hasta formarse en ellas una menuda capa de ceniza con las pavesas aireadas.

—Desde hace meses, mi hermano Alejo, tu padre —dijo mirando fijamente a Leonarda—, me ruega que vuelva a nuestra tierra, a nuestra hacienda. Hasta ahora siempre le he devuelto contestación agradeciendo su ofrecimiento e informándole de la buena marcha de los negocios en esta tierra tan alejada de nuestro hogar. Es próspera para los mercaderes, más aún merced a la protección de los condes y, ahora, a la del nuevo gobernador y su esposa, la marquesa, que tanto aprecio te ha tomado, sobrina.

De un modo inesperado, como si de dos adolescentes en los albores de su amor se tratase, Leonarda y Alonso juntaron sus manos y las apretaron para sentir la fortaleza de su unión. El gesto no pasó desapercibido a Miguel, quien perfiló una leve sonrisa en sus labios.

—Como os decía, hasta ahora siempre he considerado que sus misivas lo único que pretendían era hacerme volver y que me uniera a él en la administración y el gobierno de sus talleres. Leonarda, tu padre es ahora un hombre más rico de lo que ya era cuando decidí instalarme en Flandes, pero sus responsabilidades en el Cabildo no le permiten estar al frente de los negocios. Por eso necesita a alguien de confianza para que los dirija, los administre y se haga cargo de la producción y de las rutas de las mercaderías.

—Tío —intervino Leonarda—, si lo que estás pretendiendo decirnos es que deseas regresar a Zafra, tienes nuestra bendición. Alonso y yo nos valemos para dirigir nuestros talleres. Contamos con maestros y oficiales que nos están agradecidos y nos son fieles. Los gremios de comerciantes nos respetan, y gozamos de la protección del gobernador.

Alonso asentía mostrándose de acuerdo.

—Y, en cualquier caso, si nos vemos amenazados por las guerras siempre podemos establecernos en Amberes o en cualquier otra ciudad bajo la influencia de los condes. Es más, tal vez con la ayuda de madre y con tu intermediación, podamos regresar algún día a nuestra tierra...

Aquellas últimas palabras se le escaparon a Leonarda casi sin querer, ya que nunca había hablado con ellos, sobre todo con Alonso, de hacerlo. Sabía que corrían un serio peligro, pues intuía que un viejo enemigo de ambos permanecería al acecho.

Sin embargo, para su sorpresa, Alonso no se mostró contrariado, y Leonarda supuso que en el fondo de su corazón él también habría fantaseado con la idea del regreso y la ilusión de abrazarse de nuevo con los suyos.

Miguel no dijo nada sobre esto último. La conclusión a la que su sobrina había llegado estaba muy lejos de los peligros que ella suponía.

—No es eso lo que os quería decir. En sus últimas misivas, mi hermano me alerta de la grave situación que se está viviendo en el ducado de Feria. En sus primeras cartas me hablaba de extraños sucesos ocurridos en algunos de los talleres de la ciudad, como en el de plateros y orfebres, donde aparecieron los cadáveres de varios aprendices sin que nadie se preocupase por ello. A pesar de que habían sufrido una muerte atroz, se consideró que habrían sido víctimas de alguna porfía. Sin embargo, la situación ha ido empeorando con el transcurrir del tiempo. Los miembros del Cabildo se sienten acorralados, amenazados... Incluso mi hermano ya teme seriamente por su vida.

Tanto Leonarda como Alonso lo miraban con los ojos muy abiertos, no dando crédito a cuanto escuchaban por boca del cariacontecido Miguel.

—Y lo peor, sobrina... He recibido nueva carta de Juana, tu madre. Me cuenta que se siente prisionera en su propia casa, sin poder salir de ella y siempre acompañada por alguien del servicio por temor a ser asaltados de un momento a otro.

A Leonarda la noticia la cogió desprevenida. Sintió que un escalofrío le recorría todo el cuerpo y ni siquiera notó la presión que sobre su mano ejerció Alonso en un vano intento de insuflarle fortaleza.

—Debo ir —continuó Miguel—. Si le ocurriera algo a mi hermano, no me lo perdonaría. Además, ¿qué sería de tu madre, sola y a su suerte, Leonarda? ¿Quién la protegería? ¿Quién velaría por el porvenir de nuestra hacienda, de nuestros talleres, rutas y mercados?

Todos esos interrogantes eran lanzados al aire con una sincera preocupación que no pasaba desapercibida ni para Leonarda ni para Alonso, quienes se sentían aturdidos por cuanto les narraba.

—Podemos acompañarte... —dijo Leonarda sin pensarlo dos veces, ante la perplejidad de Miguel.

—No, iré yo —se postuló Alonso.

—De ninguna manera —les espetó Miguel alzando la voz, malhumorado, y esa aseveración tan tajante los sorprendió—. No sabemos a qué peligros nos expondríamos durante la travesía ni tampoco qué nos deparará la fortuna una vez que, ya en los reinos de la península, pisemos al fin los territorios del ducado de Feria. Y más aún... —Dejó pasar unos segundos intencionadamente, captando la atención de la joven pareja—. Desconocemos qué consecuencias desataría vuestra presencia en Zafra. A pesar del tiempo pasado y de que intuyo por sus palabras que también mi hermano desea tu regreso, sobrina, aunque se niegue a admitirlo, todavía pesa como una losa la muerte de aquel hidalgo, Hernán de Quintana, al que tu padre te había prometido en matrimonio, aun sin tu consentimiento ya que eras apenas una niña, y con quién tú porfiaste, Alonso, cuando os sorprendió abrazados antes de emprender juntos vuestra huida.

—Tío, sabes muy bien que Alonso luchó contra él para protegerme, pues al descubrir la treta que pretendíamos quiso matarnos, y a buen seguro que lo habría conseguido... —Al oírla, Alonso se echó mano sin querer al profundo tajo que con la humedad parecía palpitar bajo su camisola—. De no haber sido por el carabinazo que le propinó la buena de mi aya, Blanca, que en gloria de Dios se encuentre, seríamos nosotros quienes habríamos acudido a la llamada del Altísimo.

Miguel admiraba la templanza de su sobrina, quien, a pesar de lo dolorosos que aquellos recuerdos debían de ser para ella, no mostraba ningún síntoma de abatimiento.

—Además —apuntilló Alonso—, mi tío, el canónigo de San Isidoro de Sevilla, ha propiciado al heredero de la hidalguía, Fernando de Quintana, que estaba destinado a ser un segundón, buenos y provechosos acuerdos con las autoridades portuarias de Sevilla en sus tratos de ultramar, alejando de él cualquier interés por perseguirnos y beneficiándose de...

—Y tú mismo nos has contado —se adelantó Leonarda, sin dejar terminar a Alonso— que padre es un hombre poderoso en la ciudad, miembro del Cabildo y presidente de los Cinco Gremios Mayores. Incluso está bien posicionado con la casa de Feria, cuyo tesoro se beneficia de sus tratos y negocios.

Miguel suspiró. Sabía de lo tozudos que ambos podían ser, de especial modo su sobrina, por lo que de nada serviría un enfrentamiento con ellos. Era preciso que encontrara la forma de hacerles entender el riesgo que corrían si se aventuraban a una travesía como aquella.

—Os necesito aquí, en Flandes. Seamos prudentes. Debéis proteger nuestros intereses entre los gremios y frente a las autoridades flamencas y la soldadesca, así como de los rapaces recaudadores reales. El taller de paños y, ahora también, el de las hilanderas, de bordados y trocados, necesitan nuestra tutoría; no podemos dejarlos en manos de subordinados por muy fieles y entregados que se muestren. Por otra parte, necesitamos conservar los lazos protectores que nos unen a los anteriores señores de estas tierras, los condes y, también, a los nuevos gobernadores, los marqueses de Castel-Rodrigo. Por medio de ellos mantenemos un, cada vez más, floreciente negocio de obras de arte, pinturas y lienzos con los que abastecemos a un buen puñado de abadías y monasterios, de casonas y palacios y, también, a muchas de las heredades de los más ricos prohombres de Flandes, granjeándonos su respeto y su favor —arguyó.

Leonarda miraba con atención a su tío sin interrumpirlo. Bien sabía que todo cuanto argumentaba era cierto. Que con su trabajo y tesón y actuando con inteligencia y honradez habían cimentado sólidamente sus mercaderías en lonjas y mercados, no solo en Flandes sino también en otros territorios más distantes y esquivos como la Lombardía o Aquitania, donde sus paños de lana merina y sus sedas eran muy apreciados y sus lienzos eran admirados por los ilustres de aquellos feudos.

—Además —prosiguió Miguel—, hemos de tratar con el marqués de Leganés, por así haberlo demandado los gobernadores y por ser su casa de enorme reconocimiento y prestigio en estas tierras. Hay que cumplimentarlo, y sé que debemos acompañarlo en un viaje por la vecina Aquisgrán, tal es su empecinamiento a pesar de lo peligroso de la empresa. Todavía hemos de preparar y organizar la expedición y, cuando esta haya concluido, marcharé con el propósito de encontrarme con mi hermano. Con tu padre, Leonarda —concluyó convencido.

Miguel guardó silencio. En el fondo de su ser solo deseaba que cuando finalmente pudiera partir no fuera demasiado tarde.

Deseaba encontrar a su hermano con vida y abrazarse a él después de tantos años.

Para entonces, Leonarda, hábil e inteligente, había logrado urdir una treta que solo su portentosa imaginación era capaz de planear, aunque juzgó más prudente no adelantarla, toda vez que aún pasarían unas semanas hasta que pudiera ponerla en marcha.

9

Cámara de la regente, Real Alcázar de Madrid
Corte de Carlos II de España

M ariana de Austria esperaba a su favorita con una sincera sonrisa reflejada en el rostro. Las damas germánicas que, de forma inseparable, la acompañaban desde el primer día que pisó la corte española revoloteaban a su alrededor como las moscas sobre la miel. Bastó una mínima indicación para que, solícitas, se retiraran de manera ordenada hacia el ala oriental de aquel ampuloso salón, lo suficientemente alejadas para no oír la conversación que entre ambas mujeres, la reina y su cortesana confidente, tendría lugar en unos instantes.

El aprecio hacia Águeda de Poveda no solo le venía dado por haberse mostrado como la única en toda la corte que jamás se había dejado ganar en una sola partida de ajedrez, aparte de haberse permitido la licencia de aconsejarla sobre los ilustres y demás cortesanos, sino que tampoco olvidaba que era viuda de Germán de Poveda y Sandoval, uno de los más brillantes, respetados y leales consejeros del Reino que le brindó su apoyo nada más conocerla, desde el primer día que fue presentada en palacio.

Águeda se acercó hacia ella, aguardando de pie tras reverenciar con mucho boato y sin mirarla directamente a los ojos hasta que la reina le dirigiese la primera palabra.

Mariana de Austria la observaba complacida, sabiendo que delante de ella estaba una oponente que no le otorgaría tregua alguna sobre el tablero, a la que nunca había sido capaz de vencer a pesar de tenerse por una inteligente táctica. Esas horas de acometedora partida eran las únicas de su encorsetada vida en las que la soberana se desposeía de su rango y competía de igual a igual contra su oponente, sin distinciones ni privilegios, seduciéndole la idea del enfrentamiento sin salvaguardas.

Su porte sin duda era elegante y atrevido; ni siquiera el florecimiento de las patas de gallo alrededor de sus ojos alteraba la belleza natural de la cortesana.

—Acercaos, mi querida dama, tomad asiento junto a mí.

—Majestad... —contestó la de Poveda, complacida, postrándose nuevamente antes de tomar asiento junto a un sofá de terciopelo de color verde musgo, a juego con el tapiz de motivos campestres que cubrían uno de los murales más iluminados de la estancia.

Nada más sentarse, la regente le indicó que abriese el cofre que se encontraba sobre el tablero y que contenía las treinta y dos figuras de marfil con las que iniciarían la partida, dieciséis blancas y dieciséis negras.

Sin mediar ni una sola palabra, Águeda abrió el cofre y dejó caer con suavidad las piezas sobre la tabla de juego que, debido a las expectativas de su propietaria, llevaba desplegada desde hacía rato.

En un instante los escaques que habían permanecido vacíos se inundaron de piezas blancas y negras derramadas sin orden ni concierto, lo que provocó un sonido hueco al chocar las unas con las otras.

Con parsimonia, la regente fue colocando la pareja de torres cada una en una esquina del tablero, a derecha e izquierda; a continuación fue el turno de los caballos, después el de los alfiles, y, para terminar, el de las piezas que simbolizaban el rey y la reina, en el centro de la columna. Mientras lo hacía miraba de soslayo a Águeda, que fingía no darse cuenta, ocupada en colocar sus propias piezas.

Acto seguido, la de Austria recogió sus ochos peones y metódicamente fue colocando uno junto a otro en los escaques de la hilera siguiente. Su oponente la seguía en el mismo proceder, si bien se había cuidado en tardar lo suficiente para terminar unos instantes después de que la regente hubiera concluido.

Ambas se observaban, intrigantes y satisfechas, antes de dar inicio al juego.

Al fin, la de Poveda, humillando la cabeza ante la soberana, le indicó que estaba preparada. Las dos damas sabían que a partir de ese momento eran solo dos mujeres despojadas de cualquier dignidad en busca de la victoria de la una sobre la otra.

Mariana abrió el juego, adelantando uno de los peones blancos de la esquina derecha, lo que llamó poderosamente la atención a Águeda por lo inesperado del movimiento.

La partida había comenzado, y la única ventaja que la cortesana estaba dispuesta a otorgar a su oponente era precisamente esa, la de abrir el juego por haber elegido blancas.

Horas más tarde, cuando las campanas de las Descalzas llamaban a vísperas, tras la oración del ángelus, Águeda de Poveda daba por concluido el enfrentamiento.

—Jaque... mate, majestad.

Mariana de Austria, satisfecha por haber plantado cara a su oponente durante toda la partida, otorgó finalmente la victoria a su contrincante al tiempo que le regalaba una cómplice sonrisa llena de admiración y respeto.

—Os concedo un deseo, mi audaz dama.

La cortesana, estupefacta, enrojeció al punto de las amapolas.

—Majestad...

—Hace años que sois mi acompañante preferida, lo sabéis y las demás también, por eso os detestan y os temen a partes iguales —le confesó la reina en un inusual alarde de sinceridad que sorprendió a Águeda.

No pudo por menos que sonreír, sintiéndose algo incómoda y cohibida por aquella franqueza que nunca habría esperado de la regente. Sin embargo, era la oportunidad que estaba buscando.

—Majestad...

—Decidme. En estos aposentos sentíos como una igual —le confió la reina.

—Si vuestra majestad lo concede, querría pedir licencia

para ausentarme del alcázar durante un periodo de tiempo suficiente para poder dirigirme al mayorazgo que mi familia posee en La Torre desde tiempos inmemoriales.

—¿De nuevo arrecian las revueltas por aquellos lares? —preguntó Mariana de Austria sin inmutarse.

Águeda quedó desconcertada pues jamás habría imaginado que la regente pudiera llegar a acordarse de un asunto tan doméstico como el que despachó con ella años atrás, cuando le solicitó su mediación ante la casa de Feria y ante el justicia mayor del Reino para que sofocasen las revueltas de braceros y aparceros que amenazaban con la pérdida del mayorazgo para su sobrina, azuzadas por el bastardo de su hermano.

—¡Oh no, majestad! Se trata de mi sobrina, Isabel Ramírez de La Torre...

La regente la observaba con gesto adusto, esperando conocer el motivo de la petición formulada.

—Está encinta de su tercer hijo, y desearía hallarme presente en su alumbramiento —le dijo, omitiendo sus verdaderas intenciones.

—Os dispenso durante ocho semanas, ni un solo día más —concedió sonriente la reina—. Por cierto, querida, me acompañaréis dentro de unos días al concierto de vihuela española que tendrá lugar en la sala de los Espejos —le exigió ufana—. El maestro Gaspar Sanz nos ofrecerá un recital de su última obra.

—Será un honor, majestad —replicó complacida Águeda—. He oído que su *Instrucción de música sobre la guitarra española* es realmente buena.

—¿Conocéis su obra? —preguntó la regente abriendo los

ojos sin mesura ante las habilidades de la cortesana que nunca dejaban de sorprenderla.

—Majestad, la musicalidad de la vihuela española me resulta altamente placentera.

—Coincido en el gusto por su sonoridad. De hecho, es de las pocas costumbres que me placen de verdad de este país —le confió entre risas.

Poco después, la estancia se fue llenando de ayudas de cámara, camareras reales y demás cortesanas que se esforzaban sin recato en agradar a la reina.

Para entonces, Águeda lucía un brillo especial en los ojos, sintiéndose feliz por poder viajar hacia La Torre.

10

Mayorazgo de La Torre
Baja Extremadura, España

—**E**l cargo de regidor te sienta muy bien, mejor que el de rico mercader de paños y sedas —dijo Nuño del Moral en tono jocoso.

—No más que a ti el de señor de este mayorazgo de La Torre —contestó burlón Alejo Guzmán, enmascarando tras un semblante despreocupado las cuitas ya confiadas a su hermano Miguel.

Ambos volvieron a sonreír, complacidos.

—Permite que te ofrezca una copa de este excelente caldo, elaborado en la campiña cordobesa, con el que me han obsequiado recientemente.

Alejo guardó silencio, limitándose a asentir. Sabía por boca de uno de los recaudadores del Cabildo que aquel vino procedía de una de las barricas que la semana anterior habían llegado junto con un cargamento de paños y platerías provenientes de Córdoba, aprovechando la estancia en la antigua ciudad califal del mercader de esclavos Fernando de Quintana, con quien no mantenía tratos debido a porfías del pasado.

Alargó su mano hasta asir el vaso de faltriquera que le ofrecía Nuño e hizo girar el caldo al trasluz. Acto seguido tomó un pequeño sorbo cuyo intenso sabor amontillado quedó prendado en su paladar, saboreándolo sin mediar más palabras, para agrado del agasajador.

—Es un vino de uva blanca que se somete a crianza por el sistema de criaderas y soleras a fin de envejecerlo —arguyó Nuño.

—Me resulta desconocido —afirmó sincero el regidor mientras observaba con detenimiento el soplado de aquel vidrio color esmeralda.

Aquel súbito interés no pasó desapercibido para el secretario ducal.

—Adquirí una partida a unos mercaderes granadinos —le aclaró mientras desviaba la mirada hacia una balda donde descansaba el juego completo—. Proceden de las vidrieras de Puebla de Don Fadrique, a los pies de la sierra de La Sagra, donde se mantiene el soplado del vidrio al estilo nazarí.

El mercader posó el vaso sobre la mesa con renovado interés.

—Al parecer —continuó Nuño al tiempo que mojaba sus labios con el oloroso—, en este sistema de crianza las botas de vino no se llenan por completo. La sexta parte de su capacidad permanece vacía, generando una cámara de aire que lo fermenta —precisó.

Alejo atendía circunspecto. Conocía bien al secretario de los duques y sabía que era un hombre de gustos exquisitos, de los que alardeaba sin pudor ante sus invitados hinchándose como un pavo real. Por tal motivo debía mostrarse paciente y no desairarlo ya que, de inicio, solía simular indiferencia ante cualquier trato o nuevo negocio que le planteaba.

Con todo, estaba seguro de que sería el propio Nuño quien, de un momento a otro, se adentraría en la discusión de los asuntos que compartían, marcando los tiempos a su antojo.

No habría de esperar mucho más. Tras mover la copa entre los dedos y dar un largo trago, Nuño del Moral se dispuso a hablarle con franqueza.

—La última vez que nos reunimos, cuando juraste fidelidad al nuevo duque de Feria junto a los demás pares del Cabildo, me rogaste merced para personarte en mi predio, al resguardo de cualquier mirada inoportuna. Bien, pues hete aquí ahora, Alejo —le espetó sin mayor dilación, conocedor de la impaciencia de aquel con quien trataba por igual.

—Nuño, tú eres el secretario ducal, el difunto don Luis confiaba plenamente en ti...

—Y nunca lo defraudé —lo interrumpió su interlocutor—. Siempre me he mantenido fiel a la casa de Feria, incluso en los peores momentos, como cuando hube de hacer malabares para salvaguardar al ducado de la bancarrota tras la malograda guerra contra Portugal.

—Sí, lo sé —terció conciliador el mercader—. También nosotros nos vimos muy comprometidos con las aportaciones a la hacienda real para sostener tan nefasta campaña —se lamentó—. Fueron muchas las sacas repletas de maravedíes que se apilaron para sustentar a los tercios de Su Serenidad, el príncipe Juan José de Austria.

Nuño lo contemplaba sereno, dejándolo hablar.

—Algunos de mis pares se vieron abocados a la ruina —continuó Alejo—, con la confiscación de sus bienes en favor del avituallamiento de la soldadesca. Solo las barraganas del barrio extramuros de San Nicolás, acampadas alrededor del alcázar de los duques, supieron sacar partido a las mesnadas mientras Su Serenidad y los demás ilustres holgaban por las tierras del malogrado don Luis cobrándose cuantas piezas les salían al paso —argumentó en un enmascarado tono de resquemor y amargura.

Tras lo dicho, un incómodo silencio sobrevoló el salón y ambos, sin apenas mirarse, apuraron sus vasos.

Entretanto, la quietud del momento se vio quebrada por el griterío procedente del exterior, donde los yunteros permanecían atollados en una rodera del camino.

—Todos nos expusimos, no lo he olvidado —terció el secretario de los duques, solemne, mientras volvía a escanciar delicadamente un poco más de vino en sus vasos.

—Nuño, ya sé que don Mauricio, el nuevo duque, ha confirmado en su cargo a Rodrigo como regidor mayor del Cabildo, tú mismo leíste la mención delante de todos nosotros el día que fuimos convocados ante su presencia para jurar fidelidad. No ansío su cargo, ambos somos conscientes de que nos interesa mantenerlo en ese puesto y que obre siempre acorde a nuestros dictados.

Nuño no intervenía, limitándose a escuchar, aunque presentía que el mercader estaba a punto de hacerle una petición importante.

—Quiero que se me nombre maestro veedor —concluyó al fin.

Al señor de La Torre le cogió por sorpresa dicha demanda, como dedujo Alejo por la expresión de pasmo que dibujaba su rostro.

—El duque debe otorgarme tal nombramiento —prosiguió Alejo, haciendo caso omiso del palpable estupor que iba creciendo en su interlocutor— para que después lo ratifiquen los demás regidores del Cabildo. Proviniendo de don Mauricio, nadie osará contradecirlo —concluyó convencido.

Nuño no salía de su asombro.

—Alejo, lo que me pides es un desatino, nunca ha existido tamaña dignidad entre los pares del Cabildo —contestó atónito.

—Debes proponerlo ante el duque y convencerlo de la bondad del acuerdo. Tienes ascendencia sobre él, confía plenamente en ti, y ese cargo nos beneficiaría a ambos... También al propio duque —le anunció sibilino.

—No sabría cómo —repuso Nuño, meditabundo.

Alejo lo miró fijamente a los ojos, y su oponente le sostuvo la mirada sin ni siquiera pestañear.

—Ser nombrado veedor del Cabildo significaría que me encargaría de redactar las ordenanzas y los estatutos municipales que regirían la vida de la ciudad.

—No obstante —repuso Nuño—, deberán someterse a la autoridad del propio Cabildo antes de ser sancionados finalmente por la Corona.

—Deja de mi parte la aprobación por el Cabildo. Sé muy bien cómo atraer su anuencia —dijo Alejo, maniqueo—. Además —continuó—, conlleva poderes de inspección sobre los distintos gremios y talleres de bastimento de toda la ciudad.

Nuño sopesaba la oferta meditando acerca de su conveniencia.

—Tú, a través de mí, lo controlarías todo. No solo las finanzas de la hacienda ducal y del Cabildo, sino también las de los gremios —le lanzó el mercader, malicioso—. Ambos nos convertiríamos en hombres mucho más ricos de lo que ya somos y con un poder mayor que el de muchos ilustres y notables, de quienes nos granjearíamos su voluntad.

Tras lo expuesto, el silencio volvió a sobrevolar la cámara que los acogía con la complicidad de sus sólidas paredes.

Nuño se levantó y rellenó nuevamente las copas, pensativo. Aquel aromático caldo parecía mantener una agradable temperatura dentro de la damajuana forrada de mimbre que asomaba por entre los legajos.

—Tu pretensión es muy arriesgada —confirmó Nuño—. Nuestra posición es envidiable y cualquier paso en falso podría suponer nuestra caída.

Apoyado sobre una dormilona situada junto a la ventana insufló un poco de aire antes de proseguir.

—Además, tú ya tienes suficientes enemigos, Alejo. Este cargo levantaría sospechas y atraería miradas que podrían poner en peligro nuestros anteriores acuerdos —intentó razonar, si bien algo confuso.

Alejo se removía en su asiento, contrariado por los inconvenientes que Nuño le exponía, aunque le dejaba hablar pues bien sabía que todos sus negocios habían empezado con las reticencias del secretario ducal, hombre a quien tenía por inteligente pero de pocos arrestos para acometer empresas arriesgadas.

Tal vez, caviló, a eso se debieran los logros y granjerías obtenidos durante todo ese tiempo: mientras uno soltaba lastre cada vez que veía posibilidades de negocios el otro, sin embargo, ataba la soga con prudencia para no zozobrar.

Entretanto oyeron voces procedentes del interior de la casona, pero supusieron que se trataría de una riña doméstica sin mayor alcance y continuaron con sus planes.

—Incluso no hace mucho que expuse ante el duque —prosiguió Nuño— que intercediese por ti para obtener la real cédula con la que poder mercadear con el gremio de la Lonja de la Seda de Valencia, lo que sin duda levantará recelos entre los sederos, por lo que te recuerdo que no nos conviene...

—Y yo te recuerdo que un quíntuplo de todas esas ganancias sostienen la hacienda ducal —le lanzó furioso Alejo— y que mis paños y sedas cubren los altares de todas las iglesias y capillas de la ciudad, a mayor gloria del Altísimo y de la propia casa de Feria, sin obtener por ello nada a cambio. Además, nuestras sacas fueron las primeras en sustentar a las huestes de Su Majestad en la campaña portuguesa —refirió visiblemente irritado.

Volvieron a guardar silencio. Ambos sabían que se necesitaban.

—Debo sopesarlo —propuso Nuño con tono melifluo.

En ese momento Alejo supo que había ganado la partida, por lo que su rostro demudó en un relajado gesto de satisfacción.

—Eres un hombre rico, poderoso dentro de la ciudad, miembro del Cabildo... —argumentó el señor de La Torre con voz queda, como si hablara consigo mismo.

Mientras, Alejo miraba distraído su vaso, decorado con finos hilos, donde apuraba un último sorbo de aquel amontillado que le templaba la garganta.

—Dispones de decenas de aprendices repartidos por todos tus talleres que te obedecen, acuden a diario sin ausentarse y cuentas con unos oficiales que responden por ellos guardándote fidelidad —agregó Nuño, en un último intento de hacerlo cambiar de opinión—. Incluso tienes autoridad sobre los maestros de los gremios que presides... ¿Por qué ansías tanto poder?

A punto estuvo de añadir que Alejo no tenía heredero varón a quien legar su vasto patrimonio, aunque, precavido, guardó silencio.

No hubo tiempo a más, el vocerío procedente del patio iba en aumento. Uno de los justicias, en comanda del Cabildo, envalentonado por la negativa de los criados a molestar a su señor, exigía verlo de inmediato.

Al poco, el mayordomo, temeroso, llamó tímidamente a la puerta de la cámara donde permanecían reunidos. Tras recibir licencia, entró sin atreverse a mirar a su señor directamente a la cara.

—¡Habla! —le espetó Nuño, malhumorado.

—Mi señor, un enviado del Cabildo ruega con urgencia entregarle un aviso de don Rodrigo, el regidor mayor —explicó tras una medida inclinación.

—¿Y por qué no me lo has subido tú mismo?

—Mi señor, el alguacil dice que porta un aviso de palabra que solo debe transmitiros en persona —aclaró.

Tanto Nuño como Alejo se miraron extrañados ante dicho proceder. Siempre tuvieron a Rodrigo por un hombre juicioso y recatado, por lo que dedujeron que algo grave debería haber ocurrido.

—¡Hazlo subir sin tardanza! —le ordenó.

El lacayo dio un respingo y bajó la escalera con un nerviosismo cada vez más palpable.

Al poco el justicia, a quien reconocieron al instante pues se trataba de uno de los hombres de confianza del regidor mayor, se personó en la cámara.

El enviado se humilló ante ellos, lo que provocó que la capa le cayese bordeándole la cintura. Se descubrió torpemente y asió con la diestra el sombrero de plumas que lo distinguía con su rango.

—¡Habla de una vez! —le exigió Nuño del Moral, cada vez más irritado.

—Señor, don Rodrigo, el regidor mayor del Cabildo, os ruega que partáis hacia Zafra sin demora —informó el alguacil en un tono que pretendía ser neutro.

—¿De qué asunto se trata? —preguntó intrigado el señor del mayorazgo.

—Ha habido un asesinato —confirmó el enviado, tembloroso.

—Repite lo que has dicho —ordenó incrédulo Nuño.

—Pude oír que han encontrado muerto a uno de los miembros del Cabildo, asesinado en su propio taller.

—Pero ¿cómo...? ¿De quién se trata? —Esa vez fue Alejo

quien preguntó, habiéndose puesto en pie al igual que su anfitrión.

El interpelado titubeó antes de proseguir.

—Se trata de Melquíades, el cofrade mayor del gremio de los curtidores.

—Melquíades, el viejo Melquíades... —pronunció Nuño en un leve susurro que resultaba casi inaudible, como si no pudiera dar crédito a lo que sus oídos acababan de oír.

—La amenaza se ha cumplido —refirió Alejo Guzmán ante el gesto de asombro del alguacil al escucharlo.

—Ve y di a tu señor que no tardaremos en llegar —le ordenó Nuño mirando de soslayo hacia la lumbre, donde los escritos que había arrojado horas antes apenas eran ya un puñado de pavesas.

Al poco, el justicia cabalgaba de vuelta a Zafra mientras en el interior de la hacienda aún flotaban en el aire las últimas palabras pronunciadas por el regidor: «La amenaza se ha cumplido».

11

Gante, Flandes, Imperio español

L eonarda se había despedido de Coba, a quien avisó antes de salir que le guardase el almuerzo para la cena ya que, después de atender el taller de hilos y bordados, debía dirigirse al palacete, donde la esperaban la marquesa y sus hijas.

Mientras se dirigía al taller de paños, donde ya se encontraría Miguel, fue pensando por el camino la forma de acompañarlo en su viaje de regreso a Zafra. No sabía qué peligros le depararía quizá aquel viaje ni cómo sería recibida por su padre, pero de lo que estaba segura era de que su madre se desharía en lágrimas mientras la besaba y la abrazaba sin poder parar de reír, como la última vez que se vieron.

Desde aquella amarga despedida, no habían vuelto a verse, aunque por las cartas que le mandaba a través de Miguel la sentía cercana, tanto que las hojas rezumaban el mismo aroma de lavanda de su piel, como si la tuviera allí mismo, delante de ella.

Nada más llegar al gran edificio que albergaba los telares,

cubierto por un tejado a dos aguas de lascas de pizarra para evitar que la nieve caída durante el invierno permaneciera sobre ellos, Leonarda se introdujo por una pequeña escalera de caracol que llevaba a los sótanos. Aquella vetusta construcción guardaba en su vientre el taller de hilos y bordados que años atrás iniciase su producción en el castillo de Gravensteen, auspiciado por la condesa de Flandes y dirigido por ella misma, antes de que el nuevo gobernador decidiera utilizarlo para sus caballerías.

Nada más llegar, pasó a revisar el trabajo de aquel grupo tan dispar de mujeres que habían encontrado entre los hilares un medio de vida, un sustento con el que alimentar a sus familias.

Al principio, la mayoría de ellas eran hijas de otros mercaderes que buscaban aprender un oficio con el que ayudar en sus casas y, en cierta forma, ir reuniendo un puñado de reales y ducados hasta lograr una dote propia con la que poder desposarse. Más tarde, Leonarda fue admitiendo a todo tipo de mujeres, incluidas las más desgraciadas y descarriadas que, agradecidas, le mostraban unas sonrisas desdentadas al tiempo que se afanaban en aquellas faenas que les brindaban una oportunidad de vida.

El taller se desenvolvía afianzado y cada vez tenían más pedidos, no solo del vulgo, sino también de los prohombres de la ciudad, del clero y de la nobleza local.

Con el tiempo había ido organizando las tareas en función de las habilidades de sus trabajadoras. Por un lado estaban las propias hilanderas y bordadoras, que se aplicaban con el bordado de hilo blanco para las piezas de mantelería, las ropas de cama, los doseles y los cortinajes palaciegos e, incluso, con los ribetes de las bocamangas de los lacayos de casas principales. Otras, más aventajadas, se encargaban del frunce, en forma de nidos de abeja, para los niños burgueses, así como con el bordado de aljófar en el que, con hilos de seda, se unían al tejido pequeñas sartas de perlas u otros abalorios con los que las damas pretendían competir entre sí.

Algunas de las más viejas y expertas se habían especializado en el punto de cordón, de puntadas tupidas y compactas, perfectas, muy del gusto de los nobles flamencos, con el que se hacían revestir chalecos y levitas, o en el bordado de oro, cosiendo con finas hebras de ese preciado material y también de plata, aunque en menor medida, los faldones y las casullas de los altos dignatarios eclesiásticos.

Leonarda había logrado cobijar asimismo a un puñado de ignaras para trabajos que requerían de menos habilidades y sí más esfuerzos para la preparación del hilo, como peinadoras y devanadoras, encargadas de cribar y peinar los vellones de lana con los que hacer ovillos.

En los últimos tiempos, Leonarda había recibido más encargos de los que podía atender, procedentes incluso de otras ciudades flamencas de tradición tejedora como Brujas y Lieja, dada la reputada calidad de sus acabados.

Casacas y levitas bordadas con oro matizado supusieron un verdadero quebradero de cabeza para Leonarda, hasta para las más expertas de sus hilanderas, debido al exacerbado apego del nuevo gobernador por los revestimientos con cordoncillo de oro, al gusto de los telares de El Escorial en la corte de Felipe II, bisabuelo del actual rey Carlos.

La actividad era frenética, y Leonarda echaba de menos aquellas plácidas tardes en las que holgaba junto a Alonso, despreocupados y alegres, o cuando trotaba a lomos de Telmo por las verdes campiñas mientras el viento alborotaba su cabello.

Sin embargo y a pesar de todo, desde que su tío les diera nuevas sobre lo que acontecía en Zafra su cabeza bullía con intensidad rumiando una sola idea: deseaba regresar y encontrarse con sus padres, a quienes protegería de cualquier peligro que sobre ellos se cerniese. Ese sería su propósito.

Cuando las campanas de San Bavón anunciaban la hora tercia, Leonarda se despidió de Alonso y encaminó sus pasos hacia el palacete de la rúa de los Burgaleses, en el que la marquesa de Castel-Rodrigo se había acomodado con sus hijas y donde recibía la visita de su esposo varias noches durante la semana. El gobernador seguía instalado para los asuntos del gobierno en el castillo de Gravensteen, desde donde intentaba mantener la autoridad de la Corona a pesar de los fieros ataques y hostigamientos a los que continuamente los sometían las tropas francesas.

Leonarda disponía de un salvoconducto que le había proporcionado el secretario del gobernador, bajo orden expresa de la propia marquesa. Caminaba envuelta en sedosos paños para protegerse de la humedad y del frío, ocultando sus cabellos bajo la capucha de una esclavina de color azul turquesa cuyas bocamangas se habían sobrehilado con punto de vainica en sus telares. Unos botines protegían sus pies, empeñados en alzarlos sobre las decenas de charcos que inundaban las calles tras varias noches de torrenciales lluvias, amenazando con formar una laguna.

Avivó el paso y se introdujo a través de uno de los edificios anejos al palacio que a esas horas permanecía envuelto en un ir y venir de sirvientas y mayordomos que se esmeraban en acondicionar la residencia al gusto de sus nuevos señores.

Sin mediar palabra, subió por una escalera hacia la planta noble, donde residía la ilustre con sus dos hijas. La camarera, nada más verla, correteó hacia ella. Era una muchacha mofletuda de atolondrados ademanes que tapaba sus dorados rizos bajo un tul que, más que realzar sus facciones, las empeoraba considerablemente.

—Por fin estás aquí... —le espetó—. La señora hace tiempo que te espera.

Leonarda la miró extrañada. Había calculado el tiempo de modo que llegase puntual a la cita, como era costumbre.

—Las niñas están revueltas —le confió—, quieren salir de esta jaula de oro en la que su madre se empecina en mantenerlas para salvaguardar su virtud.

—Anúnciame, Matilda —fue cuanto obtuvo por respuesta.

La muchacha, sonriendo distraída, hizo un ademán para indicar a Leonarda que esperase unos instantes antes de acceder al salón donde la aguardaban impacientes.

Leonarda pensó que, tal vez, aquel repentino interés por conocer el mundo que las rodeaba podría serle de gran ayuda para conseguir su propósito.

Las puertas se abrieron de par en par y, mientras se adentraba en el salón, pudo observar de soslayo su silueta perfilada sobre el suelo recién pulido.

Ni siquiera le dio tiempo a reverenciar ante la marquesa, ya que una de sus hijas, la más pequeña e inquieta, se abalanzó sobre ella asiéndola de la cintura como los alfileres al acerico, gimoteando nerviosa, mientras que la mayor observaba la escena a escasos pasos, enfurruñada.

—Oh Leonarda, menos mal que ya estás aquí —le espetó Ana María de Aragón, desesperada y turbada por la situación, dispensándole aquel trato tan cercano y familiar que sabía agradecer.

Leonarda acarició los sedosos bucles dorados de la pequeña para intentar calmarla y extendió el brazo que le quedaba libre hacia la mayor para que se uniera a ellas.

Cuando tuvo a las dos muchachas junto a sí se arrodilló y les susurró al oído mientras fingía que su madre no podría oírla.

—Secaos las lágrimas y mostraos tranquilas ante vuestra madre, os prometo que muy pronto vuestra situación va a cambiar... —Y, guiñándoles un ojo, las caras de ambas se tornaron alegres para desconcierto de su progenitora—. Ahora idos y jugad con vuestras ayas. Dejadme a solas con vuestra madre, que he de hablar con ella.

Las tres miraron a la marquesa, que, ya más tranquila, concedió que sus hijas se ausentaran con un movimiento de la cabeza, apenas perceptible de tan ligero. Todo lo que hasta hacía unos instantes eran pataleos y rabietas se transformaron en brincos de contento y alborozo.

Entre tazas de café y bizcochos de naranja, Leonarda convenció a la marquesa para que permitiera salir a las niñas del palacete al menos un par de tardes en semana, contando con la compañía de sus ayas y de un instructor de su confianza con el que se irían familiarizando en el arte de la doma, con la intención de que su presencia entre ellos fuera cada vez menos necesaria.

Dispuso que una carroza las llevase hasta un páramo, no muy alejado de la almendra de la ciudad, propiedad de su tío Miguel, donde merendarían y montarían a caballo.

Le contó cuán beneficiosas resultaron para la hija de la condesa de Flandes aquellas escapadas, cambiando completamente su actitud. Confiaba en que, con aquellos rayos de libertad, las niñas se familiarizaran con la lengua flamenca que Leonarda dominaba, además de instruirlas en gramática, lengua latina y álgebra. Las pequeñas agradecerían un poco de aire fresco, escapando del tedio impuesto por los propios gobernadores desde su llegada a Flandes, cuajado de honores y besamanos.

Así, ella misma dispondría también de un tiempo extra para montar a Telmo y trotar despreocupada por el bosque.

De pronto le vino a la mente la imagen de su tío Miguel acompañándola en su niñez mientras cabalgaban por las adehesadas tierras de su hacienda, repletas de quejigos y encinas, de cielos azules, limpios, con un sol rebosante que calentaba a los bandos de grullas que rompían la quietud del horizonte con su aleteo.

Todo aquello la devolvió a la verdadera razón por la que estaba ante la marquesa de Castel-Rodrigo. Era el momento idóneo para proponerle su plan. Un plan secreto, que había guardado celosamente sin compartir con nadie, ni siquiera con Alonso, desde que Miguel les contase los verdaderos motivos de su latente preocupación.

Decidida a conseguir su propósito, se dispuso a hablar con franqueza a su interlocutora, que se encontraba feliz de haber encontrado una solución a la indómita reacción de sus hijas. Estaba segura de obtener la gracia que había ido a buscar.

12

Castillo de Gravensteen, Gante
Audiencia con el marqués de Leganés

L eonarda miraba de soslayo a su tío Miguel, quien, con expresión taciturna, movía levemente la cabeza de izquierda a derecha como si con ese gesto negase la evidencia.

—Todavía no comprendo tu actuar —le recriminó Alonso entre susurros.

—Ni siquiera nos has consultado lo que te proponías hacer —le echó en cara Miguel—. Lo juzgo del todo insensato, por no hablar de lo peligroso de la encomienda.

Leonarda los miraba complacida, aunque se cuidaba de no mostrar su contento pues, en el fondo, ella también era consciente de los peligros de la empresa que tenía intención de iniciar. Además, sabía que ambos estaban muy preocupados por cómo acabaría esa partida. Sin embargo, se guardaba un as en la manga.

Se encontraban en la antesala de la cámara del marqués de Leganés, alojado en la residencia oficial del gobernador de

Flandes. La estancia, fría pero acogedora, se había revestido con vistosos tapices llegados desde la Manufactura Real de Malinas en los que predominaban los motivos de caza, así como las tomas conmemorativas de algunas plazas fuertes por los tercios viejos de los Austrias.

Le llamó mucho la atención un tapiz, más pequeño que los demás, en el que se conmemoraba la coronación del emperador Carlos, junto a otro, de similar tamaño, que evidenciaba la lucha contra los mamelucos.

Leonarda había convencido a Ana María de Aragón, la marquesa de Castel-Rodrigo, para que pudiera estar presente en la audiencia que el de Leganés, Diego Dávila y Mesía, tendría con Alonso y Miguel para tratar asuntos del mercado de piezas de arte, principalmente de pinturas y tablas de las escuelas flamencas, obras muy demandadas en los reinos peninsulares.

El marqués era un afamado coleccionista del que se decía que los fondos para su propia subsistencia no procedían de sus mermados bienes ni de los arriendos de sus aparceros, que apenas si le daban para el sostenimiento de su casa, sino de los lienzos con los que mercadeaba aprovechando su ascendencia en la corte.

De él se contaba que admiraba a Bartolomé Murillo y que había tenido mucho que ver con que los frailes del convento de San Francisco de Sevilla contrataran al maestro para ensalzar con sus pinceles las virtudes franciscanas de la caridad, el misticismo y los milagros salutíferos. Sin embargo, buscaba en el norte de Europa a pintores que se alejasen del arraigado catolicismo que hasta entonces había imperado en los reinos y estados peninsulares y, por ende, también entre los más variopintos pintores de la corte.

Ellos lo desconocían, pero entre sus principales fuentes de ingresos se encontraban casas de abolengo tan importantes como la de los duques de Benavente, de quienes se comentaba que en su palacio de la noble ciudad de Valladolid, cuna regia de los primeros Austrias, atesoraban una pinacoteca que podía compararse con la del palacio del Buen Retiro de Madrid.

La marquesa de Castel-Rodrigo había aconsejado a Diego Dávila y Mesía que se ganase el favor de los Guzmán, pues tanto Miguel como su sobrina Leonarda y el esposo de esta, Alonso, provenían de una familia de ricos mercaderes cuyos paños hacía lustros que revestían altares y engalanaban los armarios de las familias más principales. Además, a poco de instalarse en la ciudad, habían iniciado un floreciente comercio de lienzos y pinturas, lo que para el marqués de Leganés significaría un asidero del que no estaba dispuesto a soltarse para hacer negocio.

—No entiendo qué interés tienes en acompañarnos a Aquisgrán —le dijo Alonso a Leonarda con un rictus de sincera preocupación—. La ciudad estuvo sitiada hasta no hace mucho tiempo y los caminos pueden estar llenos de salteadores o de soldados sin nada que perder, fieros y desmedidos.

—Llevaremos la escolta que el gobernador nos ha prometido —respondió Leonarda—. Además, el marqués de Leganés dispone de su propia mesnada, que también nos acompañará.

—No es una ciudad para mujeres... Y este es un asunto de hombres —le espetó Miguel en un tono de voz que pretendía ser autoritario, aunque sin conseguirlo.

A Leonarda no se le escapaba que los nobles y burgueses flamencos, así como los llegados desde muchas otras naciones, acudían a la ciudad de Aquisgrán atraídos por sus balnearios, de los que se decía que sus aguas termales curaban el reuma y el mal de los bronquios.

Sin embargo, no era menos cierto que los propios flamencos y gran parte de los foráneos que hasta esas tierras arribaban enfermaban del mal de bubas, una dolencia conocida también como «el mal francés» que se caracterizaba por las úlceras, las fiebres o la caída del cabello de aquellos desgraciados que la padecían y que era contraída debido a la gran cantidad de prostíbulos y barraganas que poblaban sus calles, si bien era en los burdeles de baja estofa donde la enfermedad se extendía con más celeridad, compitiendo con el hambre y la miseria de sus moradoras.

Tal vez, pensó Leonarda, su tío y Alonso llevaran razón. Quizá pretendían protegerla no solo de los horrores de la guerra sino, al mismo tiempo, de la pobreza de muchas mujeres que, aun en la distancia, no eran muy distintas de algunas de las que ella misma había acogido y protegido, enseñándoles un oficio con el que salir de la ruindad y de la porqueriza de sus calles. Así pues, Leonarda reconsideró su decisión: no viajaría con ellos a la peligrosa ciudad de Aquisgrán.

Con todo, calculadora y precavida como era, prefirió no decirlo en aquel instante y jugar aquella baza como moneda de cambio dado que, a continuación, tendría que anunciarles lo que sin lugar a dudas les iba a provocar una mayor inquietud.

—Hay algo más... —les confió Leonarda—. La marquesa ya ha convenido con el marqués que en unas semanas, cuando marche hacia la península, iré con él.

Atónitos, a Miguel no le salían las palabras mientras que a Alonso se le instaló un nudo en la garganta que apenas le dejaba respirar.

—El gobernador firmará un salvoconducto por medio del cual zarparemos bajo su protección hasta llegar a la península. Una vez allí, seguiremos camino hacia Madrid, bajo el amparo del propio marqués. Y... ya en la corte, el gobernador, por medio del marqués, demandará protección para nosotros hasta llegar a Zafra, jurisdicción del ducado de Feria. La propia marquesa ha escrito una misiva a la duquesa viuda, doña Mariana de Córdoba, para que me acoja en el alcázar hasta que pueda hablar con mi padre y me cuente de primera mano la situación en la que se encuentran y obtenga su permiso para volver a nuestra hacienda.

Leonarda hizo una pausa antes de seguir con la explicación.

—Tío, necesito ver a mi madre, sentirla y saber que no corre ningún peligro. Juntos viajaremos bajo la protección de nuestros benefactores sin que ningún mal nos aceche. Por su parte, Alonso aguardará nuestra vuelta, haciéndose cargo de los talleres.

Ambos hombres se miraron sin ser capaces de articular palabra.

—El gobernador velará por la buena administración de nuestras propiedades, evitando revueltas o envidias entre los demás gremios. Por otro lado, es muy importante para nosotros crear puentes de unión con el marqués de Leganés, no solo por la protección que nos brinda, sino porque de su contento depende que tengamos una fructífera negociación. Habremos de ceder y que se vea colmado en sus ganancias y comisiones, como cedimos ante la marquesa de Castel-Rodrigo y, antes, ante la condesa de Flandes. Así y todo, aunque veamos mermados nuestros beneficios, no necesitamos más de lo que ya tenemos.

Poco más pudo argumentar. Uno de los ayudas del gobernador se aprestó a indicarles que el marqués de Leganés los esperaba en su cámara.

Fue entonces cuando Leonarda les anunció que seguiría sus consejos y no viajaría a Aquisgrán, sintiéndose, en parte, aliviados por aquella decisión.

Así pues, sería Alonso quien acompañaría al noble y quien se encargaría de departir con él acerca de los pormenores del viaje y de las comisiones del negocio que pretendían emprender.

Leonarda depositó un cálido beso en los fríos labios de su amado que lo tranquilizó, susurrándole al oído que esperaría su vuelta al anochecer. Sabía que Alonso comprendería sus motivos.

Más le preocupaba su tío, que podía ser terco como una mula, al igual que ella. Sin embargo, cuando Alonso ya se hubo adentrado en la cámara ocupada por el marqués de Leganés intercambió una fugaz mirada con Miguel y ambos vieron reflejados el uno en el otro el sincero amor que se profesaban.

Se sonrieron, y Leonarda supo que no opondría resistencia. Su destino, una vez más, había sido cincelado por su voluntad. Solo deseaba que no le fuera esquivo.

13

Palacio arzobispal de Toledo

—*I* *te, missa est.*
—Deo gratias.

Las vaharadas de incienso procedentes de los sahumerios escalaban cadenciosas las artesonadas bóvedas de la capilla. Un joven capellán, escondido tras una rosácea casulla, propia del segundo domingo de Adviento, daba por concluida la eucaristía para la asamblea eclesiástica toledana que presidía Pascual de Aragón, arzobispo primado de España, que había acudido seguido por una cohorte de obispos, arcedianos y canónigos.

Toledo había amanecido soleada. En sus calles, bulliciosas y alegres, los parroquianos se aglomeraban en las plazas alrededor de los puestos de buhoneros y de los mercaderes que las atestaban de fruta fresca, especias, vinos y aves. Sus incontables iglesias y ermitas albergaban en sus atrios toda una legión de mendigos y ciegos acompañados de sus lazarillos, al tiempo que trovadores y trileros engatusaban a los incautos con sus romanzas y sus juegos.

Un nutrido grupo de negros tintos, azuzados por los capataces, portaban cargas de leña y cántaras de agua de camino a las casas de sus amos, pasando desapercibidos para los demás.

Al arzobispo no le gustaba mezclarse con los feligreses, a quienes consideraba unos desharrapados que poco aportaban a los cepillos de su iglesia. Tan solo los ilustres de la ciudad y los ricos burgueses, que llenaban su panza y sus alforjas, eran bien recibidos para él en la casa de Dios.

Sin embargo, en esa ocasión se había visto obligado a abandonar la catedral de Santa María, sede de la archidiócesis, para asistir a la misa en un antiguo templo que se había rehabilitado por antojo de María de Sandoval, esposa del conde de Orgaz. Era uno de sus mayores benefactores y, por boca de su mujer, había rogado el favor del prelado con la intención de que intermediase ante los grandes de España para que alguno de sus hijos, segundones en la línea de sucesión de los bienes y las rentas del condado de Orgaz, pudiera copar puestos de responsabilidad en el Consejo de Castilla y, llegado el caso, en la propia corte.

Así, con lo más granado de su séquito, el arzobispo se había personado para asistir a los oficios en la iglesia de San Torcuato. Era esta una antigua parroquia mozárabe que había perdido toda la feligresía hasta que las agustinas, que procedían del beaterio de Santa Mónica situado junto a la puerta del Cambrón, trasladaron su convento a unas casas llamadas de las Melgarejas, contiguas a la iglesia de la que pasarían a ser titulares, si bien previamente el primado de España les había impuesto la obligación de que tomaran el velo y el hábito de clausura de la Orden de San Agustín y siguieran la guía espiritual de los padres agustinos.

—*Totus tuus ego sum, et omnia mea tua sunt* —proclamó en un latín aterciopelado el capellán abriendo los brazos en cruz al tiempo que contemplaba la inmaculada talla de la Virgen María que presidía uno de los altares laterales del templo—. *Accipio te in mea omnia. Praebe mihi cor tuum, Maria* —pronunció en un susurro trémulo, como de sincero arrepentimiento, antes de desaparecer tras unos cortinajes a través de los cuales se accedía a la sacristía mientras la comitiva del prelado iba abandonando el templo en recogido silencio.

Antes de volver a la sede catedralicia, el cochero había recibido órdenes por parte de uno de los obispos auxiliares de dirigirse a la Bajada del Barco para que Su Eminencia pudiera observar personalmente la edificación del convento de la Purísima Concepción, cuyas titulares serían unas beatas acogidas a la regla de san Benito, convertidas en monjas benedictinas. A continuación debía dirigirse desde allí hasta la calle de la Chapinería, en uno de los laterales de la plaza Mayor, para visitar el hospital del Rey, donde el arzobispo daría la unción a todos aquellos desgraciados sin cura que estaban a cargo de una hermandad de beneficencia compuesta por los regidores del Cabildo, quienes no solo sostenían dicha casa de misericordia y su dispensario, sino que contribuían de igual modo al sostenimiento de las arcas catedralicias.

Todo aquello mortificaba al prelado, que acudía muy de tarde en tarde y de muy mala gana a realizar las visitas pastorales a los pobres y los enfermos de la ciudad, habiéndose negado en redondo a visitar barrios como el del Handrajo, donde el nauseabundo olor a podredumbre y pústulas le provocaba unas incontrolables arcadas difíciles de disimular.

Una vez que abandonó el templo, mientras transitaban por el camino real que unía Toledo con Sevilla, en dirección a la puerta de Yébenes, el embudo que producía el Agujero del Ángel le trajo el sonido de las campanas de la iglesia de San Ildefonso, el templo de los jesuitas. Años atrás había conocido allí al padre Beltrán, quien siempre se había mostrado leal a su causa, más aún desde que ostentaba la dignidad de ser el prior de la casa madre que los jesuitas poseían en Madrid.

Todo ello le recordó la misiva que, hacía una semana, le había remitido su sobrino, Nuño del Moral. En ella le pedía que mediara en el esclarecimiento de unas extrañas amenazas dirigidas contra los corregidores del Cabildo de Zafra que habían sembrado el miedo entre sus pares y que, de llegar a ejecutarse, podría provocar una gran inestabilidad y dar al traste con el sostenimiento de las finanzas, no solo del Cabildo, sino de las del propio arzobispo. Esto último fue lo que lo llevó a adelantar su viaje a Madrid, donde nada más llegar convocaría una reunión con el padre Beltrán. Lo tenía por uno de los mejores pesquisidores del reino, un hombre prudente, inteligente y cabal que gustaba de pasar desapercibido bajo los oscuros hábitos de la Compañía, a la que se mantenía leal a pesar de los vientos desfavorables que corrían desde hacía tiempo para los hermanos de Loyola.

En unos días tendría que estar en la corte, pues Mariana de Austria lo había convocado para asistir al Consejo de Regencia, del que era miembro de pleno derecho, como así dejó testado el difunto rey Felipe, a pesar de las malas artes de la regente, con quien tuvo que transigir a fin de conservar rango y privilegios.

Sería el momento oportuno para entrevistarse con el jesuita y proponerle una nueva encomienda: desenmascarar a los facinerosos que estaban amedrentando la voluntad de los corregidores de Zafra. Sabía que no le defraudaría. Pensó que más le valía no hacerlo, ya que el sostenimiento de su colegio de huérfanos dependía de su favor.

Para entonces, ya se había cometido un crimen, aunque el prelado aún no lo sabía.

14

Consejo del Cabildo, Zafra
Miedo y desconcierto entre los corregidores
por el crimen de uno de sus pares

Nuño del Moral había galopado raudo las poco menos de tres leguas que distaban desde los dominios del mayorazgo de La Torre hasta Zafra. Nada más avistar la silueta de la ciudad, situada sobre una gran llanada donde destacaba el imponente alcázar amurallado de los duques de Feria, azuzó impaciente a su montura, que relinchaba bravía cada vez que sentía en los ijares las espuelas claveteadas.

Las campanas de la colegiata de la Candelaria, volteadas al aire, anunciaban la hora prima cuando se adentraba por los recovecos del zoco de la plaza Chica, donde los feligreses, enfrascados en disputas con los mercaderes, se hacían a un lado nada más oír el sonido, seco y metálico, que provocaban los cascos del caballo sobre el empedrado.

Algunos gatos huyeron despavoridos y las aves se dispersaron con gran alboroto, entre maldiciones de los porqueros, cuyos cerdos hocicaron desconcertados por entre la arquería de la abigarrada plaza.

El veloz galope atemorizó a las madres, que acogieron a sus hijos bajo sus sayas para evitar que fueran aplastados por tan brioso corcel.

Nuño no reparaba en nada, dispuesto como estaba a llegar cuanto antes al cabildo para encontrarse con Rodrigo, el regidor mayor.

A sus espaldas quedó la puerta de Jerez, por la que velozmente se había adentrado. El blasón de la casa de Feria ondeaba sobre el doble arco apuntado de sillería en el que se encontraba la hornacina del Cristo de la Humildad junto a un ornamentado jarrón de azucenas, símbolo de la ciudad.

Algún tímido dicterio, lanzado por los incautos que no reconocieron al jinete que los sobrepasaba, enseguida quedaba amortiguado por la algazara de la chiquillería, que holgazaneaba apedreando perros o jugando con sogas y aros.

El sol parecía confortar sus destemplados cuerpos y avivar las sombrías calles, resbaladizas y humedecidas por la escarcha y por la reguera que, inmisericorde, las atravesaba ahíta de inmundicias.

Atravesando la plaza del Cabildo como llevado por el propio diablo, entró en el atrio porticado, donde unos justicias se hicieron cargo de su cabalgadura. El animal, exhausto por el esfuerzo, echaba espumarajos por la boca, cubriéndole los belfos una ambarina baba, pegajosa y colgante como un carámbano.

Nuño ascendió por la escalinata saltando de dos en dos los foscos peldaños de pizarra y se adentró en la sala del Consejo donde, para su sorpresa, encontró a sus miembros vociferando y volteando las manos al aire con desmedidos aspavientos.

Rodrigo, que parecía acobardado bajo el penacho ducal, en cuyo nombre gobernaba la ciudad, intentaba calmar los ánimos de los demás corregidores sin conseguirlo. Al ver aparecer al secretario de los duques de Feria pareció, al fin, serenarse.

Con paso firme, Nuño atravesó el largo pasillo que separaba la puerta de entrada de la mesa capitular donde se encontraba el regidor mayor mientras el silencio y la calma iban tornando a los corregidores, pues bastó con su presencia para que los ánimos, envalentonados hasta ese instante, se fueran sosegando.

Todavía faltaban por llegar algunos de sus miembros, por lo que aguardaron impacientados mientras Nuño y Rodrigo departían en un rincón del salón. El rictus de espanto del secretario de los duques no presagiaba nuevas buenas, para mayor alarma de los allí congregados, por mucho que se esmerase en disimularlo.

Al poco llegó también Alejo Guzmán quien, de propósito, decidió no comparecer al mismo tiempo que Nuño. No tuvieron que esperar mucho más. Todos los gremios estaban ya representados por medio de sus cofrades mayores, algunos incluso se habían hecho acompañar por varios de sus maestros. Tan solo faltaban los representantes del gremio del cuero y las pieles: zurradores, talabarteros, guarnicioneros, odreros..., empleados en organizar las exequias del malogrado Melquíades.

Alejo aguardó a una señal de Rodrigo, y cada cual ocupó su lugar en la mesa del consejo. Nuño presidía sentado en un sillón de madera de haya flanqueado por sendos estandartes, asidos a un grueso astil, con los emblemas de la Corona y de la casa de Feria para simbolizar el poder que ejercía sobre los moradores del ducado.

A su lado se encontraban Rodrigo, como regidor mayor del Cabildo, y Alejo Guzmán, como patrono de los Cinco Gremios. Enfrente se hallaban todos los demás, a quienes habían elegido sus cofrades para representarlos en el Consejo del Cabildo.

Apenas un murmullo sobrevolaba por encima de sus cabezas, cobijándose en el techo abovedado del salón. A una indicación de Nuño, los justicias cerraron las pesadas puertas de roble, que resonaron con gran estrépito tras ellos.

Todos aguardaban sus palabras con el miedo desbordando sus ojos. La ansiedad hacía mella en sus caras sin que pudieran hacer nada por evitarlo.

—Serenaos, os lo ruego —demandó Rodrigo, y acompañó sus palabras con un suave movimiento de las manos con el que intentaba aplacar los ánimos de sus pares.

Nuño asentía con altivez al tiempo que miraba fijamente a todos los corregidores, intimidados con su presencia.

—La amenaza se ha cumplido —prosiguió Rodrigo—. Cuando alboreaba, uno de los oficiales del malogrado Melquíades dio aviso a los justicias al hallar a su maestro desangrado en el taller de curtidores.

Al pronto un encendido murmullo sobrevoló de nuevo la techumbre.

—Nuestro cirujano y sajador, escoltado por dos justicias, no ha podido hacer nada por salvarle la vida, no quedando por más que constatar su muerte —agregó apesadumbrado.

Rodrigo se aclaró la voz con un poco de agua anisada que tragó no sin dificultad y se aprestó a leer el escrito que guardaba en un pequeño cofre, junto a la salvadera de plata, dispuesto sobre la mesa.

El escrito aludido aparecía marcado en uno de sus bordes, ya que se había hallado en la hornacina de la capilla del Cabildo atravesado por la lanza del arcángel san Miguel, patrono de la ciudad.

El regidor mayor apenas si podía despegar los labios, de tan agrietados como los tenía por la sequedad. Aun así, logró comenzar la lectura:

¡Tened cuidado!
Absteneos de toda
avaricia; la vida de una persona no depende
de la abundancia de sus bienes.
Porque el amor al dinero es la raíz de toda
clase de males.
Por codiciarlo, algunos se
han desviado de la fe y se han causado
muchísimos sinsabores.
¿De qué sirve ganar el mundo entero si se
pierde la vida?

Al oír aquellas palabras un escalofrío atenazó los cuerpos del resto de los presentes, que permanecían encogidos e inquietos.

—¿Cómo ha muerto nuestro par? —preguntó Simón Acosta, representante del gremio de los orfebres y los plateros, para sorpresa de todos.

—No queráis saberlo —le respondió Nuño, abrupto, quien todavía no había intervenido.

—Con el debido respeto —respondió el mercader, y se inclinó ante él al ponerse en pie—, debemos saberlo, pues todos podemos estar en peligro de muerte y es menester conocer los detalles, por lacerantes que nos resulten, si eso nos ayuda en nuestra guarda —razonó.

Rodrigo miró de soslayo al secretario ducal, quien permanecía meditabundo y malencarado, tal vez recordando lo acaecido meses antes en uno de los talleres del barrio de Platerías donde aparecieron sin vida aquellos dos muchachos.

—Os lo ruego, mi señor, dadnos detalles con los que poder guarecernos de los facinerosos —volvió a exigir el rico mercader, conocedor de su alta posición como corregidor y miembro de los Cinco Gremios Mayores.

Nuño, tras vacilar unos instantes, autorizó finalmente a Rodrigo a que desvelase la causa de la muerte del viejo Melquíades. El regidor mayor carraspeó antes de volver a tomar la palabra.

—Melquíades ha sido hallado muerto en su taller, degollado y con un punzón clavado en su corazón... —les confirmó Rodrigo.

Los corregidores no salían de su espanto, santiguándose aterrados ante lo dicho.

—He ordenado —tomó la palabra el secretario de los duques— que se prevengan partidas de escopeteros en las puertas de Sevilla y de Badajoz por ser las de mayor tránsito en la ciudad ya que una multitud de carros y de mercaderes deben atravesarlas para abonar las alcabalas y los tributos propios de su actividad, así como para defender la estatua ecuestre de Santiago Matamoros, pues no olvidéis que bajo la apariencia de caminantes y peregrinos también puede ocultarse el asesino —les explicó en un tono contundente y autoritario que sosegó a todos—. Además, sobre las torres que flanquean la puerta de Los Santos, por donde transitan a diario los cultivadores y labradores de las aldeas vecinas, hay apostados tiradores al tiempo que una guarnición controla el paso al mercado de la plaza Chica.

»Por su parte —abundó confiado—, los custodios de don Mauricio, el duque, guardarán la puerta de Palacio y la del Acebuche, por las que se accede a la barbacana y al patio de armas del alcázar. —Y concluyó—: Nadie podrá entrar ni salir del recinto amurallado sin antes haber sido identificado.

Los corregidores parecían reconfortados tras sus palabras.

De nuevo fue Simón Acosta el que tomó la palabra para dirigirse, respetuoso, al secretario de los duques.

—Don Nuño, vuestras palabras serenan nuestro ánimo y nos ayudarán a conciliar el sueño —dijo adulador—. Sin embargo...

—Hablad sin cuita —le espetó Nuño.

—Sin embargo hay algo que me preocupa —dijo el viejo joyero mientras se atusaba calmoso la luenga barba que, encanecida, se precipitaba sobre su pecho otorgándole un porte respetable.

Astuto, dejó pasar unos instantes con el ánimo de que sus palabras fueran calando en los demás regidores allí reunidos.

—Si el asesino ha conseguido huir, camuflado entre los centenares de tenderos, mercaderes o peregrinos que atraviesan nuestras puertas y se adentran a diario en la ciudad, nada tendríamos ya que temer, puesto que la guardia apostada en ellas nos protegerá y garantizará nuestra seguridad.

—Así es —convino Nuño con sequedad.

Simón Acosta dejó pasar nuevamente de forma deliberada un tiempo prudencial antes de seguir con su diatriba, pues era su pretensión que los allí reunidos meditasen sobre cuanto a continuación iba a plantear.

—Pero en cambio —continuó—, si el asesino aún mora entre nuestros muros el peligro no habrá cesado, pues bien podría permanecer oculto bajo la apariencia de cualquier inofensivo trapero, labriego o cestero —concluyó en un tono de voz lánguido que, con estudiada sutileza, fue apagando a medida que pronunciaba las últimas sílabas.

Aquellas palabras obraron entre los corregidores el efecto pretendido, y todos comprendieron que el peligro quizá no hubiera pasado y que cualquier oquedad de las calles que a diario frecuentaban podría ocultar la mano del asesino.

Tanto Nuño como Alejo tuvieron que dar la razón al joyero, por mucho que les pesara reconocerlo.

—Mañana mismo —retomó Nuño— despacharé con don Mauricio sobre este asunto. A buen seguro, su consabida generosidad concederá a los miembros del Cabildo la protección de sus custodios.

»Entretanto, don Rodrigo —agregó mientras le dirigía una mirada cómplice— ya ha cursado órdenes para que visitadores y veedores indaguen en lonjas y mercados hasta dar con el malnacido que ha segado la vida del bueno de Melquíades, a quien el Hacedor tenga en su gloria —terminó el secretario ducal al tiempo que se persignaba, gesto que imitaron los demás.

Todos parecían más calmados al sentirse a salvo bajo la protección de los custodios del duque, feroces combatientes de aspecto imponente procedentes en su mayor número de los tercios viejos de Flandes, guardianes y defensores del alcázar, que desde hacía años permanecían fieles a la casa de Feria desde que don Luis, el anterior duque, los acogiera tras el fracaso de la invasión de Portugal.

—Ahora —continuó Nuño— id y retomad los asuntos de vuestros talleres. Obrad como si nada hubieseis oído y permaneced atentos ante cualquier señal que pudiera darnos una pista sobre el paradero del hideputa que asesinó a vuestro par. No sembréis la desconfianza entre los gremios, hablad con templanza y quitad cuidado a cuanto digan oficiales y aprendices —les advirtió, cauto— pues pueden ser presas fáciles de supercherías y maledicencias.

»No olvidéis que los mercados y las lonjas de la ciudad deben permanecer abiertos. En ello nos va el sostenimiento tanto de la hacienda del Cabildo como el de las vuestras

—les recordó—. Nuestras rutas hacia el sur, por los caminos que nos guían hacia Córdoba y Sevilla, donde muchos de vosotros tenéis agencias que os generan cuantiosos beneficios, y las que mantenemos abiertas por los caminos que transitan hacia las ciudades de la meseta y que nos permiten sostener los acuerdos con el Consulado del Mar burgalés deben seguir despejadas al paso de nuestras caravanas. Es la única forma de que nuestras mercaderías tengan salida a través de los puertos del norte, por medio de Castro Urdiales y de Bilbao preferentemente. El Cantábrico es la puerta natural hacia Flandes.

»No suscitemos desconfianzas. Debemos actuar como si nada hubiera cambiado. —Y concluyó sereno—: Honraremos a vuestro par y solicitaremos del gremio de curtidores que elija a un nuevo representante a quien sentar en este consejo una vez que haya expirado el tiempo necesario para consumar las exequias por el alma del malogrado Melquíades.

Tras un breve silencio, Nuño añadió:

—Marchaos, y no demostréis miedo ni desconfianza en rededor. Todo se resolverá, sin duda, y el malnacido que ha perpetrado este crimen impío será llevado, más pronto que tarde, ante la picota y ajusticiado a la vista del pueblo —terminó, ahora sí, con aplomo.

Tras sus palabras, los regidores fueron levantándose, creídos unos, dubitativos y asustados otros, para desalojar de forma ordenada el salón.

Alejo permaneció al lado de Nuño al igual que Rodrigo, quien mantenía una serena sonrisa perfilada en los labios mientras iba despidiendo a los miembros del consejo.

—Sígueme —susurró Nuño a Alejo cuando Rodrigo se esmeraba en despedir a los más rezagados—. Hemos de hablar...

Alejo lo siguió con discreción hacia una cámara por la que se accedía a través de un largo pasillo cuyo artesonado de madera amortiguaba el ruido de sus pisadas sobre las baldosas de barro cocido.

Mientras encaminaban sus pasos, Nuño juzgó para sí que debería conocer todos los detalles, por muy escabroso y desazonador que resultase, de la muerte del corregidor, al tiempo que se decía que sería oportuno poner el asunto, de complicarse, en conocimiento de su tío ya que él sabría cómo actuar.

Ya en la cámara, Alejo supuso por el gesto taciturno de su acompañante que la gravedad de lo ocurrido requeriría, tal vez, del amparo y valimiento de la intervención del fiscal de la Real Audiencia aunque, prudente, permanecía callado a la espera de que Nuño le confiase cuanto había acaecido.

Entretanto, en lontananza, la espadaña que coronaba la ermita de San Bartolomé volteaba sus campanas llamando a la oración a los miembros de la hermandad por el alma de su cofrade. Mientras, en la plaza del Cabildo, un puñado de críos, ruidosos y ajenos al crimen perpetrado, perseguían con varas y palos a las lagartijas que hábilmente se escurrían entre las rocosas y húmedas oquedades del empedrado.

Las hortelanas, con los cántaros de agua fresca en el cuadril y las banastas repletas de hortalizas y verduras sobre sus cabezas, ya hacía rato que habían atravesado la puerta de Los Santos, vociferando el género al mejor postor, mientras horneros y tahoneros exhibían sus cestos ahítos de roscas y panes que harían las delicias de cualquier estómago hambriento que se lo pudiera permitir, sin barruntar siquiera el riesgo que corrían.

15

Castillo de Gravensteen, Gante

Alonso encontró al marqués de Leganés de buen humor. Él mismo se estaba sirviendo una copa de un vino que le resultaba terroso, nada que ver con los exquisitos caldos de los reinos peninsulares. La aridez de los vinos flamencos se debía, en gran medida, a que las cepas crecían en las tierras más al sudoeste, donde las laderas eran más soleadas y las suaves pendientes arraigaban suelos arcillosos.

Alonso esbozó una leve sonrisa mientras el marqués se disponía a sacar otra copa del aparador que, supuso, sería para él. Su paladar ya se había hecho a esos caldos, pero recordaba lo amargos que le resultaron los primeros sorbos recién arribaron a aquellas tierras de flamencos.

Diego Dávila y Mesía se erguía sobre sí mismo como si con aquel espontáneo gesto quisiera alcanzar en altura a su interlocutor. Lucía una melena azabache que le caía mansamente sobre los hombros, como domada, y que se perdía sobre una cascada de puñetas que engalanaban su ostentoso chaleco.

Nada más ver a Alonso le ofreció una de las copas junto a una media sonrisa que este último no supo cómo interpretar.

Resultaba evidente que aquel ilustre llegado de la corte pretendía lisonjearlo adornándose de excesivos ademanes que divertían al marchante.

A Diego no le había pasado desapercibido que la fama que Alonso se había granjeado de ser un hombre cultivado en letras, cuentas y artes podría serle de gran utilidad, no solo en tierras flamencas, donde era tan respetado por los distintos gremios que incluso le habían ofrecido ocupar uno de los sillones del Cabildo gantés en diferentes ocasiones, tantas como él había declinado amablemente, sino también por la nobleza local, a quien a veces su casa financiaba.

—Acercaos, Alonso —lo invitó el marqués amablemente—. Sentémonos junto a la chimenea. A buen seguro, sus leños y este vino nos proporcionarán el calor necesario en esta intempestiva tarde.

Alonso, sin mediar palabra, se inclinó ligeramente y aceptó de buen grado la copa que le ofrecía.

—Señor, agradezco vuestra hospitalidad. Para mí es un honor...

—No sigáis, Alonso, me resultaría más fácil si evitamos los circunloquios y nos tratásemos como iguales —espetó a bocajarro a un sorprendido Alonso, quien, prudente, aguardó a que el de Leganés concluyese—. Son muchos los proyectos que os tengo que proponer y que, sin duda, incluyen también a vuestra familia. Tratémonos como iguales, insisto. Es fundamental que nos mostremos tal como somos. La lealtad y la confianza entre nosotros será la base de una sólida avenencia entre ambos —concluyó.

Alonso lo observaba expectante. Por experiencia sabía que no debía fiarse de los ilustres. Así y todo, también sabía cuándo podían ser útiles y cuándo no, y ese lo sería.

—¿Conoces Aquisgrán? —le preguntó Diego sin mayores preámbulos.

—Sí, la conozco. Es una ciudad bulliciosa y pendenciera —contestó Alonso.

—¿Me acompañarás? Pretendo salir en unos días, en cuanto mi escolta cuente con los pertrechos necesarios y la hueste esté equipada.

—¿A qué se debe ese interés por visitar Aquisgrán? —preguntó sin rodeos Alonso.

El de la casa de Leganés desvió la mirada hacia la bóveda que los cobijaba, demorándose más de lo que se consideraría necesario en responder una pregunta, de por sí, sencilla.

—Estoy interesado en conocer su escuela de pintores y abrir oficina en esa ciudad... para proveerme de lienzos —explicó intentando recalcar la última frase, a modo de excusa certera—. Pretendo distribuirlos después por todos los reinos, estados y señoríos del Imperio, y por eso te necesito, para que seas mi corredor en Flandes.

Alonso sabía que le estaba mintiendo. Al menos, en parte, ya que no dudaba de sus intenciones al respecto del mercado pictórico. Pero intuía que no le decía la verdad acerca de la intención de aquel viaje. Sin embargo, estimó más conveniente no entrar en porfías y granjearse su confianza.

—Aquisgrán es una ciudad que hasta no hace mucho fue

objeto de sangrantes disputas —le aclaró— ya que las huestes francesas siempre han pretendido anexionarla a la Corona de los Capetos. Los artistas huyeron de la ciudad, como también lo hicieron gran parte de los mercaderes más influyentes. Muchos de los artesanos y comerciantes se han instalado aquí, en Gante; otros, en cambio, optaron por las tierras más al norte, huyendo de los belicosos. Mi familia está valorando también esa posibilidad...

Alonso hizo una pausa en la que estudió el comportamiento del marqués, que se frotaba las manos como si se sintiera violentado por algo que no acababa de discernir. Así pues, consideró oportuno seguir explicándole la situación en la que se hallaba aquella región de Flandes que, tras el asedio de Amberes, quedó dividida en dos: el sur, católico, permaneció bajo el dominio de los Austrias, y el norte, cuyos territorios se independizaron de la Corona, formó las denominadas Provincias Unidas neerlandesas, que eran republicanas y protestantes.

Sabía que muchos de los artistas habían abandonado las tierras del sur para instalarse en las escuelas de pintura del norte, refugiándose en la dinámica ciudad porteña de Ámsterdam, atraídos por afamados pintores como Rembrandt y al abrigo de la casa de los archiduques Alberto e Isabel Clara Eugenia, quienes protegieron las artes y las ciencias.

Sin embargo, mientras eso ocurría en tierras norteñas las escuelas del sur, sobre todo la de Amberes, entraron en franca decadencia, aunque se mantuvieron vivas gracias a maestros como Pablo Rubens, cuyos lienzos recubrían las paredes de la catedral, siendo muy aclamado su *San Bavón entra en el con-*

vento de Gante, y de discípulos suyos como Anton van Dyck, y su no menos afamada *Adoración del Cordero Místico*, lo que les supuso un apoyo inquebrantable por parte de los condes de Flandes, sus mecenas y amantes de la belleza de sus pinceles.

—Incluso ahora —continuó Alonso—, con la grave inestabilidad política que padecemos, no solo Aquisgrán sino cualquier otra de las ciudades flamencas se sublevan y no resultan infrecuentes las revueltas y escaramuzas, alentadas por franceses y holandeses que, como perros hambrientos, pretenden abalanzarse sobre su presa y morderla hasta devorarla. Y esa presa es Flandes —vaticinó cariacontecido mientras sostenía la mirada en todo momento al marqués, que sintió que un escalofrío le cruzaba la espalda de arriba a abajo.

—Nuestros tercios no lo consentirán y Dios está con nosotros, no permitirá que su ejército perezca bajo los sucios pies de los protestantes —atinó a contestar el de Leganés, pretendiendo no hacer visible su latente preocupación.

—Que así sea —concedió Alonso ya que prefirió no entrar en una discusión que nada podría aportarles—. Señor, cualquiera de nuestras ciudades satisfaría vuestros deseos de adquirir lienzos y pinturas: Bruselas o Brujas, donde además tendríais ocasión de orar en las iglesias del Camino de Santiago, pues me consta que sois buen cristiano, un hombre pío, o aquí mismamente, en Gante o, incluso, en Amberes —se le ocurrió de repente, pensando que tal vez sería una buena oportunidad para visitar a los condes en su residencia amberina—. ¿Por qué ese deseo de ir a Aquisgrán? Apenas pueden interesarnos allí un par de atelieres de artistas locales, desconocidos, que poco o nada aportarían al negocio que se pretende iniciar.

Alonso no había abandonado el formalismo al dirigirse a Diego ya que, con todo, el de la casa de Leganés seguía siendo un grande de España. Ya habría tiempo para ello, pensó para sí, en caso de prosperar la alianza esgrimida por ambos.

Mientras tanto, Diego Dávila y Mesía meneaba la cabeza como si le costase sincerarse con su interlocutor.

—Si se pretende que nuestra sociedad se cimiente sobre la lealtad y la confianza mutua, debéis demostrármelo, señor —arrinconó al marqués.

El de Leganés se sentía aturdido. Alonso se mostraba incisivo con sus palabras, y él había caído en su propia ratonera.

—No creo que la atracción que os lleve hasta Aquisgrán sea, precisamente, sus minas de carbón, ni mucho menos sus modestos telares... Tal vez hayáis oído hablar de sus casas de baños y de sus tratamientos contra el reuma debido a los efectos beneficiosos de las aguas termales —dijo Alonso.

Diego esbozó lo que pretendía ser una sonrisa burlona, como si no supiera de qué le estaba hablando.

—¿Acaso os encontráis aquejado de alguna indisposición? —le preguntó Alonso, socarrón.

El marqués se disponía a contestar tras haber hilvanado una respuesta que sonara convincente, pero Alonso, un tanto irreverente, sabiéndose en superioridad en aquel lance, se le adelantó.

—Si habéis oído hablar acerca de los beneficios de sus aguas termales, os digo que estáis en lo cierto, como también lo es la ingente cantidad de casas de baño donde huelgan acaudalados mercaderes, refinados burgueses e, incluso, ilustres llegados de los diferentes reinos europeos. Aunque no es menos cierto que... —Hizo una estudiada pausa para asestar la estocada final—. Es un lugar conocido igualmente por la indecente cantidad de burdeles que albergan sus calles. Sus barraganas, procedentes de todos los confines del Imperio, gozan de fama en la totalidad de nuestros reinos. Por no hablar de los lupanares, donde los más descarriados e impúdicos de los hombres yacen con otros de su misma condición, consumando el delito nefando con sodomitas y esclavos.

»Si vuestra pretensión fuera la de holgar durante una temporada, yo mismo os acompañaría y elegiría dónde alojarnos de forma segura, sin necesidad de sufrir un asalto en cualquier momento. Pero se ha de tener bien en cuenta que muchos de los que van a Aquisgrán no vuelven, aquejados de la llamada enfermedad francesa, el mal de bubas, y quienes consiguen superarlo padecen lo indecible: en sus cuerpos afloran manchas rojas, sufren altas fiebres, se cubren de pústulas de la cabeza a los pies... Algunos físicos lo tratan con mercurio, y los más infortunados pierden los dientes y la razón. Otros, en cambio, se afanan en utilizar infusiones del árbol del guayaco, procedente de las Indias, con resultados poco recomendables.

»Creedme si os digo que si en lo que pensáis es en holgar libremente es preferible que no vayamos a Aquisgrán. Yo os podría proporcionar el placer ansiado aquí mismo, en Gante. Disfrutad de vuestra estancia en Flandes y apagad vuestros ardores con discreción ya que, a buen seguro, cuando regreséis a tierras de la puritana Castilla encontraréis un freno desmesurado y censor —resolvió Alonso, risueño.

Tras aquello, el ilustre tronó en carcajadas, alzando su copa y mostrando un fingido desinterés por cuanto le narraba. Durante un buen rato siguieron compartiendo proyectos y confidencias, mostrándose cercanos y confiados el uno con el otro sin poder anticipar lo que el futuro les depararía.

16

Lagos, Portugal
Mercado de esclavos

L agos parecía mantenerse anclada en el tiempo, bulliciosa y frenética, sin ningún cambio destacable tras una primera ojeada, pensó el hidalgo.

Mercaderes de la trata llegados desde los países atlánticos europeos competían entre sí por agenciarse el mejor género. A los portugueses se les unían los franceses, ingleses y holandeses deseosos, todos ellos, de comprar mano de obra esclavista para destinarla a los trabajos más sufridos tanto en las metrópolis europeas como en sus colonias. Obras de restauración en fortificaciones y alcázares o edificaciones civiles, en su mayor parte, además de la construcción de astilleros, puertos y muelles engullían una ingente cantidad de almas que perecían de forma inmisericorde.

Negros, mulatos, moriscos y bereberes poblaban las factorías esperando al mejor postor. Algunos sucumbían bajo los grilletes, otros pocos, herrados, como los que había visto en las minas de plata de Guadalcanal a su paso por Sierra Morena o en la de mercurio de Almadén, no sobrevivían más de dos o tres años de trabajos. La mayoría de los negros bozales eran enviados al fondo de los pozos para extraer el agua y remontar el mineral, otros eran destinados a recoger los cadáveres o a rematar a los enfermos y a los apestados. En cualquier caso, dichos trabajos, sufridos y envilecedores, terminaban tragándose a centenares de esclavos, y tan solo los destinados al servicio doméstico y a los campos parecían correr mejor suerte.

No había tiempo que perder, se dijo Fernando de Quintana. Lo habían prevenido de que en la lonja de esclavos pronto habría una subasta pública, por lo que no debía demorarse en agilizar los trámites para obtener los protocolos y rollos notariales de compraventa a fin de volver a retomar la actividad de inmediato. Para ello se había hecho acompañar de algunos de sus hombres más avezados en esas lides, quienes, por unos meses, habían dejado atrás sus confortables trabajos en la casa de contratación que los Quintana aún conservaban en Sevilla por mediación del canónigo de San Isidoro para agenciar desde el sur de Portugal.

Escribanos, síndicos, corredores, arrieros, trajineros, justicias, galenos... conformaban todo un ejército de sanguijuelas que no estaban dispuestos a perder su trozo del pastel. Fernando de Quintana lo sabía, al igual que también conocía el medio a través del cual poder torcer su voluntad a su antojo, como ya lo hiciese años atrás. Sonrió malicioso.

La avaricia y la codicia seguían perennes en los corazones de todos ellos, como las hojas en los alcornoques por mucho que se sucedan las estaciones.

Tras unas primeras pesquisas le informaron de que el notario con quien había mantenido convenientes negocios años atrás se había retirado a una villa a las afueras de la fronteriza ciudad de Monsaraz, de donde era oriundo. Lamentó no haberlo sabido antes; de haber sido así, habría hecho un alto en el camino para mostrarle sus respetos y, sobre todo, para holgar con su joven esposa, doña Constanza, quien a buen seguro lo volvería a recibir, fogosa y apasionada, entre sus perfumadas sábanas.

En su lugar obraba ahora un sobrino suyo, quien, además, se había convertido en el almojarife de la ciudad.

Con ese propósito el hidalgo encaminó sus pasos, acompañado por el fiel Bartolomé y su negro atezado, hacia el palacio de los Gobernadores, tras haber dejado al resto de la expedición en la casona que poseía en el puerto.

La edificación se hallaba frente a una almadraba donde los pescadores se afanaban, sudorosos y tostados bajo el sol, en el manejo de las redes cruzadas que, con sorprendente atino, lanzaban desde sus barcazas, apiñadas unas con otras desbaratando el oleaje, al tiempo que no muy lejos de allí un puñado de negros tintos se empleaban de sol a sol en las salinas de la bahía.

Todo se mantenía en orden o, al menos, eso le pareció a Fernando de Quintana.

—El finado ha legado doscientos reales de plata, dos mulas con sillas y arnés, tres negros bozales, una negra tinta y una mulata, sin manumisión de ninguno de ellos... —leía uno de los amanuenses sosteniendo entre sus manos un rollo del testamento ante la velada mirada del almojarife mayor, que permanecía impasible tras la retahíla recogida en la testamentaria.

Se hizo un silencio en el que el amanuense miró de soslayo a su mentor. Al no encontrar oposición, siguió enumerando los bienes que debían entregarse a los herederos del finado.

—Por otra parte, lega a su sobrina, por su buen hacer y los cuidados proferidos, el valor de cada uno de los esclavos referidos que, *grosso modo*, viene a ser el equivalente al de un caballo o cuatro vacas o al de ocho pollinos cada uno, pues son hombres fuertes y sin herrar y las esclavas pueden engendrar más esclavos en sus vientres...

En esto, un asustadizo leguleyo, quien hacía pocos meses que se había incorporado al servicio de funcionarios reales en el palacio de los Gobernadores, interrumpió la lectura del amanuense para indicar al almojarife mayor que un ilustre español que hacía llamarse Fernando de Quintana exigía ser recibido por él.

El aludido ni se inmutó. Hacía meses que esperaba la visita del hijodalgo ya que su tío lo había prevenido de los tratos habidos con él en el pasado y de lo beneficioso que sería retomarlos si la ocasión se terciase.

Con esa intención, el almojarife mayor aguardó unos instantes antes de ordenar a su subordinado que lo hiciese pasar y con un estudiado mohín, como si verdaderamente la visita le desagradase, le indicó que aguardara en la cámara de tratos, a resguardo de miradas indiscretas.

Su mente, ágil y calculadora, comenzó a tasar de inmediato los beneficios de aquel encuentro.

Durante buena parte de la mañana, tras las ampulosas salutaciones y los tanteos iniciales, ambos hombres desempolvaron antiguos pactos y convinieron nuevos tratos entre ellos.

A Fernando le agradó sobremanera encontrarse con el nuevo fedatario real pues resultaba ser mucho más codicioso que su tío, por lo que los acuerdos con él fueron directos y fáciles, solo debería aflojar generosamente su bolsa y llenarle de escudos la mesa. A cambio, volvería a gozar de dispensa en el mercado de la trata y, de esa forma, para su fortuna, podría tentar antes que cualquier otro mercader los esclavos que, despavoridos y desconsolados, aguardaban su suerte antes de ser subastados en lonjas y mercados, como ya hiciese en los años que precedieron a la guerra entre las casas reales de los Austrias y los Braganza.

El almojarife mayor resultó lenguaraz y le estuvo poniendo al tanto de las nuevas rutas de la trata, pues aunque la de Lagos seguía gozando de mucho predicamento, sobre todo al respecto de los negros procedentes de las factorías de esclavos de Angola y Cabo Verde, Lisboa había acumulado gran parte del monopolio de esas rutas. Tanto era así que estaba pensando en instalarse cerca de la corte del rey Alfonso, sexto de su línea, dentro de unos años, cuando su fortuna hubiera engordado considerablemente, aunque esto último se lo calló.

Los pingües beneficios generados por la compraventa de esclavos al fisco lisboeta competían en importancia con el caudal que generaban las alcabalas que gravaban otras mercaderías, hasta ahora esenciales para la hacienda real, como las de los tejidos, las maderas o la carne, superando incluso desde hacía tiempo a lo recaudado por los impuestos a las cosechas o la pesca.

Por cuanto el almojarife le contaba, los puertos de las principales ciudades europeas demandaban el desembarco constante de esclavos. La costa atlántica era un hervidero de naos cargadas de negros bozales. Oporto, La Coruña, Santander, Amberes, Róterdam, Bristol, Londres, Burdeos o Nantes competían por hacerse con el mercado.

Para abaratar los costes añadidos por la demanda, franceses e ingleses intentaban suplir la carencia de esclavos africanos transportando hacia sus países los procedentes de sus colonias en las Indias Occidentales. Pero los esclavos indios se mostraban menos dóciles que los negros, por no decir que resultaban violentos e indisciplinados, y, al mismo tiempo, enfermaban y morían al poco de enfrentarse a los trabajos forzados en minas o muelles, por lo que el precio se abarataba tanto que los mercaderes de la trata desistían siquiera de iniciar esas navegaciones. No obstante, en las propias colonias los negros bozales eran muy demandados por los hacendados del café, el tabaco o la caña de azúcar, encareciendo los precios y haciendo mucho más rentables las travesías a ojos de los patrones.

Por otra parte, nobles y religiosos, al igual que burgueses y pequeños comerciantes y, por lo general, todo aquel que se lo pudiera permitir preferían del mismo modo a negros y a mulatos para las labores domésticas, por adaptarse mejor a dichas labores que los indígenas de piel rojiza.

Para su sorpresa, el almojarife también le habló de países

lejanos y desconocidos, como Arabia y Egipto, donde las preferencias eran otras muy distintas, según le confió. Allí los esclavos por los que se pagaba un precio muy superior al de cualquier otro eran los blancos: hombres, mujeres y niños capturados por los corsarios berberiscos cuando navegaban con rumbo a cualquier ciudad del Mediterráneo tomada al asalto o tras las razias llevadas a cabo por los turcos entre los montañeses bosniacos. Incluso los caballeros de órdenes militares como la de Malta o la de San Esteban eran, en ocasiones, hechos prisioneros en las diferentes campañas militares que azuzaban las aguas mediterráneas para ser vendidos posteriormente como esclavos en los mercados arábigos.

El de Quintana no pudo por menos que sentir que un escalofrío cruzaba su espalda al pensar en los cientos, o tal vez miles, de cristianos en poder de los sarracenos y el destino que a aquellos desgraciados les deparaba en los mercados orientales de Trípoli, de Túnez o de la región Cirenaica.

Más inquietado aún se encontró cuando el almojarife le contó que, incluso con cierta frecuencia, habían sido esclavizados pescadores y aldeanos de los pueblos ribereños del mar de Alborán. Las costas de Almería, Motril, Málaga... sufrían durante años las razias indiscriminadas e impunes de cabileños y bereberes.

Las horas transcurrieron hasta que, finalmente, trabaron los acuerdos deseados y ambos se despidieron conformes y satisfechos por los negocios venideros.

En el exterior del palacio, Bartolomé chasqueó bruscamente la lengua cuando vio aparecer a su señor, hastiado de tanta espera.

De inmediato, sin mediar palabra alguna y para contento de su esbirro, Fernando de Quintana dio orden de ir a holgar a la taberna del Peine, una de las más afamadas del puerto conocida por putañear con barraganas exóticas, llegadas desde los más diversos confines.

Montaron y se perdieron entre las estrechas callejuelas de Lagos envueltos por la bruma procedente del mar.

17

Brujas, en el Camino de Santiago

L eonarda acompañó a Ana María de Aragón hasta Brujas,
donde se hospedarían en uno de los palacios más des-
lumbrantes de la ciudad, conocido como el de las Siete Torres,
propiedad de los Gallo, una familia de ascendencia burgalesa
oriunda de Castrojeriz, mientras que el marqués de Leganés,
que había emprendido el mismo camino junto al séquito de la
ilustre, se alojaría en una lujosa casona cercana a la plaza llamada de los Vizcaínos invitado por otra noble familia burgalesa, los Pérez de Malvenda.

Los muelles de Brujas recibían ingentes sacas de lana merina que, previamente lavada, marcada y ensacada en tierras
castellanas, arribaba a Flandes. Por esa razón, desde hacía
años la colonia castellana en la ciudad había atraído hasta ella
no solo a comerciantes, mercaderes y burgueses, sino también
a un buen número de infanzones, hidalgos y segundones de
las familias nobles peninsulares en busca de ganancias con las
que sacar lustre a sus blasones y procurarse un buen casa-

miento u ocupar relevantes puestos en la administración de los reinos.

Allí permanecerían unos días, los suficientes para que la marquesa reclutase a un puñado de damas de nobles familias que se unirían a su séquito para dirigirse hacia la capital de Flandes, Bruselas, no siendo otro su propósito que el de iniciarse en la ruta que desde el norte de Europa llevaba hasta Compostela.

Pretendía hacerse valer como benefactora de la iglesia de Notre-Dame de la Chapelle, donde, según le habían contado, se veneraba una imagen del apóstol Santiago y albergaba una concha en el imafronte que indicaba el camino a seguir a los cientos de peregrinos que por allí transitaban.

Además, Ana María de Aragón pretendía igualmente ser benefactora de la iglesia de Nuestra Señora del Perpetuo Socorro e iniciar un sinfín de obras pías con las que ganarse el favor del pueblo. De paso, mantendría vivo el catolicismo entre las multitudes como arma arrojadiza contra los luteranos de las provincias independientes del norte.

Leonarda, por su parte, ajena a esos ardides de su protectora, aguardaría paciente la llegada de su tío Miguel, con quien finalmente embarcaría rumbo a España bajo la protección del marqués de Leganés y con el salvoconducto del gobernador de Flandes, el marqués de Castel-Rodrigo.

Antes de encaminarse hacia Brujas, Diego Dávila y Mesía había expuesto a Alonso durante su recepción en el castillo de Gravensteen, donde habían sellado su colaboración para futuros negocios, cuál sería el mejor itinerario a seguir.

En un principio, el de Leganés le habló de transitar por una ruta terrestre a fin de no surcar las aguas del estrecho de Calais donde podrían quedar a merced de dos potencias hostiles, como eran Francia e Inglaterra, más si cabía desde que la Corona inglesa alentara a los corsarios para que atacasen la flota española mientras ellos mercadeaban libremente en las rutas de esclavos desde África y, sobre todo, desde las Indias más occidentales.

Sin embargo, tanto Alonso como su ahora aliado desistieron de seguir ese itinerario por tierra ya que deberían esperar semanas, si no meses, hasta que estuviera dispuesto un contingente de soldados que pudiera marchar hacia los reinos peninsulares, algo que no sucedería, ya que el gobernador había informado al marqués de que, dada la inestabilidad política de Flandes, ningún soldado saldría de tierras flamencas puesto que se habían demandado más tropas a la Corona.

Por todo ello, sopesando más las incertidumbres que las ventajas que aquella ruta les pudiera proporcionar, hizo que se decantasen por la marítima, ya que, si bien no estaba exenta de riesgos, al menos sería más rápida y contaría con la protección de la flota de Su Majestad.

Así pues, decidieron que embarcarían en el puerto de Ostende, una pequeña población en la costa occidental flamenca que tras los años de asedios sufridos había quedado prácticamente destruida y reducida a poco menos que a una comunidad de pescadores.

Allí embarcarían con discreción, para evitar ser espiados en una pinaza, un barco ligero destinado a la pesca costera, sin cubierta, de poco más de sesenta toneles apta para adentrarse en puertos como el de Ostende, llenos de bancos de arena, de poco cabo, en el que no podían fondear grandes naves. Acto seguido, se dirigirían hacia una de las naos que componía la prestigiosa y temida Armada, donde se sentirían seguros y protegidos.

Esa embarcación, de alto bordo y acusada quilla, cuya panza había albergado sacas de lana merina y otros abastos y que también se utilizaba para realizar viajes de cabotaje entre los puertos españoles, ahora iba cargada de toneles con trigo y sal.

Además, en el vientre de otros buques también alternaban el grano con cargamentos de telas, bordados, tapices y cera con los que satisfacer los refinados gustos de prelados y grandes de España, amén de los lienzos adquiridos consecuencia del acuerdo comercial suscrito entre ellos.

Entretanto, Leonarda pasaba aquellos días ayudando en el hospital de peregrinos del que la marquesa se había erigido en benefactora, aprovechando los conocimientos que había aprendido, años atrás, durante la guerra contra Portugal, cuando le salvó la vida al señor de Medellín y a tantos otros desgraciados que, heridos o mutilados, llegaban por decenas a la ciudadela de la fronteriza ciudad de Badajoz.

En ese instante, imbuida por los recuerdos, unas lágrimas amagaron con inundar sus ojos y verterse al acordarse de su vieja aya, Blanca, de su madre, Juana, y de lo feliz que había sido durante su niñez cuando cabalgaba despreocupada a lomos de Telmo junto a Miguel, quien consentía sus caprichos ante los reproches de su padre y la desaprobación de su madre. Sin embargo, mostrando la misma fortaleza que la acompañaba desde niña, ahogó esas lágrimas dentro de sus profundos ojos del color de las almendras tostadas y se prometió a sí misma que volvería a verlos, sin saber aún qué le tendría reservado el destino.

Exhalando todo el aire que pudo, se recompuso y se dirigió hacia el dispensario, donde ordenó que la proveyeran de gasas y alcohol de romero para desinfectar las heridas.

Entre aquellos muros derruidos, que antaño fueron lugar de oración y clausura, confiada ahora a casa de misericordia para peregrinos, Leonarda encontraba una paz interior que reconfortaba su ánimo, sintiéndose feliz.

18

En el camino de Toledo a Madrid

Ultimados los preparativos, cuando la columna arzobispal franqueaba el arrabal de Santiago, Pascual de Aragón, miembro de la Junta de Regencia, repasaba mentalmente las propuestas que debería exponer ante la corte con la pretensión de que encontrasen el respaldo suficiente entre los demás miembros para que prosperasen.

Al prelado toledano no se le escapaba que una de las más espinosas, por su cariz transfronterizo, era la relacionada con el asiento de negros ya que suponía que lo enfrentaría al valido de la reina, más proclive a conceder las cédulas a compañías neerlandesas. Sin embargo, las explicaciones que su sobrino Nuño le hizo llegar sobre la empresa que pretendía acometer Fernando de Quintana le hicieron calcular cuánto de provechoso para las arcas de la hacienda real podría acarrear, aunque se abstendría de mencionar la tajada que a él le correspondería con sus tejemanejes, a mayor gloria de su iglesia y... de su ambición desmedida.

Sin lugar a dudas, la promesa de pingües beneficios a la Corona, ávida de ingresos que soportaran los gastos de la corte y el mantenimiento de los tercios en los levantiscos territorios flamencos, napolitanos y catalanes, representaría un alivio para los recaudadores reales.

A tal fin, había cursado aviso al conde de Peñaranda, juicioso y pragmático, quien acudía a la junta en calidad de miembro del Consejo de Estado. Ya había mantenido beneficiosos acuerdos con él en el pasado cuando lo sustituyó en el virreinato del Reino de Nápoles, inmerso en la corrupción y el bandidaje del que ambos supieron sacar provecho. Siempre estaba abierto a escuchar nuevas que le augurasen prosperidad para su casa, y su dictamen tenía un peso específico en el sentido de los votos de los demás miembros de la junta.

A pesar de que su mente estaba ocupada en aquellos pensamientos, Pascual de Aragón se mostraba ofuscado y se removía incómodo en su aterciopelado asiento, de un color morado a juego con el solideo que le cubría parcialmente la cabeza y que, a ojos de la feligresía, lo identificaba como legítimo sucesor de los apóstoles.

Sentía una furia incontenible hacia la regente, quien le había privado de la dignidad de inquisidor general en favor de su propio confesor, Juan Nithard, relegándolo a ocupar la mitra catedralicia de Toledo.

Por todos era sabido que esa jugada de la reina no habría prosperado ante Su Santidad, Alejandro, séptimo de su nombre, de no haber sido por su mediación personal. A Roma no le quedó más remedio que claudicar, pues a la postre Mariana de Austria se había convertido, a la muerte de su augusto esposo, en la regente del Imperio más poderoso de Occidente, defensor de la Contrarreforma y férreo combatiente de las herejías protestantes que amenazaban los dogmas de fe católicos.

Además, sostenía al propio papado con ejércitos apostados en territorios próximos a Roma, cuyos contingentes permanecían guarecidos en el Reino napolitano.

Por otro lado, contribuía del mismo modo a cubrir los créditos y empréstitos otorgados al papado por la propia familia del pontífice, unos eximios banqueros de la ciudad de Siena en cuyas manos estaba la administración pontificia.

Solo su fuero interno conocía cuánto podía llegar a odiar a esos germánicos, a la reina y a su confesor, quien se había convertido en el valido principal del Reino a pesar de la oposición de la mayor parte de la nobleza, que no veía de buen grado la cercanía y privanza mostrada con la reina viuda, levantando todo tipo de suspicacias entre los cortesanos.

Esa enemistad se había enquistado aún más por haber adoptado Juan Nithard medidas totalmente opuestas al gusto de la corte, como la prohibición de todo tipo de representaciones teatrales, ya fueran dramas o comedias, autos o zarzuelas, además de gravar con nuevos impuestos y censos las propiedades y bienes de la nobleza y el clero.

El valido era especialmente odiado por los dominicos, quienes se sintieron ultrajados al ver que un advenedizo les arrebataba la primacía del confesionario real y se encargaba, sin pudor alguno, de taponarles el acceso a la reina.

Además, sus nulas dotes para el mando y la diplomacia hacían que los ilustres temiesen por el desmoronamiento del Imperio.

Nithard, con la venia de la regente, había auspiciado nefastos tratados para los intereses españoles. Especialmente grave se consideró el Tratado de Aquisgrán, por el cual la paz firmada con Francia concedía la devolución de territorios integrantes de los Países Bajos españoles a la Corona francesa, lo que supuso un desastre político y militar, aparte de económico, al perder su posición sobre las canteras y minas de carbón de cuya extracción, hasta ese instante, se beneficiaba.

Más deshonroso, si cabía, fue tenido el Tratado de Lisboa, donde se reconocía oficialmente la independencia del Reino portugués. Sin lugar a dudas, había ocasionado un enorme malestar entre la nobleza y la burguesía, las cuales veían que gran parte de sus negocios e ingresos daban al traste merced a aquellos aciagos pactos que, por otro lado, granjearon a Nithard una manifiesta enemistad con Su Serenidad, el príncipe Juan José, quien desde entonces andaba confabulando fuerzas para forzar su derrocamiento por considerar su valimiento una traición al Imperio y a la casa de Austria.

Absorto en esos pensamientos se hallaba Pascual de Aragón cuando se sobresaltó ante el vocerío de la chiquillería, que azuzaban con palos y escobas a una rata de al menos media vara de larga, lo que le provocó una gran repulsión.

Quiso olvidarse de esa imagen pensando en las pinturas al temple que Carreño, un hijodalgo descendiente de antigua nobleza asturiana, estaba terminando en el camarín de la Virgen del Sagrario de su catedral, aunque él hubiera preferido una tela al óleo a modo de *La Magdalena penitente* que había contemplado años atrás en el palacio del almirante de Castilla.

Se propuso mantener a su regreso una entrevista con el

artista ya que sus pinturas no eran del todo de su agrado y la única razón por la que aún seguía a su servicio no era otra que la de ser pintor de cámara de la corte, nombrado tras la recomendación del pintor de cámara Diego Velázquez antes de morir. Sin embargo, aunque Carreño utilizaba la misma sobriedad y carencia de artificio que el maestro sevillano, sus pinceladas resultaban más sueltas y pastosas, con figuras más voluminosas y brillantes que no eran del gusto del arzobispo.

Para mayor desasosiego, el carruaje emitía un sonido quejumbroso cada vez que sus ruedas resbalaban como consecuencia de los muchos y dispersos cantos hallados a lo largo del camino, lo que, de manera inmisericorde, mortificaba su cuerpo.

Con todo, pensó, tal vez sus desdichas se debieran a la penitencia impuesta por el Hacedor como cobro por el abandono de su labor pastoral. Instintivamente se tocó el anillo que lo presentaba a ojos de Dios como el guía espiritual del rebaño.

Nada más encontrarse con el bueno de Beltrán le rogaría confesión, determinó, para que le reconfortase con el perdón y guiara su emponzoñado corazón por los caminos de las enseñanzas del Cordero.

Tal era su propósito, aunque ni siquiera él sabía si conseguiría hallarlo. Se santiguó e inició una letanía con la que pretendía abstraerse de todo cuanto lo rodeaba.

19

Zafra, ducado de Feria
Preocupación de camino a la hacienda

M ientras revisaba uno de sus muchos libros de cuentas, durante aquellos días, Alejo Guzmán no pudo por menos que pensar en los pormenores que Nuño del Moral le había participado acerca del crimen del cofrade mayor de los curtidores y de la desgracia de aquellos jóvenes aprendices de platería que habían hallado la muerte mucho antes, abiertos en canal y desangrados. Se le erizaba el vello con solo imaginarlo. Nadie merecía un final tan atroz, opinó para sí.

Apenas había mantenido pláticas con el desventurado Melquíades fuera del Consejo del Cabildo, pero siempre lo tuvo por un hombre juicioso.

De semblante prudente y ecuánime, sin enemigos conocidos, en toda ocasión había contribuido generosamente tanto con las arcas municipales como con la hacienda ducal. Incluso fue uno de los más espléndidos de su gremio cuando se vieron obligados a colaborar en el sostenimiento de las huestes reales durante la infortunada guerra contra Portugal.

Sabía que aunque ninguno de sus pares en el consejo profirió queja ni demanda alguna por los cientos de ducados desprendidos de sus bolsillos, Melquíades siempre se aprestó a serenar los ánimos, conciliador, despejando cualquier enfrentamiento que pudiera surgir.

Afortunadamente, rumió, la reina regente parecía ahora más preocupada en mantener a salvo el trono para su primogénito y en sofocar las revueltas en territorios propios como Nápoles, Flandes y Cataluña que en emprender nuevas campañas militares.

De nuevo volvió a pensar en el desgraciado Melquíades. No podía entender, por muchas vueltas que le diera, quién y por qué se había ensañado de tal forma con él.

Era realmente respetado en su gremio. Nunca pretendió ser el cofrade mayor y mucho menos regidor de la ciudad, siendo elegido siempre por aclamación unánime de maestros curtidores, guarnicioneros y odreros. Jamás fue un hombre que ambicionase riquezas ni, por descontado, poder alguno.

Oficiales y aprendices, que se contaban por decenas en los diferentes talleres del gremio, eran sustentados bajo su autoridad, incluso contaba con un grupo de manumitidos a los que sacó de la pobreza y la esclavitud.

Melquíades era respetado y querido por todo su gremio, se repitió de nuevo Alejo, a la vez que escuchado y tenido en cuenta en el Cabildo por sus sabios consejos.

«¿Quién pudo haberlo matado de esa forma tan ruin? ¿Por qué?», se preguntaba una y otra vez.

Un estremecimiento recorrió su cuerpo y sintió que las tripas se le revolvían, ruidosas, amotinándose en su contra.

El camino hacia su casa se le revelaba sempiterno, a pesar de la escasa distancia que separaba el cabildo de su heredad.

Estuvo tentado de pedir al cochero que se empleara más a fondo con la fusta y agilizara la marcha, aunque se abstuvo de hacerlo pues no quería mostrar síntomas de nerviosismo y debilidad que pudieran delatarlo a ojos de los sirvientes, deduciendo que a buen seguro la nueva del asesinato de su par se habría extendido por todos los contornos del ducado más veloz que el viento que soplaba a su espalda.

En el horizonte una luz anaranjada anunciaba ya el crepúsculo del día. Respiró hondo y se recostó en el asiento con el propósito de serenarse.

Pronto estarían en la hacienda y se sentiría más seguro.

20

Puerto de Santander

Tras una semana de navegación, la travesía desde Flandes tocaba a su fin. En un principio Leonarda había pensado que recalarían en el puerto de Bilbao, mucho más seguro, cobijado por la desembocadura de la ría del Nervión, su abrigo natural.

Pensaba haber recorrido la ciudad vieja, como ya lo hiciera años atrás cuando recaló entre sus protectoras murallas tras su huida de Zafra.

Miguel ya conocía aquella historia, habiéndole parecido sorprendente que, durante la travesía, fuera el propio marqués de Leganés quien animase a su sobrina a contarla. Diego Dávila y Mesía supo por la propia Leonarda las muchas porfías que hubo de librar hasta reencontrarse, al fin, con Alonso, que se hallaba oculto tras los muros del convento imperial de San Francisco de Abando, situado junto a la ría, y de cómo aquellos franciscanos los ayudaron a escapar rumbo a Flandes, donde podrían ser libres para amarse.

Por eso, cuando fueron informados de que si bien una parte de la flotilla zarparía con rumbo al golfo de Vizcaya, otra, entre la que se encontraba la naos en la que navegaban, se adentraría en el puerto de Santander, no pudo por menos que sentirse decepcionada.

—¿Te encuentras bien? —le preguntó Miguel, preocupado.

—Sí —le contestó lacónica su sobrina al tiempo que seguía con la mirada perdida entre el devenir de las envalentonadas olas—. Es solo un ligero mareo provocado por la galerna que azota estas costas —terminó explicando.

Sin embargo, Miguel la notó pálida y, aunque solo fuera por unos instantes, temió que pudiera desvanecerse.

Leonarda, que adivinaba la preocupación de Miguel, desvió la conversación hábilmente mientras, de reojo, observaba un puñado de diminutos ratones que cruzaban la cubierta a tal velocidad que ni siquiera un halcón podría darles caza.

—Me ha decepcionado no mantener el rumbo hasta Bilbao, tío. Me habría encantado enseñarte la ciudad y, sobre todo, el cenobio del cual pretendía ser benefactora —le confió con un perceptible amargor en sus palabras—. Los padres franciscanos auxilian a los enfermos y dan de comer a los menesterosos. Las puertas del convento, a pesar de las carestías que sufren, siempre están abiertas para los más desdichados.

—Por eso no debes preocuparte, Leonarda. Cuando atraquemos en Santander buscaremos un encomendero y apalabraremos la cantidad que desees aportar al cenobio. Es una gran obra —le propuso Miguel, satisfecho.

Leonarda sonrió agradecida, mostrándose conforme.

La travesía había discurrido sin sobresaltos; a buen seguro que la presencia de la Real Armada había persuadido a los corsarios ingleses, que ni siquiera se habían dejado ver.

Se notaba algo extraña. Además, aunque si bien los días en esa época del año resultaban más cortos y brumosos, no siendo la más favorable para la navegación, sin embargo había soplado viento nordeste, sin grandes oleajes ni zarandeos en la mayor parte de la travesía, por lo que no entendía el porqué del súbito vértigo que padecía.

Una de las zabras que formaban parte de la expedición se había adelantado para servir de correo con los síndicos portuarios y anunciarles la llegada del marqués de Leganés y su séquito, con el salvoconducto del gobernador de Flandes.

Resultaba más que evidente que el puerto de Santander, aún incipiente en actividad, no alcanzaba en relevancia comercial al de Bilbao, que contaba además con el antepuerto de Portugalete y donde, por otra parte, se habían asentado negociados de francos y lusos para el mercadeo y transacciones con lana merina y hierro que se exportaban al tiempo que se importaban productos textiles y papel, naipes y libros, entre otras muchas mercancías

Sin embargo, Santander había ido creciendo gracias, en gran medida, a los fletes del Consulado de Burgos, que veían en su ubicación una puerta al mar sin trabas pues sus agentes no estaban obligados a abonar las exacciones de barcaje y carreaje por cada saca de lana, que podían ascender a un buen puñado de maravedíes. Lejos quedaban, igualmente, de los diezmos del clero, a cuya jurisdicción escapaban los santanderinos, limitándose al pago de unas cuantas alcabalas portuarias locales y al estolaje por el derecho de almacenamiento de las sacas.

Miguel comprendió enseguida el sentido de arribar a aquel puerto e hizo partícipe a su sobrina de las razones por las que el marqués había decidido atracar en él.

Leonarda, ajena a las intenciones de su protector, solo deseaba pisar tierra por fin y almorzar algo más que aquellos salazones con los que se habían alimentado los últimos días de navegación. Deseaba paladear un buen caldo de gallina caliente que reconfortase su estómago y abandonarse por unas horas en un mullido colchón donde encontrar un sueño reparador. El revoloteo alterado de las gaviotas le anunció que, por fortuna, pronto llegarían a buen puerto.

El sol, perezoso, se ocultaba entre unos nubarrones que no presagiaban un brillante día. Leonarda, con la capa arrebolada por un viento indómito, se percató de que las olas, ya más cercanos a la costa, arremetían con dureza contra las maderas de estribor, que, quejumbrosas, aguantaban su empuje con estoicismo mientras el bauprés de proa parecía que iba a desaparecer de un momento a otro, tragado por el oleaje.

Fijó la mirada en el horizonte buscando una tierra que le resultaba todavía demasiado distante.

—¡Allí está mi carruaje! —gritó el marqués con una sonrisa tan grande que dejaba entrever una cuidada dentadura de níveos dientes que agradó a Leonarda.

Leonarda había estudiado a Diego Dávila y Mesía durante toda la travesía y, anteriormente, durante su estancia primero en Gante y más tarde en Brujas. Lo tenía por altivo y un tanto arrogante, rasgos propios de los ilustres que tan bien conocía, pero de trato amable y un buen conversador. De manos anchas y pulidas, con una estatura ligeramente superior a la de los demás, refinado sin excesos y una puntiaguda perilla que le otorgaba un aire burlón, le resultaba agradable.

No entendía por qué no había contraído todavía esponsales con cualquier dama de las muchas que, sin lugar a dudas, abundaban en la corte, deseosas de desposarse con un ilustre de su prestancia y fortuna.

—¡Cuidad de nuestro equipaje! —oyó que Miguel encomendaba a uno de los mulateros que ordenaba el desembarco mientras el marqués hacía lo propio con los carreteros que debían desembarcar los lienzos, tablas y óleos flamencos que había adquirido por mediación de Alonso.

Diego Dávila y Mesía confesaba estar en deuda con Leonarda, quien le había asesorado sobre diversas piezas textiles de la mejor calidad. Eran sedas, paños y brocados con los que pretendía agasajar a las duquesas de Benavente y de Villahermosa, cuyos cónyuges serían los primeros destinatarios de los cuadros que portaban y que, triplicando su valor, vendería en la península. «Paños para las damas y pinturas para los caballeros», había canturreado, burlón, en alguna ocasión.

Leonarda y Diego habían congeniado bien y, sin pretenderlo, parecían entenderse mejor de lo que habrían supuesto. El buen talante y la magnífica predisposición del marqués y los conocimientos textiles y artísticos que atesoraba Leonarda les habían granjeado una sincera estima mutua.

En cuanto la nao ancló y se aseguró el amarre, el marqués,

seguido de su séquito, entre los que se hallaban Leonarda y Miguel, descendieron con pie firme hasta encontrarse frente a un lujoso carruaje en el que destacaba el escudo jaquelado de los Velasco, condestables de Castilla, con quienes Diego mantenía una excelente amistad desde hacía muchos años.

Nada más bajarse el tocón, un hombre joven descendió del mismo y, sin mayores preámbulos, se abrazó a Diego, quien, entre carcajadas y palmadas, lo correspondió. Poco después, este último explicaría a Miguel y Leonarda que se trataba de Jacobo, uno de los hijos de los duques de Frías, a quien habían confiado el acomodo y protección del marqués durante su estancia en tierras de cántabros mientras los duques permanecían en sus dominios burgaleses.

Leonarda y Miguel ocuparon otro coche, menos ostentoso pero igualmente confortable, que compartieron con un capitán y un alférez de la guardia personal del marqués que lo acompañaba desde Flandes.

Ambos carruajes, escoltados y seguidos por la guardia de los Velasco, se adentraron por caminos desbordados de un sinfín de gentes, campesinos y pescadores de las villas costeras de alrededor en un ir y venir con carros y bestias, yuntas y cestas mientras atrás quedaban los faeneros de los muelles, con su vorágine de fardos y redes, de carga y descarga de sacas y toneles para los más diversos destinos.

Leonarda, más recuperada, se mostraba feliz al saberse por fin en tierra firme, más cerca de su destino, aunque no ignoraba que aún le quedarían bastantes jornadas por delante hasta llegar a Zafra y reencontrarse con sus padres.

De pronto se sintió inquieta por desconocer qué habría

ocurrido durante todo aquel tiempo de travesía, ignorando si a su hogar en Gante habría llegado alguna misiva más. Con ahínco rogaba a Dios cada noche que no fuera demasiado tarde, ya que las últimas noticias que su tío le había participado no presagiaban nada bueno.

Miguel, que se había acomodado junto a ella, debió de percibir en su rostro la inquietud que Leonarda no sabía esconder y le apretó afectuosamente la mano en un acto que ella le agradeció con una sincera sonrisa.

En lontananza, los monchinos parecían trotar despreocupados entre aquellos bosques salpicados por la brisa del Cantábrico mientras Leonarda, más reconfortada, estaba lejos de conocer el sorprendente descubrimiento que el azar le deparararía.

21

Zafra, hacienda del mercader de sedas
Desasosiego. Silencios

Cuando entraron en la casona un gato blanco y peludo corría espantado escalera arriba ahuyentado por una de las guisanderas que salía de la cocina armada con una escoba entre sus manos. La mujer, de carnes prietas y miembros poderosos, se sobresaltó al ver a Alejo Guzmán acercándose hacia ella ya que no lo había oído entrar. Al punto no tuvo más remedio que reprimir la sarta de amenazas que profería contra el asustadizo felino y regresó malhumorada a los fogones mientras, cabizbaja, simulaba limpiarse las manos en el mandil.

Una melancólica sonrisa se posó en los labios de Alejo. Sin pretenderlo, se imaginó a su hija Leonarda cuando era una niña deslizándose por el pasamanos escalera abajo y alborotando con ello a toda la servidumbre, para desasosiego de su vieja aya, Blanca, que se remangaba los refajos por miedo a tropezar y caerse al intentar seguirla. Y todo bajo la mirada cómplice y burlona del padrino de la cría, su hermano Miguel.

Cuánto los echaba de menos, se lamentó, tan distante de ellos en esos momentos, supuso, allá en tierras de flamencos, siempre tan belicosas.

Por un instante le vinieron a la mente las figuras de su hermano y de su hija Leonarda cabalgando juntos por la hacienda y llenando toda la casa de luz y de risas. Sin pretenderlo, su mirada se nubló por una endeble cortina de finas lágrimas que, furtivas, humedecían sus dilatadas pupilas.

Nunca lo reconoció, pero sabía que solo sus ansias de poder habían traído la desgracia sobre su familia. Su propio hermano, que siempre había sido su mano derecha, prefirió marcharse a Flandes antes que seguir viviendo bajo el mismo techo que él y Leonarda, su única hija, huyó de todos ellos tras verse obligada a aceptar unos esponsales con Hernán, el mayor de los hidalgos Quintana, un hombre que le doblaba en edad, sin escrúpulos, indigno de su casa por mucha hidalguía que luciese, que se dedicaba a la trata de esclavos y que no habría vacilado ni un solo instante en arrebatar la vida a Leonarda antes que saberla dichosa junto a Alonso.

Qué ciego había estado, se censuró Alejo. Solo la intermediación de Blanca, el aya de Leonarda, que le procuró un certero carabinazo cuando se proponía terminar con la vida de su hija evitó la fatalidad, aun a costa de la suya propia.

Ahora se encontraba rodeado de poder y riquezas, pero sin Miguel, sin su preciada hija y con una desdichada soledad que tan solo amortiguaba su esposa, Juana, apiadándose de él.

Su callada presencia lo reconfortaba. Nunca le había reprochado nada y de vez en cuando le contaba las nuevas llegadas desde Flandes. Lo hacía con un gesto de bondad y de dulzura que lo sobrecogía.

Todos los días daba gracias a Dios por saberlos a salvo.

Al entrar en el comedor pudo ver, entre las sombras de la ahumada techumbre, la silueta de Juana desdibujada por el juego de claroscuros que lanzaban las llamaradas de la chimenea.

Sigiloso, procurando no asustarla, se acercó hacia ella. Juana saboreaba una jícara de chocolate, como tantas otras veces había visto hacer a Leonarda siendo una niña.

Sobre el vasar la guisandera, que parecía seguir enfurruñada, había depositado unas cuantas bateas de alfajores y de galletas recién horneadas que desplegaban una mezcla de agradables olores a almendras recién tostadas, miel, canela y clavo que supo identificar de inmediato.

—Juana...

—Alejo, mi esposo, no te oí llegar —dijo ausente aún al tiempo que le regalaba una amplia sonrisa, limpia y sincera.

—Me encuentro fatigado, ha sido un día malparado —le avanzó—. Te ruego que me disculpes y cenes en mi ausencia, he perdido el apetito —le confió.

—¿Sufres de fiebres? ¿Tienes el cuerpo calenturiento? —le preguntó extrañada.

—No, no... Es solo que me encuentro cansado —mintió—. No te aflijas, que mañana, ya repuesto, me encontraré mejor —le aclaró gentil, y la besó con delicadeza en la frente.

Juana sonrió y no insistió. Siempre había sabido ser una mujer prudente y complaciente, como se esperaba de una buena esposa.

También ella echaba mucho en falta a su hija, rebelde y apasionada a partes iguales, y se lamentaba por no haber sabido oponerse a la voluntad de su esposo. Con todo, se sentía inmensamente feliz pues sabía de la dicha de Leonarda, amada por Alonso, con quien se desposó y con quien había empezado una nueva vida allende los mares.

En silencio, aguardaba expectante la llegada del heraldo, para contento del servicio, con quien compartía las venturas de su hija.

Ajeno a aquellos sentimientos, Alejo se encerró en su cámara. No quiso participarle nada a Juana para no inquietarla innecesariamente, pero en cuanto amaneciese le pediría que permaneciera en la hacienda. Debería suspender de inmediato las visitas al convento de las clarisas de Santa María del Valle, del que ambos eran benefactores. Del mismo modo que debería dejar de asistir a las misas oficiadas en la colegiata de la Candelaria y a las novenas de la parroquia de San José.

Temía por ella. Si le pasara cualquier cosa no se lo perdonaría nunca.

Una vez más, decidió escribir a su hermano Miguel. Volvería a pedirle que regresara a su lado. Su temor iba en aumento. Con él allí se sentiría más seguro, y si algo le llegara a ocurrir podría encargarse del bienestar de Juana y de llevar las riendas de sus negocios.

Tal vez Leonarda lo acompañara, se sorprendió deseando, aunque, arrogante como era, siempre terminaba atenazado, no permitiéndose dedicarle ni una sola línea. Apoyó el brazo en el mueble de la escribanía y tomó con pulsión la pluma, decidido a convencer a Miguel y, si su orgullo se lo permitía, también dedicaría unas líneas a su hija, después de tantos años sin hacerlo.

Qué lejos estaba siquiera de imaginar la travesía que ambos habían emprendido para llegar a su encuentro temiendo que fuese demasiado tarde.

22

De camino al fundo de los Velasco, ducado de Frías

D urante el camino desde el puerto de Santander hasta la heredad de los Velasco, el alférez, que se había destapado como un agradable conversador, les contó que desde la llegada de las semillas indianas, entre otras las de tomates o pimientos y, sobre todo, las de alubias y patatas, gran parte de aquellos campesinos habían visto jubilosos que sus terrazgos iban aumentando la productividad, terminando con la hambruna que los cántabros habían sufrido durante decenios. Además, cultivos como el maíz, más adaptable a aquel clima ventoso y frío, había desplazado en gran medida otros cultivos de cereales como el mijo, la cebada, el centeno o el trigo.

—¿La derrota de las mieses? —preguntó incrédula Leonarda, que nunca había oído hablar de aquello.

—Sí, mi señora —contestó el joven soldado, que miraba de reojo a su capitán, quien parecía disfrutar con la plática de su subordinado—. Tras la recogida de las cosechas se permite el acceso a los sembradíos de las reses, para que pasten los restos herbáceos —les informó.

Miguel, ajeno al gremio de labriegos y aparceros, tampoco desatendía las explicaciones del oficial, quien les iba amenizando el camino hasta la hacienda de los Velasco.

—Y de esta forma, las vacas al mismo tiempo que pastan van fertilizando las tierras —añadió victorioso—. Además, este resurgir de los campesinos cántabros ha provocado un incremento de los oficios propios de estos parajes, de manera que carpinteros, alfareros, herreros y trajineros afloran mucho más que antes.

»La gente, al cabo, tiene pan para alimentar a sus hijos —concluyó entre susurros como si tuviera miedo de ser oído, dando la sensación de arrepentirse nada más haber pronunciado aquellas palabras, pues temía que pudieran tenerlo por un subversivo a los intereses de los ilustres.

Tras un incómodo silencio, Miguel salió al paso informando a su sobrina de que tanto el capitán como el alférez los escoltarían hasta Valladolid, donde el marqués de Leganés pretendía pasar unos días antes de retomar el camino hacia sus posesiones en la fértil vega del Tajuña, ya que consideraba de gran interés cumplimentar a los duques de Benavente.

También, en un momento de distracción de los soldados, que andaban enzarzados en pueriles discusiones sobre el avituallamiento de los tercios que allende los mares quedaron, le contó que Diego Dávila y Mesía tenía propósito de agasajo, asimismo, con la casa de los Nelli de Espinosa, unos ricos banqueros de ascendencia italiana con los que pretendía convenir el sostenimiento de crédito a cambio de favores en la corte.

El camino transcurrió plácidamente hasta llegar a un verde páramo sobre el que destacaba una solariega casa arracimada con otras más modestas para las dependencias del servicio. Por fortuna, y por orden expresa del marqués, Leonarda y Miguel fueron alojados en la mansión familiar, atendidos por las mismas fámulas y libreas que ambos ilustres.

Caída la tarde, tras un reconfortante baño con agua caliente y aromáticas hierbas, Leonarda prefirió cenar en su alcoba, para mejor descansar. El caldo caliente de gallina vieja, con berzas y puerros, y las tajadas de lomo de orza sobre una crujiente hogaza de pan recién horneado que le ofrecieron le parecieron un festín de reyes. Y le agradó refrescarse el paladar con un puñado de uvas y una copa de vino joven.

La habían alojado en un pasillo lateral desde el que se podía acceder a las cocinas de la casona, de donde le llegaba un agradable olor a canela y matalahúva.

Sin saber muy bien por qué, un súbito impulso la llevó a salir de su cámara y desplazarse sigilosa, como un felino en plena noche, hacia allí.

Al acercarse, al fondo encontró la puerta de lo que debía de ser una alacena. Estaba ligeramente entornada, como si alguien hubiera olvidado cerrarla por completo. Por delante cruzaba una viga que proveía de agua fresca para los quehaceres domésticos de las criadas, y el sonido amortiguaba el de cualquier palabra que alguien pudiera estar pronunciando en la alacena. Aguzó el oído, pero no percibió ruido alguno que delatase la presencia de alguna de las camareras. Entró alzando la puerta para que no arrastrase y al hacerlo se dio de bruces con Diego abrazado a Jacobo, quien le correspondía deshaciéndose en unos besos cálidos y profundos.

Leonarda quedó paralizada, sin saber qué hacer, ante la cara de espanto de los amantes.

—Leonarda... —apenas atinó a balbucear Diego.

Como impulsada por un resorte caminó hacia atrás, trastabillándose, medio aturdida. Instintivamente se puso la mano sobre la boca y echó a correr con el corazón palpitándole desbocado hasta alcanzar su cámara, donde halló el refugio que ansiaba.

Poco tiempo después, cuando ya parecía más recuperada, volvió a sobresaltarse al percibir unos sutiles golpes en la puerta seguidos de unos cuantos susurros, apenas audibles, provenientes de un aterrorizado Diego.

—Abrid, Leonarda, os lo ruego —le pedía con un deje lastimero impropio de la dignidad de un ilustre.

Leonarda no consideraba adecuado abrir la puerta de su cámara a un varón, menos siendo noche entrada, aunque sopesó deprisa y con lucidez sus opciones y decidió hacer caso a Diego por no arriesgarse a que pudieran verlos o escucharlos.

Cuando abrió la puerta se encontró con un hombre nervioso y con la cara desencajada, desprovisto de cualquier atisbo que su rango social otrora le proporcionara.

—No os quedéis ahí, pasad de una vez —le ordenó circunspecta.

El marqués se apresuró a pasar, intimidado por aquella mujer que había descubierto su secreto mejor guardado.

—Leonarda, yo... no sé cómo podría explicar mi comportamiento. Yo... —intentó justificarse entre balbuceos.

—Diego, no seré yo quien os juzgue, solo el Hacedor, todopoderoso y misericordioso, puede hacerlo —contestó distante.

—Si alguien llegara a saberlo me acusarían de delito nefando y sería mi final, mi ruina —quiso explicarle, recuperando algo de la dignidad perdida unos instantes antes.

—Sois noble, miembro de la corte, nunca atentarían contra un ilustre... —trató de calmarlo.

—Ser grande de España me protegería de terminar ajusticiado como un vil rufián. Sin embargo —se lamentó—, nada impediría mi caída en desgracia. Sufriría el destierro y confiscarían mis bienes.

Se produjo un denso silencio entre ellos que Leonarda aprovechó para clavarle sus pupilas a modo de amonestación.

—Y peor suerte correría Jacobo. —Diego no pudo, o no quiso, controlar las lágrimas que, impetuosas, se deslizaban por sus arreboladas mejillas.

Leonarda reconoció en su mirada el amor que sentía por aquel hombre, algo más joven que él, a quien acababa de verlo abrazado apasionadamente. Conmovida, por primera vez se dirigió a él de igual a igual, apiadándose de su desdicha y convirtiéndose ahora en su protectora.

—No temas, tu secreto está a salvo conmigo. Pero te ruego que ambos seáis más precavidos en lo sucesivo pues nada impedirá que sean otros los ojos que os descubran y otras las bocas que os delaten —le dijo con dulzura toda vez que ofrecía a su desesperado interlocutor una sonrisa cuajada de bondad y sincero afecto que Diego supo apreciar.

—No volverá a ocurrir. A partir de ahora extremaremos las precauciones —le confió.

Leonarda afirmó levemente con la cabeza, dando por finalizada la conversación.

—Yo... en verdad que lucho contra mi naturaleza, contra mis deseos, pero el amor que siento por Jacobo derriba todas mis fuerzas —intentó justificarse—. Yo...

Leonarda no lo dejó terminar. En un gesto espontáneo, que no se habría atrevido a hacer con ningún otro hombre, posó su dedo índice sobre los temblorosos labios del marqués pidiéndole silencio.

—No necesito más justificaciones, Diego, solo deseo tu felicidad.

El marqués, mirándola con unos expresivos ojos de asombro por la madurez y comprensión de aquella mujer bella e inteligente que tenía ante él, le cogió la mano y se la besó como si de la mismísima reina se tratase, doblegándose ante ella a modo de respeto y franco agradecimiento.

Antes de abandonar la cámara, se volvió hacia ella con los ojos aún humedecidos y aparentó una serenidad de la cual carecía en ese instante.

—En unos días partiremos hacia Valladolid, tardaré en volverlo a ver...

Leonarda asintió sin más.

—Procuraré que tengas las mejores comodidades durante el recorrido —le indicó agradecido.

—Me basta con un buen corcel, sé cuidar de mí misma —le contestó—, pero agradezco tu deferencia. No hay mayor acomodo para mí que poder llegar cuanto antes a Zafra y reencontrarme con los míos.

—Te prometo que contarás con mi protección hasta el final, sin piedras en el camino.

—Descansa, Diego, el día ha resultado agotador, también para ti —lo despidió ya, en el vano de la puerta.

—Respecto a Alonso... —quiso saber el marqués.

—Nada ha cambiado, vuestros negocios son asunto de ambos —le aseguró.

—Hay algo más... —le confió dubitativo.

Leonarda se mantuvo callada, prudente ante el ilustre que sentía que su mirada atravesaba sus pupilas.

—Albergo el propósito de anunciar mi compromiso con una dama de la corte.

—Actúa como más te convenga —le respondió, y se esforzó en ofrecerle una sonrisa sin reproche alguno—. Vuelve a tu aposento, es muy imprudente que sigas aquí.

Dicho eso, el marqués, sin tiempo que perder, se apresuró sigiloso por los pasillos que llevaban a su cámara, donde le esperaba un aterrorizado Jacobo necesitado de consuelo. Mientras tanto Leonarda, ya más calmada, se acomodó sobre la mullida lana que rellenaba su colchón sin querer pensar en lo vivido momentos antes.

Diego tuvo la certeza de que no sería traicionado; la profunda mirada de su acompañante, sincera y cierta, así se lo había transmitido. Leonarda, por su parte, supo que se había ganado a un aliado.

Ambos dormirían conscientes de la situación vivida, pero templados en sus ánimos.

Fuera, el sonido de una cascada parecía mecerlos hasta que se fundieron en un profundo sueño. El agua golpeaba las rocas que, derrotadas, se mostraban indiferentes al castigo, como si fueran testigos mudos de aquel secreto que el agua se encargaría de ahogar.

23

Monasterio de la Encarnación, Madrid
Pasadizo desde la Casa del Tesoro

E l padre Beltrán se encontraba nervioso, aunque intentaba mostrarse sereno ante sus hermanos. El abad del colegio jesuita hacía días que había recibido una misiva del mismísimo arzobispo de Toledo, Pascual de Aragón, anterior inquisidor general, en la que le emplazaba a una reunión secreta a su llegada a la corte tras los gruesos muros del monasterio de la Encarnación, cercano al Real Alcázar.

Beltrán conocía de primera mano que al cenobio se podía acceder desde dentro del propio alcázar, a través de un pasadizo desde la Casa del Tesoro y la biblioteca de palacio. En alguna ocasión él mismo lo había transitado, cuando era el capellán mayor de la clausura de las madres recoletas y oficiaba después en la capilla real, requerido por su augusto primo, Felipe, cuarto de su línea, que en gloria del Altísimo se hallase, por lo que dedujo que Su Eminencia se encontraría en su interior.

Bien sabía, por experiencia, que aquella llamada era sinónimo de quebrantos, ya que la última vez que el prelado lo requirió tuvo que prestarle servicio como pesquisidor en un turbio asunto relacionado con su propio sobrino, Nuño del Moral, secretario ducal en la casa de Feria, pues era uso común en la administración del patrimonio de los duques distraer importantes cantidades de dinero no ya de la tesorería del ducado, sino también de las arcas de los recaudadores reales durante la pasada guerra contra Portugal.

Sin embargo, no volvió a saber más de dicho asunto una vez que hubo informado convenientemente a su purpurado tío, Pascual de Aragón, quien por aquellos entonces presidía la diócesis de Madrid.

Tal vez, pensó para sí, desconfiara de nuevo de los tejemanejes de su sobrino y ese fuera el motivo por el cual volvería a requerir de sus servicios, o quizá fuera otra la encomienda. En cualquier caso, pronto saldría de dudas.

Desde la muerte de su primo, el rey Felipe, las donaciones de la Corona para el sustento del colegio real se habían visto mermadas, en parte por la crisis económica que asolaba los reinos y estados de los Austrias y en parte por la despreocupación que la regente parecía manifestar por aquellos desdichados albergados tras los muros protectores del colegio. Por eso no se podía negar y debía presentarse a la hora convenida en el lugar acordado.

Envuelto en su grisáceo hábito, no quiso aceptar el carruaje que se le ofreció para llegar hasta las proximidades del alcázar y prefirió recorrer a pie las calles de Madrid, para mortificación de los dos hermanos que lo acompañaban, cuyos vientres bodegueros parecían brincar cada vez que subían o bajaban las numerosas escalinatas que iban atravesando de camino a la Encarnación.

Así, una vez que dejaron atrás un reducido núcleo de bohíos, chamizos y viejas casas de la calle de las Fuentes, que permanecían pegadas unas a otras como las uvas maduras a punto de desprenderse del racimo, torcieron en la tercera encrucijada para encaminarse, ya cuesta abajo, hacia los Caños del Peral.

El pedrizo se mostraba resbaladizo, y sus sandalias, de suelas desgastadas, no los ayudaban a mantenerse tan erguidos como pretendían, caminando con mucho cuidado de no caerse y lastimarse.

Al verlos pasar, envueltos en sus tristes hábitos, oculta su identidad bajo las grises capuchas, uno de los harineros se santiguó y les ofreció uno de sus panes, recién amasados y horneados, que Beltrán rechazó ofreciendo al bienhechor una bendición de sincera gratitud. Unos pasos más atrás, uno de los hermanos que lo acompañaban no se anduvo con tantos miramientos. Aceptó el ofrecimiento, se echó el pan al zurrón que portaba sobre su hombro y bendijo al harinero, quien se inclinó ante él de buen grado.

Un poco más adelante, una mujer, que distaba mucho de ser una dama a pesar de las dos negras que le llevaban la carga con las compras del mercado, le cedió el paso rogando una bendición que no llegó.

Unos perros mastines, atados en corto por sus amos, meneaban sus inmensas colas olfateando con sus humedecidos hocicos unas chacinas fuera de su alcance. Sus ladridos, lejos de resultar amenazadores, se confundían con el trasiego y la algarabía de aquellas callejas estrechas y resbaladizas por donde los regajos, purificadores, corrían por en medio huyendo con la inmundicia de sus moradores.

El arzobispo de Toledo, acompañado por su jefe de lanceros y por los obispos auxiliares que lo siguieron hasta la corte, había permanecido durante un largo tiempo en la biblioteca real, donde se había interesado por algunos códices miniados procedentes del real monasterio de Santa María de Guadalupe, que, entre otros tesoros, colgaba de sus muros una serie de rotundas pinturas de la vida de los jerónimos, celosos guardianes del cenobio, del que fuera pintor del rey, Francisco de Zurbarán, cuyas pinceladas acariciaban, sin una sola gota de sangre, las miradas infinitas de sus mártires.

También le habían contado que el claustro de los Milagros acogía una extensa obra de fray Juan María sobre la virtuosa vida de la Virgen y que en algunas de sus bóvedas Juan de Flandes había pintado alegorías de ángeles como si del mismísimo Cielo se tratase.

De pronto se encontró dando gracias a Dios por que el monasterio de los Jerónimos estuviera bajo la jurisdicción eclesiástica de su archidiócesis, pues ya desde tiempos de los reyes Isabel y Fernando gozaba de tierras y bienes en cantidad, procurando buenas rentas al arzobispado toledano. Precisamente, algunos de aquellos códices que ahora contemplaba habían sido una donación a sus católicas majestades por parte de los frailes guadalupenses en algunas de sus visitas y, posterior morada, tras los muros monacales de La Puebla de Guadalupe.

Más tarde, escoltado por la guardia real, se adentró en la Casa del Tesoro, donde departió prolijo con el recaudador mayor del Reino, interesándose por las aportaciones de la archidiócesis al tesoro real, así como por las contribuciones de algunos ilustres de Toledo. Si bien no debía ser de su incumbencia, el recaudador mayor no se atrevió a negarle tal información, tal vez recordando que hasta no hacía mucho el prelado había ostentado la dignidad de inquisidor general.

Finalmente, cuando hubo obtenido los datos que demandaba y satisfecha su curiosidad, ordenó que lo acompañaran y se adentró por el pasadizo que unía el alcázar con el monasterio, desembocando en el claustro de la Encarnación, donde la abadesa los esperaba con una inquietud mal disimulada junto al capellán de las Descalzas.

El gran patio arqueado, en el que destacaban unas gárgolas prominentes por donde los tejados a dos aguas vertían las canales de las últimas lluvias, daba paso a un cielo plomizo, repleto de amenazantes nubes atravesadas por la brisa procedente de la sierra de Guadarrama que cimbreaba los cipreses y abofeteaba sus tersos rostros por oleadas, alejándolos del sopor del pasadizo, donde las humeantes hachas habían provocado el escozor de sus ojos, grandes y acuosos.

El arzobispo de Toledo mandó que uno de los obispos auxiliares se adelantase para recibir los parabienes de la abadesa, tras lo cual se dirigieron al flanco más próximo a la capilla, donde por la tarde oficiaría la misa de laudes.

Pensó en mortificar su cuerpo entre aquellos toscos muros. Al menos lo reconfortaría por unos días. Sería su manera de pedir perdón por todos los pecados mundanos que había cometido.

«Oh pecador», se dijo sin rastro de un arrepentimiento sincero.

24

Zafra
Inquietud en el alcázar de los duques de Feria

Aún no había despuntado el alba cuando Nuño contemplaba impasible la quietud del patio de armas del alcázar desde su ventana. Había estado inquieto toda la noche y no había dormido bien. El ambiente en la ciudad se había enrarecido como consecuencia de la muerte del cofrade de los curtidores días antes y la muchedumbre andaba revuelta.

El día se presentaba espinoso, por lo que prefirió alojarse en las propias dependencias del alcázar, en la cámara que tenía reservada para su descanso y despacho, ya que a primera hora de la mañana mantendría audiencia con Fernando de Quintana, el denostado hidalgo dedicado a la trata. Con todo, lo que más le preocupaba era cómo afrontar la muerte del corregidor ante don Mauricio, el joven e inexperto duque, para no causarle más desasosiego que el estrictamente necesario.

Tal vez, pensaba para sí intentando serenarse, no se tratase nada más que de un caso aislado que los justicias del Cabildo podrían resolver. Rogaba que así fuera. No obstante, había hecho redoblar la guardia en toda la ciudad y muy especialmente dentro del perímetro que circundaba la almendra noble de la población, así como en su propio mayorazgo, advirtiendo a Isabel, su esposa, que no se alejase de la heredad y que, en adelante y hasta nuevo aviso, siempre se hiciera acompañar por sus lacayos, incluso dentro de sus tierras.

En esos pensamientos se hallaba cuando se vio sorprendido por la claridad del alba, que, perezosa, se iba abriendo camino entre las filas de columnas que rodeaban el patio al tiempo que el servicio andaba ya trasteando de un lado para otro para procurar, como cada amanecer, un placentero despertar a sus ilustres moradores.

Tras la salida del sol, a la hora nona y según lo convenido, Fernando de Quintana se personó en el pabellón de caza del alcázar, lugar de juntas reservado a regidores e infanzones, bajo la jurisdicción de la casa de Feria, donde se dirimían buena parte de los tejemanejes de la gobernanza del ducado desde hacía lustros.

Acompañado de Bartolomé, su fiel e inseparable escudero de aspecto feroz y desabrido, Fernando subió la pequeña escalinata que separaba el patio de armas del pabellón donde aguardaba el secretario de los duques.

A Nuño del Moral nunca le había gustado la presencia de Fernando de Quintana, a pesar de su hidalguía, y solo las importantes cantidades de vellones y ducados aportados al sostenimiento de la hacienda ducal lograban sacar de él un intento de amable sonrisa cada vez que se encontraban.

Uno de los libreas esperaba paciente para abrir la puerta al hidalgo, quien accedió solo al interior, sin la compañía de Bartolomé, como ya lo hiciera en ocasiones anteriores según era el uso.

Nada más encontrarse, ambos hombres clavaron la vista el uno en los ojos del otro y se sostuvieron la mirada sin ni siquiera pestañear. Cortésmente, los dos se adornaron con una leve inclinación en señal de respeto.

—Bien hallado seáis, don Fernando —inició la conversación el secretario ducal.

—Me complace veros, don Nuño —respondió el hidalgo.

Se sonrieron con cierta desgana dibujada en sus rostros, aunque pretendieran ocultarlo.

—¿Cómo se encuentra la señora del mayorazgo, doña Isabel Ramírez de La Torre? —terció el de la casa de Quintana.

La pregunta, por inesperada, sobrecogió a Nuño, conocedor de la fama de lisonjero y mujeriego de su interlocutor.

—Bien de salud, a Dios gracias —atinó a decir.

—Os ruego que le presentéis mis respetos.

—Así se hará —concedió Nuño—. Permitidme que presente los míos a vuestra esposa, doña Mencía —añadió.

Ambos volvieron a sonreírse, y Nuño le indicó que se adelantara unos pasos hacia una mesa de roble maciza sobre la que reposaban apilados un buen puñado de cartapacios y libros, lacrados todos ellos con un campo de oro de cinco hojas de higuera de sinople puestas en aspas y el timbre con la corona ducal de los Feria.

—Debo entender que nuestro apreciado duque, al que Dios guarde por tantos años como a su reverenciado y difunto padre, don Luis, a quien el Hacedor tenga en su gloria, os habrá delegado el despacho de los asuntos de la gobernanza, dada vuestra demostrada habilidad para dichos menesteres —sugirió ladino.

—De todo cuanto aquí se hable, el duque, don Mauricio, de quien solo soy un humilde servidor y a quien todos debemos fidelidad, tendrá rendido cumplimiento —repuso Nuño con estudiada solemnidad.

No le gustaba nada el encubierto duelo al que estaba abocado cada vez que departía con el hidalgo. Iba a proponerle que se abstuvieran de cualquier formalidad, al resguardo de aquellas paredes que los ocultaban, cuando el de la casa de Quintana se adelantó a sus pensamientos.

—Dejémonos de formalidades, Nuño. Nos conocemos desde hace años, y aunque los dos sabemos que no resultamos del todo del agrado del otro, tampoco mantenemos porfías que puedan malograr nuestros acuerdos —dijo sincero, buscando una complicidad que le llegó a través del asentimiento sereno de su interlocutor, quien le ofreció una silla para que tomase asiento junto a él.

Sentados en torno a la mesa, Nuño volteó el tirador y de inmediato el librea de la puerta se adentró en el pabellón. Solícito, les sirvió un café humeante cuyo aroma trepaba danzante entre las cabezas disecadas cobradas a lo largo de los años por los diferentes duques para holganza propia y de los demás ilustres convidados en sus tierras. Ajeno a las astadas cabezas, el librea depositó sobre la mesa una bandeja de panecillos recién horneados, calientes y esponjosos.

Prudentes, tanto Nuño como su visitante aguardaron unos instantes a que se marchase antes de reanudar la conversación.

—¿Cuándo partís de nuevo, Fernando? —le preguntó Nuño a bocajarro, conocedor de sus recientes andanzas por tierras portuguesas.

—En unos días. Estaré fuera unas cuantas semanas, tal vez varios meses. Partiré con una caravana hacia Madrid, atravesando por las tierras de la meseta, y desde allí es mi intención seguir hacia Valencia.

Nuño atendía con verdadero interés su explicación pues, no obstante, era destinatario de buena parte de los beneficios de la actividad.

—¿Avaló don Mauricio la petición que cursé ante el Consejo del Reino? —le preguntó el de Quintana sin mayores preámbulos, sabedor del acceso directo a la regente que tenía un grande de España, como era el caso de la casa de Feria, quienes además siempre se habían mantenido fieles a la Corona.

—Sí, ya se cursó —confirmó el secretario ducal, y extrajo una hoja manuscrita que mostró a su contertulio para su conformidad.

Fernando de Quintana no olvidaba que Nuño del Moral era sobrino del arzobispo de Toledo, quien, por su cargo, era miembro de pleno derecho del consejo que asesoraba la regencia de Mariana de Austria, dada la minoría de edad de su hijo, el futuro rey Carlos, segundo de su nombre, de quien se decía que parecía hechizado, estando mermado de facultades y muy debilitado para lograr el sostenimiento del Imperio.

—Nuño, es necesario que la Corona me conceda el asiento de negros. Solo así podré contar con cédula real para dominar el mercadeo de esclavos africanos en los territorios del Imperio y, muy especialmente, conseguiré controlar el intercambio con las Indias españolas, en nuestras posesiones de ultramar —afirmó rotundo Fernando—. Los comerciantes portugueses —prosiguió—, a quienes la Corona tenía concedidos los asientos desde el Tratado de Tordesillas, se han visto muy perjudicados tras la nefasta guerra que nuestro augusto soberano encomendó a su bastardo, el príncipe Juan José de Austria.

El de Quintana pudo observar la incomodidad que se dibujaba en el rostro de Nuño tras estas últimas palabras, si bien continuó con su diatriba.

—Es de capital importancia que el Consejo de Regencia apruebe la concesión del asiento de negros a mi casa para no depender de los mandatos de los comerciantes portugueses. Sus gabelas resultan cada vez más desmedidas, sobre todo desde que se saben fuertes y emancipados de la Corona española, cuya debilidad olisquean como si fueran los podencos que utilizamos para cobrarnos las piezas de caza.

»Son muchas las ocasiones, durante mi estancia en Lagos, en las que yo mismo he podido comprobar cómo toleraban a sus navegantes que excediesen las cuotas de la trata permitidas en los acuerdos firmados por ambas cortes, ante la pasividad de las autoridades de la Casa dos Escravos, que sacan tajada de las rutas del contrabando con el Nuevo Mundo bajo la aquiescencia cómplice y silenciosa de los Braganza.

Fernando guardó silencio, sopesando si era oportuno seguir confiando al secretario ducal sus tejemanejes de la trata. Nuño debió de percibir la duda y lo animó a seguir.

—Continuad, Fernando. Os escucho con verdadero interés.

—Si la casa de Quintana obtiene la concesión del asiento —prosiguió—, desde mi agencia en Sevilla podremos fletar buques hasta las plazas fortificadas de Santo Tomé y de San Juan de Mina y desde allí afianzar las rutas y los acuerdos comerciales con los mandatarios de las regiones africanas de la Alta Guinea y de Angola. Con ello abasteceremos a nuestras colonias occidentales, compitiendo en paridad de precios con las compañías portuguesas y holandesas de la compraventa de esclavos —argumentó.

»Tras la promulgación de las Leyes Nuevas sobre el derecho de gentes, la Corona no permite la trata de indios, quedando prohibido que puedan ser sujetos a cautiverio o a servidumbre, aunque se siga practicando con malas artes de contrabando —objetó airado.

Nuño lo observaba con pasmosa tranquilidad, sin intervenir, dejando que concluyese mientras rumiaba sus palabras.

—Es por ello por lo que en los reinos de Nueva España los criollos prefieren a los esclavos negros. Las minas de plata del Parral pueden atestiguarlo —concluyó más sereno.

El secretario de los duques de Feria pensó que la empresa que el hidalgo le confiaba era de una magnitud formidable y que de agenciarse adecuadamente proporcionaría incalculables sumas para la hacienda real y, por ende, para la del propio ducado, que ya se encargaría él mismo de gestionar debidamente, dando gracias a Dios por haber alertado de aquellas encomiendas a su tío, el arzobispo toledano, meses antes.

No se le escapaba que gran parte de los juros que la Corona tenía contratados con banqueros genoveses habían podido levantarse gracias a las grandes sumas proporcionadas por los contratos de asientos de negros firmados por la Corona y por los mercaderes de la trata.

Aunque del todo cierto, no lo era menos, pensó, que los créditos a largo plazo pendientes aún de pago por la hacienda real todavía eran cuantiosos y debían amortizarse cuanto antes para que no siguieran generando el montante de intereses que abocarían a la bancarrota y la quiebra a la hacienda de la Corona. Por ese motivo, y a pesar de que por real cédula se negó el asiento de negros a los mercaderes portugueses tras la independencia de la monarquía española, nunca habían desistido realmente del suministro de esclavos africanos a las colonias que los Austrias mantenían en las Indias Occidentales.

—Me percato del alcance de la empresa confiada, Fernando —le contestó Nuño—, así como de los gananciales e intereses que de tales negocios pueden aflorar en beneficio de todos nosotros —le confió sibilino, sin que por ello el hidalgo realizase ni un solo gesto de rechazo, permaneciendo impasible ante sus palabras—. Tenéis mi promesa de que el asunto, con el aval de la casa de Feria, será expuesto ante Su Majestad la reina regente y ante los consejeros del Reino. Yo mismo procuré que así fuera hace meses, tras la última entrevista que mantuvimos. A buen seguro que en el recuerdo de los consejos del Reino deben permanecer las muchas sacas, y no precisamente de tostones o pesos sino de escudos y doblones, con las que vuestra casa contribuyó al mantenimiento de las huestes reales durante la fatídica invasión del Reino portugués —le confirmó.

—A fe que las multiplicaré con las ganancias venideras, hacédselo saber...

—Ya les hice saber de la conveniencia del acuerdo. Y sabré hacérselo entender nuevamente, si preciso fuere —atajó con firmeza.

Tras lo cual y tan solo por unos instantes más, mantuvieron ambos aquella junta, sabedor Nuño de que Fernando era hombre de pocas reuniones protocolarias. Además, resultaba más recomendable que su presencia no se hiciera notar en demasía por los señores del alcázar.

Poco después, a una llamada de Nuño, el librea entró en el pabellón y acompañó ceremonioso al hidalgo hasta el patio de armas, donde lo esperaba Bartolomé con las monturas asidas por las bridas, y con una desdentada y siniestra sonrisa que aterrorizaba al servicio.

Sin mediar ni una sola palabra, ambos se encaramaron indolentes a sus cabalgaduras y partieron al trote sin mirar atrás, desdibujándose sus figuras tras la polvareda levantada por los herrajes.

25

Valladolid
Llegada de la caravana del marqués de Leganés

L eonarda se sabía más cerca de su destino, lo que la ilusio-
naba e inquietaba a partes iguales. Valladolid era una
ciudad bulliciosa, como lo eran las principales poblaciones
meseteñas, situada más al norte, repleta de mercados y lonjas
donde los gremios competían por ofertar sus géneros al mejor
postor.

Varias leguas antes, hicieron un alto para descansar
en una de las aceñas del Pisuerga, donde los monjes de la
Trinidad Calzada les ofrecieron pan recién cocido con harina amasada por ellos mismos para reconfortar sus estómagos y un buen plato de tasajos y quesos para acompañarlo. A cambio de unos cuantos reales más, también les dieron
un pellejo de vino con el que enjugar sus paladares y calmar
su sed.

Leonarda apenas probó bocado. Su estómago parecía permanecer cerrado, y desde hacía días apenas se alimentaba con

una escudilla de leche donde migaba unos pellizcos de pan, amén de unas cuantas piezas de fruta que parecía degustar con placer. Miguel la observaba preocupado. La encontraba más delgada y pálida, aunque al ver su fortaleza y su brío lo achacó al cansancio de los muchos días de viaje desde que partieran de Flandes.

A pesar de estar acostumbrada al paisaje cotidiano que le ofrecía Gante, colmada de puentes y diques, Leonarda quedó admirada al atravesar el río Esgueva.

El puente de las Carnicerías era el mayor de la ciudad, más incluso que el de San Benito, de potentes muros de mampostería y arcos fajanos que soportaban el forjado del nivel superior, o el de la Platería, que albergaba una galería abovedada y desembocaba a una calle de no menos de treinta pies de ancho, según pudo deducir a ojo de buen cubero nada más verlo unos días después, y que el gremio de los plateros tenía el privilegio de poder cerrar por las noches con cadenas para evitar su trasiego.

Aquel puente se había convertido en una vía de entrada a Valladolid y soportaba edificios cuyos volúmenes sobresalían del mismo de tal manera que parecían quedar suspendidos sobre el abismo. Destacaban en él dos galerías abovedadas de sillería caliza, ligeramente rebajadas y separadas por un compacto estribo central que le otorgaba una apariencia fortificada que, si bien no era tal, daba esa impresión al estar revestidas por escudos, arcos y tajamares.

Nada más adentrarse en la almendra de la ciudad, se percataron de que los parroquianos los miraban con desconfianza y curiosidad, como les pasara cuando atracaron en el puerto de

Santander, dado que sus vestimentas, de finos y repujados paños, les conferían una apariencia muy diferente a la que por
allí estaban acostumbrados.

Sin demora alguna, Diego Dávila y Mesía hacía días que
había enviado a uno de sus caballeros para avisar a su buen
amigo el duque de Benavente que permanecería en Valladolid
durante unos días, los necesarios para avituallarse y alcanzar
el tramo final de su viaje hasta sus dominios de Morata, de
camino a Madrid, rogándole que le diese cobijo durante aquellas jornadas.

Por supuesto, había otros ilustres y familias principales a
los que pretendía hacerse valer, como los condes de Rivadavia
o los marqueses de Valverde, a quienes pretendía vender algunos de los lienzos que portaban, si bien era al duque a quien
dirigiría el grueso de sus ventas.

Con tan buenas perspectivas afrontaba su estancia mucho
más sereno y confiado. Sin embargo, había algo que aún lo
incomodaba, y era la espinosa cuestión de su visita a los Nelli
de Espinosa para negociar la renovación de sus créditos. Esa
encomienda no le resultaría fácil, lo que le infligía un estado
de angustia que se afanaba en no dejar aflorar ante los ojos de
los demás.

En cuanto a Leonarda, eran otras las preocupaciones que
la asaltaban. Estaba deseosa de llegar cuanto antes a Madrid y,
desde allí, afrontar el último tramo de su camino hasta el ducado de Feria, donde ansiaba reencontrarse con su madre. Así
y todo, se propuso no desfallecer y mantenerse atareada, siendo ajena a la inesperada proposición que Diego iba a participarle.

—Diego, me sorprende la propuesta —contestó lacónica Leonarda.

—¿Quién mejor para acompañarme en esta empresa? —repuso el marqués, sincero.

—Me tienes en alta estima, pero no sé si sabré estar a la altura de cuanto me pides —dijo en un tono franco y cercano, el utilizado cuando se encontraban a solas.

En realidad, Leonarda se sentía halagada por la consideración que de ella mostraba tener Diego Dávila y Mesía. Con todo, consideraba que tal vez no fuera buena idea dejarse ver más de lo necesario.

El duque de Benavente los había alojado en la parte noble de su palacio por indicación de Diego, con quien parecía mantener una excelente relación. Por lo visto, el duque deseaba participar de la vida cortesana y su inmensa fortuna, sus títulos y posesiones avalaban su empeño, siendo el de Leganés su puerta de entrada al palacio real de Madrid, motivo por el cual cumplía con todas las peticiones que su ilustre huésped le demandaba.

—Además, no tengo atuendo apropiado para acudir a la cita. No creo que con...

—Esa es la menor de tus cuitas, Leonarda —la atajó con una mueca divertida en su rostro, como quien sabe que tiene ganada la partida de antemano—. Estoy convencido de que las doncellas del duque podrán proveerte de los paños más ricos de palacio. Lucirás espectacular junto a mí —concluyó, seguro de cuanto disponía.

—Sea —concedió finalmente Leonarda, entre resignada y complacida.

Diego sonrió satisfecho. Sabía que el buen hacer de Leonarda le proporcionaría una ventaja inigualable e inesperada frente a los banqueros de la casa de los Nelli de Espinosa, con quienes debería confrontar intereses dispares en breve.

—Diego... —susurró Leonarda.

El ilustre la miró con un gesto escrutador, como si quisiera adivinar los temores que la atormentaban desde que partieran de Flandes.

—Diego, no puedo dejar de pensar en mi madre. Necesito tener noticias de mi familia. Estoy al corriente de las amenazas que se ciernen sobre mi padre y...

—Tu madre se encuentra bien, Leonarda. Tu padre también. Al menos por ahora.

—¿Cómo lo puedes saber? —le preguntó con un desgarro en la voz que parecía trepar por sus entrañas.

—Anoche llegó un emisario con nuevas.

Leonarda lo miró desconcertada.

—Cuando desembarcamos en Santander mandé una misiva con uno de mis hombres al Cabildo de Zafra y otra al duque de Feria.

Leonarda había tomado asiento. Sentía latir su corazón desbocado.

—Di órdenes de no regresar sin una respuesta y conminé al emisario para que nos diera alcance en la ciudad de Valladolid. En un principio preferí no participaros nada, ni a Miguel ni a ti, acerca de mis verdaderas intenciones, pues sé de la ansiedad que os provoca llegar cuanto antes a Zafra.

Ambos guardaron silencio.

—No temas, Leonarda, y centremos todos nuestros esfuerzos en solventar airosamente la encomienda que ahora nos ocupa. Para mi casa es fundamental dejar atados los pactos y contratos contraídos con los Nelli de Espinosa. Y la ayuda del duque, nuestro anfitrión, y la tuya propia, son primordiales en este asunto.

»Por eso te he pedido que intentes realizar un inventario de las obras de arte que portamos desde Flandes que incluya el valor económico que pueden alcanzar en estos reinos peninsulares. Es de vital importancia para mi casa, para mi propio sostenimiento... —concluyó en un tono lastimoso, como de perro apaleado.

Leonarda asintió con la cabeza ya que eran otras sus verdaderas preocupaciones. Diego lo sabía y enseguida continuó con la exposición iniciada.

—La situación en Zafra es realmente preocupante. En la misiva que me remite Nuño del Moral, secretario ducal, me confía una serie de muertes que han sembrado el miedo y la desolación entre sus moradores, sobre todo refiere el macabro crimen de uno de los corregidores de la ciudad.

Leonarda levantó la mirada al oír el nombre de Nuño, a quien conoció de su estancia, años atrás, entre los muros del alcázar ducal.

—Según me informa, todos los miembros del Cabildo se sienten amenazados, habiéndose iniciado pesquisas sin resultado alguno. La familia ducal permanece tras los muros del alcázar y el justicia mayor ha dispuesto partidas de escopeteros en los principales caminos de acceso a la villa, así como en los alrededores de las haciendas de los notables y demás componentes del Cabildo.

Leonarda lo miraba angustiada, sin apenas parpadear, intentando desgranar cada palabra que su interlocutor pronunciaba.

—Pero no sufras —intentó tranquilizarla Diego—, que tu familia está a salvo. Ni ellos ni sus bienes han sido atacados. —Y añadió—: Te prometo que más pronto que tarde te encontrarás entre sus brazos. En unos días partiremos hacia Madrid y desde allí Miguel y tú os dirigiréis hacia el ducado de Feria.

Un escalofrío cruzó la espalda de Leonarda. Su regreso a Zafra, de donde huyó años atrás, le producía sensaciones encontradas.

Diego intuyó su preocupación y se avino a hacerla partícipe de los pormenores.

—No debes temer nada, Leonarda. Ya he dispuesto que durante los primeros días, tal vez semanas si así lo deseas, permanezcas bajo la protección de la duquesa viuda de Feria, Mariana de Córdoba. A buen seguro, quedará encantada con tus dotes y conocimientos sobre pinturas sacras flamencas —dijo sonriente.

—Gracias, Diego. Te agradezco todos tus desvelos.

—Es lo menos que puedo hacer por vosotros. Miguel y tú os hallaréis muy pronto en Zafra y gozaréis de la protección de los duques —concluyó satisfecho.

La joven, mientras tanto, solo pensaba ya en el momento de reunirse con los suyos.

A Leonarda le sorprendió la imponente fachada que presentaba el palacio de aquellos afamados banqueros vallisoletanos de ascendencia italiana, los Nelli de Espinosa, con una sobria portada enmarcada por dos torreones, como si de un alcázar se tratase. Estaba labrada en piedra y contaba con un zócalo sobre el que destacaban dos cuerpos de columnas estriadas que mostraban el poder de aquella familia y las ínsulas de nobleza que tanto ansiaban. Ambos cuerpos de columnas se hallaban separados por un arquitrabe sobre el que corría un friso de rica decoración de roleos, niños, frutas y seres fantásticos que hacían las delicias de la chiquillería que deambulaba por la zona pidiendo limosna.

No tuvieron que esperar mucho en el patio interior. En pocos instantes, fueron recibidos en la parte alta del palacio, donde los banqueros aguardaban con interés con el fin de obtener futuras prebendas de la corte.

Diego permanecía tranquilo, se diría que confiado, como si todo aquello no fuese nada más que un juego para él y se guardara un as en la manga que los demás desconocían.

Leonarda, sin embargo, se mostraba inquieta. De no ser porque estaba acostumbrada a tratar con la nobleza flamenca y sabía desenvolverse ante ellos, estaría aterrada.

Era consciente de que su posición en tierras castellanas no tendría la misma fuerza, a pesar del aval del marqués y del propio duque de Benavente, que en Flandes, donde las mujeres eran tenidas en cuenta, sobre todo si demostraban ser firmes de entendederas.

Cuando uno de los libreas los avisó para que lo siguieran, Leonarda agarró con fuerza el cuadernillo donde había tasado el valor de aquellas piezas traídas de Flandes y lo que aquel negocio podría suponer en el próximo lustro.

Diego la invitó a subir la escalera manteniéndose a su altura y no unos pasos por detrás, como tal vez esperase el lacayo, que los miró sin poder esconder una mueca de estupefacción.

Leonarda, que sintió un momentáneo mareo, se sujetó al pasamanos abalaustrado adornado con columnillas que sustentaban grandes copas de hierro, y al instante notó que la frialdad de la piedra se apoderaba del candor de sus manos. Aquel contraste la espabiló.

Un magnífico artesonado de nogal cubría el espacioso tiro de la escalera, detalle que pasó desapercibido para Diego, quien solo pensaba en sacar un ventajoso trato de aquella audiencia.

Cuando se abrieron las puertas que daban paso al enorme salón ocupado por los banqueros, Leonarda pudo observar una pétrea sonrisa ambarina y una mirada macilenta llena de asombro y resquemor por su presencia entre ellos.

Supo enseguida que esa tarde le tocaría lidiar no solo contra la ignorancia de aquellos hombres, sino también contra sus prejuicios, como ya había hecho en tantas otras ocasiones.

Insuflándose de todo el valor del que era poseedora avanzó hacia los Nelli mientras les sostenía la mirada, fuerte y desafiante.

Las puertas se cerraron tras ellos con gran estruendo, pero ya nada los frenaría.

Decidida, Leonarda solo pensaba en actuar satisfaciendo los intereses de Diego, que eran los mismos que los de Alonso y su casa, y proseguir su camino hacia Madrid con el fin de llegar cuanto antes a Zafra.

26

Monasterio de la Encarnación, Madrid

Durante su estancia en la Casa del Tesoro, uno de los recaudadores fieles a Pascual de Aragón le había informado de lo costosas que iban a ser las reformas que se pretendían llevar a cabo en el palacio del duque de Uceda.

Según le reveló, en los mentideros de la corte se hablaba de que la regente había elegido la que fuera residencia oficial del anterior valido de su difunto esposo, Luis de Haro, como su residencia oficial una vez que su hijo alcanzase la mayoría de edad y ya no necesitase de su tutelaje para reinar.

Las cuantiosas obras en cuestión estaban al cargo del alarife real Bartolomé Hurtado, quien obedecía órdenes de la propia reina de no escatimar en gastos. Hasta pretendía hacer trasladar a sus aposentos algunos de los lienzos que, celosamente, atesoraba el nuevo palacio del Buen Retiro para recordar a todos los que la visitasen el poderío y grandeza del Imperio de los Austrias.

Algunas lenguas maledicentes llegaban incluso a murmurar que el dolor de la reina por la pérdida de su augusto esposo, Felipe, y por la del primogénito de este, el príncipe Baltasar Carlos, era tal que pretendía pasar el resto de sus días contemplando los retratos ecuestres que Diego Velázquez pintara de ellos, pues el realismo de esos óleos era tan conseguido que doña Mariana se acercaba algunas tardes a hablarles.

El recaudador se refería a dichos gastos con hondo penar, pues los creía baladíes ya que todos en la corte consideraban que el príncipe Carlos ni siquiera llegaría a alcanzar la mayoría de edad dado el debilitamiento de su estado de salud.

Al parecer, la regente, Mariana de Austria, había elegido ese palacio de los Uceda como su residencia final por encontrarse frente al monasterio de las bernardas del Santísimo Sacramento, situado en la calle Mayor, del cual era benefactora, donde se apiñaban los gremios más lujosos de la villa y corte, como el de los joyeros y sederos, y algunos de los más destacados palacios de los ilustres de la corte como el de Cañete, el de Abrantes o el de Oñate, además de numerosos conventos e iglesias.

Siempre le habían encantado los abovedados frescos de las bernardas, que tanto recordaban al estilo italiano, donde unos grupos de ángeles alborotaban, jugando despreocupados, con largas filacterias que conmemoraban el pan y el vino, como lo hiciera Jesucristo en la última cena con los apóstoles.

Todo aquello le hizo suponer que la regente pretendía agenciarse una pequeña corte a su alrededor, de tal forma que la mantuvieran informada sobre los asuntos de gobierno de los reinos, estados y señoríos del Imperio.

En esas cavilaciones se hallaba cuando, al pronto, Pascual de Aragón fue advertido de la llegada del jesuita por uno de los obispos auxiliares que estaba a su servicio personal, sacándolo de sus pensamientos.

—Eminencia..., el padre Beltrán aguarda en la antesala —le dijo en tono melifluo, como si temiese importunarle.

El arzobispo no contestó, limitándose a afirmar con un leve movimiento de la cabeza.

Con parsimonia, dejó los documentos que estaba escrutando sobre unas baldas de madera que había hecho instalar en su celda, junto a un brasero de picón y un mullido sillón de brazos nobles, para hacer más llevadera su estancia entre aquellos muros.

Aquella celda estaba reservada al prelado, que la frecuentaba de tarde en tarde durante sus visitas a los consejos en la corte, y contaba con una minúscula ventana que daba al atrio del monasterio por la que se colaba el frescor de los arriates.

En la antesala, el padre Beltrán lo esperaba con impaciencia, aunque sin ninguna apariencia de nerviosismo.

Hacía muchos años que se conocían, y cada cual, a su manera, se servía el uno del otro para conseguir sus propósitos.

—Padre Beltrán... —dijo Pascual de Aragón en un tono afectuoso, dirigiéndose hacia el jesuita nada más entrar en la antesala donde lo aguardaba.

Beltrán se encaminó hacia Su Eminencia con la cabeza oculta en la capucha de su hábito al humillarse para, en señal de respeto y sumisión, besar el anillo del prelado, máxima dignidad del papado en las Españas.

—Eminencia... —contestó quedo, y se descubrió una vez retrocedió unos pasos.

—Venid, acercaos, ya sabéis lo mucho que me reconfortan vuestros consejos, sabios y certeros —terció el primado aparentando una sincera confianza con el prior del colegio real.

—Vuestra gracia me honra, eminencia —replicó beatífico.

—Beltrán, entre estos muros de la Encarnación nadie, salvo el Omnisciente, nos observa —le confió—. Despojémonos de nuestras dignidades y seamos solo dos hombres, dos viejos conocidos a quienes el Señor, en su inmensa misericordia, ha puesto en su camino.

Al jesuita no le agradaba el grado de confianza y relajación que pretendía mantener el prelado de España, ya que un sexto sentido le advertía que, a no tardar, sería objeto de alguna encomienda que lo alejaría por un tiempo de los quehaceres del colegio. Aun así, prudente como acostumbraba, se limitó a asentir y esbozar una mueca que semejaba una sonrisa de agradecimiento.

No se le olvidaba que Pascual de Aragón era uno de sus principales benefactores para el sostenimiento del colegio real, si bien esa magnanimidad no era gratuita, en parte porque se la cobraba con las encomiendas que le exigía.

Además, el purpurado era conocedor de que el jesuita emparentaba con la casa de los Habsburgo, e incluso el difunto rey Felipe había recurrido a sus servicios al tenerlo como hombre talentoso y fiel, habiéndose ganado fama de pesquisidor juicioso y fiable, mal que le pesara, motivo por el que mantenía el crédito a su colegio de huérfanos.

—Mi amado Beltrán, siempre estaré en deuda contigo por

los leales servicios prestados a la Corona y... a mi causa —repuso bajando la voz toda vez que lo miraba de un modo que el prior no supo desentrañar, a medio camino entre confidencial y cómplice—, que no es otra que la del Señor todopoderoso y hacedor nuestro —concluyó sin el mayor ápice de compunción.

—Alabado sea —se limitó a contestar, contrito.

—Bendecido sea —replicó el prelado.

Ambos asintieron y fueron a sentarse en sendos butacones del tosco moblaje con el que apenas se disimulaba la desnudez de la estancia.

—Beltrán, requiero de tus servicios —le confesó el arzobispo al fin.

El jesuita, que se esperaba la petición, ni se inmutó.

—Decidme, eminencia. ¿En qué podría serviros este humilde siervo?

Beltrán no era capaz de dirigirse al representante de la Santa Sede sin mostrarse reverencioso. Pascual lo sabía y, en el fondo, se congratulaba por ello.

—Es preciso que prestes un servicio aquí, en la corte y villa —inició la exposición.

El prior se extrañó ya que había dado por supuesto que la encomienda se debía seguramente a algún tema delicado, tal vez familiar, del que el propio prelado preferiría mantenerse ajeno. Había errado en lo concebido, pensó para sí.

—Ambos sabemos lo mucho y bien que Su Serenidad, el príncipe Juan José, ha servido a las causas del Imperio.

Beltrán no contestó. Se limitó a mirarlo con unos grandes y expresivos ojos, aguardando, como el búho al anochecer.

—Tú mismo lo acogiste en el colegio real cuando apenas era un mocoso sin linaje ni abolengo, uno más de los puñados de andrajosos a los cuales proteges —dijo con cierto desdén, como si le molestase que encontraran cobijo entre los muros del real colegio.

Beltrán lo recordaba muy bien. Había recibido la encomienda de encargarse de un muchacho de mirada asustadiza, de pocas carnes pero de buena apariencia, más despierto que los demás infantes, mostrándose siempre amable y agradecido.

Contaban que su madre era una de las actrices más afamadas de la época, la Calderona la llamaban, que llenaba las escenas de las corralas con su voluptuosa presencia y el donaire de unos textos bien aprendidos y recitados, muriendo de amor cuando el papel lo exigía o haciendo reír cuando se burlaba del cornudo de turno. Se desenvolvía sin pretensiones, de un natural que sorprendía a los espectadores, del más rufián al más ilustre.

No se le olvidaba el día que el muchacho llegó de la mano de uno de los libreas del palacio, empapado y tiritando de frío. Llovía como si el cielo se descerrajase sobre Madrid, a punto de desbordar el río Manzanares y convirtiendo las callejas en pequeñas riadas donde las enlodadas aguas arrastraban a los incautos con los que a su paso se encontraban, harapientos o facinerosos, como si quisieran limpiar sus calles de inmundicia.

El rey Felipe le había enviado una misiva donde le pedía que cuidara de él y lo instruyera, confiándole el secreto de ser hijo suyo. Uno de tantos bastardos de Su Majestad, se había dicho Beltrán, pero con la suerte de ser hijo de aquella actriz, dama de la escena, que había robado el corazón al monarca.

Desde entonces, el convento y su colegio tomó el favor real y fue dotado económicamente con mayores rentas de las que ya recibía, albergando a cada vez más desharrapados, más huérfanos, más desvalidos... a quienes la Compañía les procuraba ropa, comida y un techo bajo el que guarecerse, además de instruirlos según sus entendederas, pues la mayoría de ellos estaban predestinados a no destacar en ninguna materia y solo unos cuantos lo harían en la vida religiosa o militar.

Con el tiempo, aquel niño asustadizo se reveló como uno de los doctrinos más dotados e inteligentes de cuantos pernoctaban entre los muros del colegio, con habilidades muy superiores a todos los demás.

Después, Su Majestad lo reconoció como hijo suyo, concediéndole la dignidad de príncipe, y Juan José se convirtió en uno de los mejores militares y diplomáticos del Imperio, a quien la Corona le debía gran parte de sus éxitos.

Beltrán llegó a quererlo como a un hijo y sentía que ese sentimiento era mutuo. La última vez que lo abrazó fue en el alcázar de los duques de Feria, en la lejana ciudad de Zafra, cuando se andaba en guerras contra Portugal.

—Conoces muy bien los éxitos de sus acciones y lo acertado y ventajoso de los acuerdos firmados con otras potencias extranjeras que acechan, como alimañas, sobre nuestros reinos —avanzaba en su diatriba el prelado—. La regente y su enfermizo hijo no son merecedores del trono, empero nadie, o muy pocos, osarán alzarse contra ellos por temor a perder sus cuantiosos privilegios y ser perseguidos. Además, ese endemoniado de Juan Nithard se encarga de elevar a los puestos capitales a buena parte de los ilustres afines para preservar su apoyo.

»Su Serenidad, el príncipe Juan José, se ha quedado solo, nadie lo acompañará en sus pretensiones, salvo su círculo más reducido. Se hace necesario que desaparezca de la corte durante una larga temporada, tal vez no pueda volver nunca más... —presagió agorero como los negros nubarrones que se forman antes de la tormenta.

Beltrán, que empezaba a sentirse inquieto ante la invectiva del prelado, aguardaba haciendo acopio de paciencia para saber adónde iría a desembocar toda aquella plática.

—Beltrán, a ti te escuchará... Es preciso que se vaya lejos y que ponga a buen resguardo su vida, pues me temo que puedan atentar contra él.

El jesuita dio un respingo que no pasó desapercibido al arzobispo.

—Convéncelo para que te acompañe a Zafra, allí podrá holgar y descansar a sus anchas, además de estar bajo la protección de uno de los grandes de España, el nuevo duque de Feria, Mauricio de Figueroa. A buen seguro, al duque le vendrá muy bien contar con la experiencia del príncipe, quien lo instruirá y le abrirá los ojos antes de que, tarde o temprano, tenga que instalarse en la corte, al menos, a temporadas.

A Beltrán le costaba asimilar cuanto oía pues no entendía que tuviera que acompañar al príncipe ya que Su Serenidad contaba con su propia escolta, aguerridos soldados curtidos en los tercios de Flandes que darían su vida por él al mismo diablo si fuere preciso. Y, además, ¿por qué a Zafra?

—Eminencia, disculpad mi torpeza... ¿Acaso Su Serenidad necesita de mi protección para afrontar el viaje hacia las tierras más occidentales de Castilla? —preguntó perspicaz.

—Mi buen amado Beltrán, cuán ingenuo resultas —rezongó el prelado—. Su Serenidad, de necesitarte, sería solo para la paz que el ejercicio de tu ministerio le proporcionaría.

»Preciso, por más, de tus sigilosas pesquisas en los dominios de los duques, de ahí que debas regresar a la floreciente y próspera Zafra. Yendo en su caravana nadie sospechará de tu presencia entre sus miembros. Además, a buen seguro que tanto la duquesa viuda de Feria como las clarisas de Santa María del Valle bendecirán tu estancia entre sus muros —le confirmó.

El jesuita lo miraba intentando mostrar una serenidad que en esos momentos notaba que se le escapaba. Tentado estuvo de preguntar al arzobispo si la encomienda que le requería tendría que ver otra vez con la distracción de sacas de monedas que su sobrino, Nuño del Moral, hacía de la hacienda del ducado. No obstante, se retuvo, prefiriendo mantenerse prudentemente callado.

—El asunto tiene que ver con unos misteriosos sucesos que están ocurriendo dentro de las murallas de la ciudad y que pueden no solo alterar la estabilidad económica del Cabildo y la de los Feria, sino también afectar llegado el momento a las propias arcas del tesoro.

Beltrán miraba quedo, sin comprender aún qué debería investigar.

—Mi amado sobrino, Nuño del Moral, a quien ya conoces de tu anterior estancia en el alcázar de los duques, me alerta sobre una preocupante situación que logra arrebatarme el sueño, que me inoportuna y me inquieta sobremanera, en especial porque puede originar que se repita en otras grandes poblaciones y sembrar el caos en los demás estados y señoríos del Reino... Al parecer, uno de los prohombres de la ciudad ha sido brutalmente asesinado, sin motivo aparente, y me temo que el criminal no parará ahí...

Beltrán se santiguó en un gesto no medido que el prelado no advirtió, o no quiso advertir, siguiendo con su enunciado.

—Es necesario que te instales en el alcázar de los Feria, donde serás bienvenido, atemperes a los seguidores del príncipe Juan José en sus ánimos de reivindicar la corona para sí y junto a él instruyáis al nuevo duque para el viaje que, más pronto que tarde, habrá de realizar para instalarse en la corte. Al tiempo, te pido que averigües quién o quiénes están violentando la paz y la seguridad de la ciudad mediante la ejecución de esos crímenes con los que amenazan y por qué.

»No te preocupes por tus desharrapados, Beltrán. Durante tu ausencia el sustento así como el orden en el cenobio y la instrucción de esos muchachos en el colegio se mantendrán como corresponde. Nada les faltará, tienes mi palabra.

»Muchas serán las pesquisas que deberás realizar y muchos, sin duda, tus desvelos y los esfuerzos que tendrás que llevar a cabo, pero mi magnanimidad superará con creces tus aflicciones —le confió.

Beltrán supo enseguida que nada podría hacer ya. Su suerte lo llevaba de nuevo a los dominios de los duques de Feria. Al menos, quiso consolarse, su espíritu se reconfortaría con la meditación y la oración, que tanto echaba en falta con las cuitas de cada día, y de las que la duquesa y las clarisas eran asiduas. También su cuerpo hallaría consuelo gracias a las buenas viandas con las que tanto la una como las otras le prodigarían.

Era consciente de que debía andarse con cuidado, pues si bien el prelado enmascaraba su encomienda haciéndola pasar por una honda preocupación por el futuro del príncipe y el del nuevo duque, ambos sabían que lo que realmente lo llevaba hacia aquellos lares occidentales del reino no era otra cosa que desenmascarar al asesino o los asesinos del corregidor y las amenazas proferidas contra los demás miembros del Cabildo, desconociendo los motivos y los pormenores de aquella muerte y aquellos peligros a los que se debía enfrentar.

Su propia vida quedaría expuesta ante aquellos malhechores que no dudarían en terminar con él si se les pintaba la ocasión de hacerlo. «¡Que Dios me asista!», pensó.

—Sea... —respondió, y humilló la frente ante el prelado.

27

Zafra, alcázar de los duques de Feria
A vueltas con las cuentas

No mucho tiempo después, cuando el sol ya despuntaba
sobre los fríos macizos del alcázar y el viento bamboleaba los estandartes sin ningún tipo de compasión, Nuño
aguardaba inquieto la llegada del joven duque, don Mauricio,
cabeza ahora de la casa de Feria, no sabiendo cómo afrontar
el asesinato de uno de los corregidores del Cabildo sin alar-
mar en demasía el apocado ánimo de su señor.

El nuevo duque, un joven barbilampiño sin la prestancia
de su progenitor y sin su experiencia, aunque con la arrogancia propia de los ilustres, parecía despegado de los asuntos de gobierno y desinteresado totalmente por las cuentas
de la hacienda de su casa. Eso permitía a Nuño andar más
desahogado con su administración, si bien, tal como lo venía haciendo desde hacía años, cada trimestre ofrecía a los
Feria los resultados contables de sus feudos, guardándose
mucho de no mencionar en ellos determinadas cantidades

que manejaba de tapadillo para el provecho de su propia hacienda.

Uno de los libreas del alcázar se presentó de improviso ante él. Era un muchacho de cara rechoncha procedente de una familia de aldeanos que servían en el castillo de la vecina localidad de Feria, donde se fraguó el origen del ducado. El zagal hacía mucho ruido al andar ya que, al parecer, cuando la duquesa viuda lo acogió bajo su patrocinio el mozuelo nunca había usado calzado, motivo por el que ahora se movía con pequeños saltitos intentando guardar el equilibrio sobre aquellos zapatos con tacón y hebilla que tanto lo martirizaban.

—Don Nuño —le espetó bronco mientras hacía una torpe reverencia—, don Mauricio ordena que tengáis todo dispuesto para su llegada, que será en el tiempo de dos avemarías —dijo con unos ojos verdes muy abiertos y expresivos que destacaban en su mofletuda cara, curtida bajo el sol de la dehesa.

Nuño no contestó. Con un airado mohín indicó al muchacho que se marchase, entendiéndolo este último al instante.

Con serenidad, distribuyó sobre la mesa de la sala de juntas varios libros de cuentas referentes a las incontables posesiones del ducado de Feria, con las partidas de ingresos y de gastos, así como las diferentes consignaciones y aportaciones a la real hacienda, además de unos cuantos libros más relativos a la contabilidad del Cabildo de la ciudad que el propio Rodrigo, en tanto que corregidor mayor, le había hecho llegar unas fechas antes por medio de un contador de su confianza. Los volúmenes habían sido revisados e inspeccionados previamente por la ahijada de Rodrigo, Mencía, a quien tanto él como su esposa, Sancha, habían criado desde pequeña como a una hija. Ella era la menor de siete hermanos, todos varones, que siendo muy niños eran llevados a labrar los campos de los poderosos de sol a sol a cambio de unos puñados de trigo con los que apenas podían alimentarse. Sancha poco podía hacer por ellos, destinados como tantos otros críos a trabajar para sustentar a sus familias, pero se apiadó de su única sobrina y la llevó consigo para apartarla de un destino mísero. Para su sorpresa, Mencía resultó ser una niña abierta de entendederas y, con el tiempo, fue fiscalizando con tino las cuentas del Cabildo contando con la muda anuencia de sus tíos, a quienes favorecía discretamente.

Ajeno a esos ardides, Nuño estaba seguro de que cuando el duque entrase en la sala no tardaría mucho más en marcharse dado el hartazgo que siempre mostraba por aquellos asuntos de la gobernanza que tan tediosos y áridos le resultaban. El cuerpo y la mente de don Mauricio estaban más necesitados de las correrías y chanzas propias de su edad que de la administración de sus incontables bienes y posesiones, tantos que ni siquiera conocía ni había visitado la totalidad de ellos, algo que en su fuero interno alegraba sobremanera a Nuño.

Si bien se había preparado con esmero las explicaciones que iba a ofrecer al joven duque de Feria, había otros asuntos que prefería departir antes con él ya que le podrían granjear nuevas e importantes sumas con las que engrandecer su señorío y con las que seguir prestando los servicios a los que se hubo comprometido cuando se desposó con Isabel Ramírez de La Torre, puesto que si no hubiera sido por el beneplácito de Águeda de Poveda nunca habría logrado hacerse con el mayorazgo. Para ello hubo de prometer un diezmo de sus rendimientos en favor de dicha dama, con los que esta se garantizaba poder seguir manteniendo su licenciosa vida cortesana.

Por otro lado, debía cumplir también con lo acordado con su tío, el arzobispo de Toledo, Pascual de Aragón, a quien en el pasado había detraído sumas con las que compró la voluntad de la de Poveda, asegurando al prelado que le devolvería el duplo de lo sisado. Su protección le era del todo necesaria pues formaba parte del Consejo del Reino y su poder e influencia estaban al alcance de muy pocos.

En esos pensamientos se hallaba cuando las puertas de la sala se abrieron de par en par y el duque de Feria hizo la entrada precedido, a diestra y siniestra, por dos abotonados libreas cuyas puñetas les chorreaban inmaculadas por el cuello y las muñecas. Mauricio de Figueroa pasó entre ambos sin ni siquiera percatarse de la presencia de sus vistosos servidores.

«Joven e inexperto, pero envanecido como un pavo real», se dijo Nuño del Moral al tiempo que se inclinaba protocolario ante su señor.

El duque se dirigió hacia la mesa central sobre la que colgaba una lámpara en forma de araña con las hachas apagadas ya que el sol que se colaba por las ventanas otorgaba a la estancia una luz clara que disipaba cualquier atisbo de oscuridad.

Nuño no se equivocó. La expresión de fastidio que se dibujó en el hirsuto y blanquecino rostro del duque hacía evidente que no estaba dispuesto a pasar el día entre legajos, menos aún habiendo dispuesto una jornada de holganza a lomos de su nueva montura para practicar la caza con halcón.

—Don Mauricio, acercaos hacia este extremo donde podréis hojear los libros con mayor facilidad —le sugirió solícito Nuño, a sabiendas del hastío que eso provocaba al noble.

El joven duque no contestó y se aproximó parsimonioso hacia los volúmenes que aparecían frente a él medio descosidos por los lomos y con unas hojas macilentas que los hacía poco agradables a la vista.

—Don Mauricio —retomó Nuño—, antes de ocuparnos de los asuntos de la hacienda de los territorios del ducado, considero que debo exponeros otros de no menos relevancia que hay que despachar con prontitud ya que se requiere su ulterior autorización por el Consejo de Regencia.

—¿De qué asuntos se trata? —preguntó con desgana el duque enarcando ligeramente la ceja izquierda, gesto que había heredado de su progenitor.

—Don Fernando de Quintana, hijodalgo de cuna a quien ya conocéis pues os ha prestado, junto con otros infanzones, juro de fidelidad —le explicó parsimonioso Nuño—, solicita un nuevo aval para volverlo a presentar ante el Consejo de Regencia con una petición para la concesión de asiento de negros a cambio del pago de los impuestos reales que le correspondan y la promesa de contribuir a las cuitas que de él fueran demandadas.

»Sin duda, mi señor, el ruego de don Fernando habría de interesaros ya que si se le concede licencia para mercadear con esclavos atezados, sin necesidad de patronazgo de las compañías portuguesas, incrementaría notablemente las gabelas que debería aportar a las arcas del Cabildo y a las de la propia hacienda ducal.

Durante un buen rato Nuño habló al joven duque de alcabalas y gabelas, de rollos y protocolos notariales, de licencias y cédulas, hasta notar la inquietud y el tedio que todo aquello provocaba en el ánimo del de Feria, cuyos pensamientos hacía rato que correteaban los campos a lomos de su montura.

—Os confío la encomienda, Nuño. Mi padre siempre os tuvo en gran estima por vuestro buen juicio y mejores servicios a la casa de Feria —atajó de golpe en una respuesta esquiva pero del todo esperada por el secretario ducal.

—Si me permitís, hay otro asunto de vital importancia... —le anunció ladino aprovechando aquel momento de desesperación de su interlocutor.

Pensó hablarle del crimen cometido en su feudo, aunque al punto demoró participárselo pues consideró que tal vez, si pudiera resolverlo antes, el asunto no alarmaría a los duques.

Mauricio de Figueroa lo miraba macilento.

—Se trata de uno de los regidores del Cabildo, Alejo Guzmán, el rico mercader de paños y sedas, principal entre sus pares, que tanto y tan bien contribuye a las arcas del Cabildo y a las de esta casa, fiel a ella desde tiempos de vuestro padre —le informó a modo de antesala de cuanto iba a comunicarle.

El duque no contestó, sino que lo miró con unos ojos inyectados en una furia contenida. Bien sabía que debía atender todos los asuntos del gobierno de sus dominios, por mucho que detestara todo aquello.

—Alejo Guzmán preside la institución de los Cinco Gremios Mayores y pertenece por derecho propio al Consejo del

Cabildo, es un hombre sabio y juicioso, además de muy generoso... —dijo taimado mientras silabeaba esta última palabra—. Os ruega, excelencia, que le honréis con vuestra confianza para que se le proponga como veedor mayor al Consejo del Cabildo.

Hubo una pausa con la que Nuño procuraba que el duque asimilara el significado de la sugerencia que de forma tan sutil acababa de lanzarle.

—¿Y eso en qué puede convenir a mi casa? —pareció interesarse el duque.

—Mi señor don Mauricio, el veedor mayor tiene entre sus funciones la redacción de las ordenanzas y los protocolos que serán presentados para su autorización ante el Consejo del Reino. Por medio de él, esta casa podrá decidir la suerte de los gremios, así como la de su producción, sus rentas...

—Sea —ordenó con desdén el de Feria.

—Procederé a la redacción de los documentos a la menor demora, utilizando para ello el sello y el lacrado ducal a fin de aliviaros de la pesadez de la encomienda —le sugirió taimado.

Mauricio aprobó con la cabeza y de súbito se puso en pie, dando por terminada la audiencia.

—Mi señor... —le convino Nuño mientras con la palma de la mano le indicaba los libros de cuentas que aún quedaban por rendir.

El duque, con cara de verdadero fastidio, tomó de nuevo asiento mostrándose cada vez más irritado, para júbilo de Nuño, cuyo efecto era el pretendido. De ese modo y con la excusa de no demorar la partida de caza de su joven señor, ahorraría explicaciones sobre las finanzas del ducado sin levantar por ello sospechas por su proceder.

—En estos libros están la rendición de cuentas de los aparceros, merinos y labriegos de vuestras tierras —comenzó parsimonioso el secretario ducal—. Los arriendos por los pastos ascienden, en el caso de los merinos, a un total de...

En ese preciso instante un golpe seco y repetitivo sobre la puerta los sobresaltó, sacándoles del tedio de las finanzas ducales. La llamada, por inusual e insistente, alarmó a Nuño, que no entendía el motivo de tal apremio. Con un imperceptible gesto de anuencia por parte del duque, se dirigió hacia la entrada y abrió él mismo la puerta.

Uno de los libreas, blanco como la cal y temeroso de que su señor lo castigase por aquella intromisión, le comunicó que Rodrigo, el regidor mayor del Cabildo, había exigido verlo de inmediato al tiempo que le informaba del palpable estado de exasperación en el que se encontraba.

Nuño no hizo ademán alguno. Con porte sereno regresó al centro de la sala para informar al duque.

—Don Mauricio, han anunciado la presencia de don Rodrigo, el regidor mayor del Cabildo y vuestro leal servidor —dijo cauteloso—. Ruega que lo recibáis en audiencia por motivos urgentes de la gobernanza.

La cara de desagrado y enojo del duque iba en aumento.

—Si me concedéis venia, yo mismo atenderé su demanda —sugirió sagaz el secretario—, así podréis disfrutar de un magnífico día de caza con el halcón, tal como deseáis.

—Id, Nuño, id. Vuestro servicio, siempre bienhechor, reconforta mi ánimo —respondió el ilustre, entusiasmado con la propuesta al verse al fin libre de las ataduras del gobierno del ducado.

Nuño se inclinó levemente ante él mientras Mauricio de Figueroa salía presto de la sala con una alegre sonrisa perfilada en sus labios.

Nada más ausentarse, Nuño hizo pasar al regidor mayor con un rictus de sincera preocupación en el rostro.

—¿Qué ocurre, Rodrigo? ¿Cómo osas incomodar al duque de esta guisa? ¿Acaso ha ocurrido otra desgracia? —le preguntó visiblemente alterado y nervioso.

El regidor aparecía ante él empapado en sudor, corriéndole las gotas por su amorfa papada mientras se pasaba un pañuelo sobre la frente, tan roja como el polvo de la molienda del pimentón.

Había perdido todo el resuello por lo que, alarmado, Nuño le proporcionó un vaso de agua que el otro bebió de un trago.

—Isaías... —apenas balbució.

El secretario ducal lo miró intrigado con una mala corazonada que parecía taladrar su pecho.

—Muerto, lo han matado a él también —le espetó Rodrigo.

Nuño se quedó petrificado cual estatua de sal, sin lograr moverse de la baldosa sobre la que permanecía al tiempo que esgrimía un gesto de espanto en el rostro.

—Lo han degollado igual que a un puerco.

—¿Cuándo? ¿Dónde? —atinó a preguntarle mientras recordaba a Isaías sentado frente a él en el Consejo del Cabildo tan solo unos días antes.

—Se lo han encontrado esta mañana unos oficiales de su taller. La sangre había enturbiado las baldosas confundiéndose con el vino de las cubas.

En ese instante, el secretario de los duques de Feria se acordó de los buenos servicios prestados por el cofrade mayor del gremio de los vinateros y toneleros, hombre leal y de aplomo.

Rodrigo, con voz temblorosa, mostró su puño apretado.

—Han encontrado otro escrito —aclaró.

Nuño tuvo que abrirle el puño, pues el miedo había atenazado de tal forma al regidor que era incapaz siquiera de extender la palma de la mano.

El escrito, más escueto que el anterior, no dejaba lugar a dudas de la verdadera intención de su autor:

Si no me obedecen
y se ciñen a la ley que yo les he entregado
entonces haré con esta casa lo mismo que hice con Siló:
¡Haré de esta ciudad una maldición para todas las naciones de la tierra!
¡Vas a morir!
Y esta ciudad quedará desolada y deshabitada.

Un estremecimiento traspasó el cuerpo de Nuño, si bien mantuvo la compostura a pesar de la indisposición. Rodrigo, que había encontrado acomodo junto al vasar de la chimenea, se afanaba en abrir su desdentada boca todo cuanto era capaz en un intento desesperado de absorber el aire que lo rodeaba.

Nuño se obligó a pensar de forma apresurada.

Tanto los justicias como las partidas de escopeteros y alguaciles sitos en las puertas de acceso a la ciudad no habían detectado ninguna entrada o salida anómala, por lo que dedujo que el asesino debía encontrarse entre ellos.

Por un momento eso lo tranquilizó, pues supuso que el mayorazgo estaba fuera de peligro ya que se hallaba a unas cuantas leguas de distancia. Así y todo, ordenaría de inmediato doblar la guardia a lo largo y ancho de la heredad.

Por otro lado, doña Mariana de Córdoba seguía disfrutando de unos días de asueto en sus propiedades de Feria, por lo que al mantenerse distantes de la almendra de la ciudad parecían quedar a salvo del asesino. No obstante, aumentaría la dotación de la fortaleza para garantizar su seguridad.

Además, en cuanto el duque regresara de su jornada de caza debería importunarlo y ponerlo al cabo de los sucesos acaecidos. Sería conveniente también redoblar la guardia en el propio alcázar y cursar aviso a los miembros del Cabildo, pues todos, a excepción de Alejo Guzmán, moraban dentro de la ciudad, cercanos a sus talleres.

—Rodrigo, vuelve de inmediato al palacio del Cabildo y no salgas de allí hasta que se te ordene. Bajo ningún mandato recibas a mercaderes o a negociantes, ni siquiera a los demás miembros del propio consejo —le ordenó—. Debes resguardarte tras los muros del cabildo, junto a los vuestros. Apostaré partidas en rededor de ti, solo así podré garantizar la seguridad de tu familia.

Rodrigo, pálido y rígido, notaba como su papada aún seguía chorreando viscosas gotas de sudor que se afanaba, sin tino, en limpiar con el manoseado pañuelo.

—Yo mismo te acompañaré —le dijo Nuño para intentar

serenarlo—. Tenemos que ser cautos y prudentes, pero al mismo tiempo es preciso que nos mostremos ante los demás sin temor a nada ni a nadie —concluyó aparentando un aplomo que no sentía.

El regidor mayor, algo más aliviado por el tono de las palabras del secretario ducal, comenzaba a respirar más pausado, aunque su mirada perdida era un síntoma inequívoco de preocupación.

A pesar de ello, haciendo gala de un valor fingido, regresaría al cabildo y ordenaría a los alguaciles que mantuvieran encendidos los hachones toda la madrugada, pues era en las sombras de la noche donde se escondían los peligros que los acechaban.

Nuño precedía sus pasos, ajeno al pensar del regidor mayor. Por su mente pasaba la idea de volver a escribir con suma urgencia a su tío, el arzobispo de Toledo, para que adelantase la llegada del padre Beltrán.

El jesuita era tenido por uno de los más sagaces pesquisidores castellanos. La situación parecía volverse en su contra y más insostenible de lo que había sospechado, cumpliéndose el peor de los augurios.

28

Junta de Regencia, Real Alcázar de Madrid
Corte de Carlos II de España

H acía un buen trecho que la comitiva del arzobispo había dejado atrás las propiedades que el prelado tenía al norte de la villa. Tras visitarlas, retornaba por el puente de Segovia, adentrándose por los arrabales de la ciudad. Pascual de Aragón, entretanto, intentaba refrescarse con la sutil brisa que penetraba, procedente de la hondonada del Manzanares, a través de la ventanilla del carruaje.

En un primer instante había pensado ordenar al cochero que plegase el fuelle de la carroza para tomar un poco de aire fresco, pero un puñado de nubarrones y la caída de unas cuantas gotas que, aunque dispersas, asaetearon la cubierta lo hicieron desistir de tal propósito.

Se habían adentrado por las primeras callejas donde, aprovechando los desniveles del camino, se arracimaban un buen puñado de casas de adobe recubiertas con tejas de barro cocido de un color ocre parduzco, descoloridas por el sol, que desagradó al arzobispo.

Los pobladores apenas se inmutaban a su paso, acostumbrados como estaban al ir y venir de carruajes de todo pelaje por aquellos andurriales en dirección al alcázar. Tan solo el rebuzno de algunas bestias y el griterío de unos chiquillos que, cuesta abajo, hacían rodar una deshojada col parecían romper la monotonía de aquel día.

Unas varas más adelante, unas cuantas mujeres se afanaban en colgar una deshilachada colcha de uno a otro balcón, cuyos carcomidos palos hacían, sin ellas pretenderlo, de agarre a un improvisado palio bajo el que transitaba el séquito del prelado. En unos pocos recovecos más la visión de la Torre Dorada del Real Alcázar reconfortó su mortificado ánimo.

Desde que dejara de ostentar la dignidad de inquisidor general, en detrimento del capellán de la reina, y fuera relegado a la archidiócesis de Toledo escasas eran las visitas que el prelado hacía a la corte, salvo cuando su presencia era requerida con ocasión de la Junta de Regencia.

La alisada pizarra con la que se remataba el chapitel de la torre del alcázar lucía resplandeciente tras la nube caída horas antes sobre la villa, como si el Altísimo quisiera haber limpiado de polvo y paja el camino de su siervo, pensó para sí Pascual de Aragón, altanero, regodeándose con la idea.

En una posta donde aprovechó para desahogar la vejiga bajo una parra, había dado órdenes al jefe de lanceros que custodiaban su misión para que el conductor del carruaje no entrase por la caballeriza que había junto al alcázar por ser esta la más frecuentada por los cocheros de los cortesanos.

Las caballerizas reales se encontraban en un edificio anejo a palacio y llamaban la atención por su blanco color en contraste con el rojizo característico de las construcciones de la villa.

De las tres caballerizas esa, que destacaba por tener un arco granítico, era la más concurrida, de modo que se decidió que el arzobispo de Toledo se adentrara por la que iba a desembocar a la plaza fortificada, en la fachada sur, a la que se accedía atravesando el Arco de la Armería, por quedar al socaire de miradas indeseadas y al arrimo de la guardia de palacio.

Nada más adentrarse en ella, bajó del carruaje y se dirigió presto, atravesando la doble hilera de columnas que parecían querer guiar sus pasos, hacia el interior de las estancias palaciegas.

Decidido, acompañado por su escolta pasó por la armería real, bajo una techumbre de bóvedas de arista, hasta penetrar en los salones principales del propio alcázar, donde una serie de vastas galerías carentes de luz los recibían con un ambiente tenebroso.

Justo antes de llegar a la antecámara en la que se reuniría con los demás ilustres que integraban la Junta de Regencia, la guardia de palacio se hizo cargo de la escolta de Su Eminencia, quedando su séquito de legos y clérigos instalados en uno de los salones contiguos.

Ya en la antecámara, Pascual de Aragón pudo oír las voces de los congregados. Por un momento tuvo la tentación de permanecer tras las gruesas puertas que precedían a tan noble sala, aminorando sus pasos en un intento de escudriñar cuanto hablaban, pues percibió el sonido de algunas palabras sueltas acerca de los condados catalanes y del príncipe Juan José de Austria al mismo tiempo que alguien abogaba por correr los toros y apoyar a los comediantes, en un sinsentido que no lograba descifrar.

A medida que se iba acercando reconoció la voz extravagante y acalorada de Guillén de Moncada, marqués de Aytona, la voz queda y macilenta del vicecanciller de Aragón, Cristóbal de Valldaura, la sutilidad en el tono de su aliado y amigo Gaspar de Bracamonte, conde de Peñaranda, repasando mentalmente los asuntos que debería tratar con él antes de exponerlos en el consejo, así como la sibilina voz, casi inapreciable, del presidente del Consejo de Castilla, García de Haro Sotomayor.

Le tranquilizó saber que el confesor real, Juan Nithard, ese jesuita austriaco que gobernaba junto a la regente, aún no había llegado.

Los libreas abrieron las pesadas puertas y Su Eminencia se adentró en el salón de juntas, donde todos los ilustres volvieron sus pálidos rostros hacia el prelado, reverenciando ante aquel que era tenido por representante de los apóstoles en la tierra. Cuando se cerraron tras ellos, no se oía más letanía que la de los relojes de cuco que coreaban a un tiempo. La madera de castaño de las puertas amortiguaba el sonido de las voces de los ilustres, celosas guardianas de cuanto allí se dijera.

La tarde prometía tormentas y el olor a tierra mojada se adentraba por las celosías de las ventanas como un manantial que se filtrara entre las hendeduras de la tierra.

29

Palacio del marqués de Leganés
Morata de Tajuña, a unas pocas leguas de Madrid

Diego Dávila y Mesía aseguraba la posición y procuraba no perder el paso ante las embestidas del príncipe Juan José de Austria. Ambos eran unos consumados espadachines forjados en la escuela de esgrima de Pacheco de Narváez, quien fuera maestro de armas de Su Majestad Felipe, y curtidos en decenas de batallas libradas con los tercios.

Su Serenidad, con un posicionamiento de ataque, avanzaba seguro y decidido blandiendo el acero como si pretendiese descargar toda la furia que llevaba dentro contra su oponente, quien, asido fuertemente al puño de su ropera, una espada larga y recta esgrimida a una sola mano, aguardaba a la defensiva, felino, intentando esquivar las feroces acometidas de su adversario al tiempo que protegía su enguatada palma tras una sólida guarnición de medio lazo.

Ambas espadas, de sección estrecha y aguzada, refulgían

tras los golpes nada sutiles que ambos se proporcionaban, envalentonados, estrellando sus hojas con estrépito.

El enorme salón, que en otras ocasiones había acogido los más selectos bailes, albergaba ahora el duelo de aquellos encorajinados ilustres, quedándose corto a pesar de su medio centenar de varas de largo.

Del techo colgaban unas pesadas lámparas de corona que atestiguaban, solitarias y enmudecidas, el fragor de aquel convenido duelo.

Las ventanas se mantenían abiertas de par en par permitiendo de ese modo que la luz cegadora del exterior, amortiguada por efecto de unas vaporosas cortinas azules, inundase el espacio.

Un intenso olor a sudor y a cuero lastraba la fragancia de los jarrones esquinados, si bien poco les importunaba a aquellos que, sin duda, se habían visto las caras en cuantiosas ocasiones contra la mismísima muerte en otros tantos lugares, en otros reinos, donde el tufo siempre había sido mucho más nauseabundo que entre esos espaciados muros.

El marqués se movía rápido, esquivando los golpes en unos lances y con tímidos contraataques en otros.

Aunque ambos forjaron una férrea amistad años atrás y se mantenían fieles a la misma, el de la casa de Austria insistía en un nuevo ataque como si realmente estuviera empeñándose contra un enemigo invasor, mientras que el de la casa de Leganés se zafaba, una vez más, no sin fatigarse por ello.

En muchas ocasiones se habían enfrentado el uno contra el otro con la única intención de ejercitarse y mantenerse en forma, sabiendo cuáles eran las ocultas debilidades de su oponente y cuáles los flancos que, por ende, debían atacar, a pesar de la destreza de los dos espadachines.

Ambos eran conscientes de que la furia cegaba la mente y de que eso podría ocasionar un error imperdonable en la batalla que, indudablemente, pagarían con la vida.

Una nueva acometida. Una nueva estocada sin destinatario y... finalmente fue el marqués de Leganés quien, paciente y audaz, desarmó al príncipe, quien se notó tocado por su contrincante sin haber podido despachar todo el amargor que sentía en su interior.

Diego Dávila y Mesía jadeaba tras el esfuerzo. El duelo había durado horas o, al menos, eso le había parecido.

Ambos se replegaron, y el señor de Leganés se puso en guardia incitando a Su Serenidad a iniciar una nueva refriega. Deseaba que su amigo dejase la ira que lo corroía por dentro entre las blancas paredes de su palacio. Sin embargo, el príncipe, sudoroso por el esfuerzo y con el corazón palpitante, le indicó que no deseaba continuar.

Los dos hombres se inclinaron respetuosamente dando por terminado el duelo y se fundieron en un sincero abrazo lleno de complicidad.

—Juan, acércate —le pidió Diego Dávila y Mesía tuteando en la intimidad al de Austria, con quien había compartido infinitas porfías durante sus prolongadas estancias en Flandes.

No obstante, el príncipe parecía ausente, mirando sin ver a través de los cristales.

—Juan... —lo requirió de nuevo el marqués.

En ese instante pareció salir del ensimismamiento en el que se lo veía sumido y encaminó tímidamente sus pasos hacia una ovalada mesa que los libreas del palacio habían dispuesto delante de la balconada, por donde entraba una reparadora brisa que hacía las delicias del marqués.

El de Leganés había organizado una frugal merienda antes de la cena que se serviría en la cámara privada del anfitrión en apenas un par de horas, cuando en el ocaso del día la azafranada luz del sol dejara paso a un anaranjado atardecer.

Unos cuantos plateles, repartidos aparentemente sin ningún orden, colmados con los frutos de las tierras del marqués, formaban el grueso del tentempié. Albaricoques, cerezas, brevas y unos puñados de higos y ciruelas desecadas, junto con una batea de obleas y panecillos de almendras tostadas y miel del convento de las descalzas de Morata constituían un apetitoso bocado.

El día había resultado agotador para los dos, ya que desde las primeras luces del alba habían espoleado a sus monturas y cabalgado por las fértiles vegas del Tajuña, dando caza con el halcón a infinidad de pichones y palomas.

Diego se había propuesto que su atormentado amigo pasara unos días de holganza en sus propiedades, alejado de los ruidos de la corte, de ahí que si bien en un principio este pensara en alojarse en su palacio situado en la villa de Madrid, pronto desterró la idea por completo, pensando que los aires puros del campo le harían mucho bien.

—Nos aliviará el sofoco y el cansancio —indicó a su invitado, extrayendo una delicada copa del anaquel que las albergaba en la que él mismo derramó un líquido ambarino mezcla del jugo de limones naturales, miel, albahaca y menta con el que pretendía recuperar el resuello tras la refriega.

El de Austria aceptó el ofrecimiento de buen grado.

Una vez repuestos, retornado el color a sus demudadas faces, que aún presentaban el rictus del esfuerzo, ambos hombres percibieron cómo sus miembros iban perdiendo intensidad y comenzaban a sentirse cada vez más fatigados.

—¿Qué vas a hacer? —le preguntó el marqués a bocajarro.

El de Austria no contestó. Paladeó exageradamente un último sorbo del elixir antes de que el anfitrión volviera a rellenarle la copa, como si quisiera conseguir algo de tiempo antes de responder a su amigo.

—No lo sé, Diego —le respondió con franqueza.

El marqués carraspeó al notar que se le trababa en la garganta una pizca del panecillo que estaba devorando. Iba a proponer algo al príncipe cuando este se le adelantó, desviando hábilmente el cariz que la conversación iba adquiriendo.

—¿Qué tal te fue durante tu última estancia en Flandes? ¿Has hecho buenos negocios? —le preguntó franco, con la llaneza propia de él, conocedor como era de que la casa de Leganés siempre había tenido mucho predicamento en tierras flamencas, no obstante, sus antepasados fueron gobernadores de los Países Bajos españoles y también del ducado de Milán, con potestad para nombrar cargos y oficios, reclutar levas, confiscar bienes, recaudar impuestos y administrar justicia en nombre del rey, entre otras prerrogativas reales.

—He disfrutado mucho durante las semanas que he pasado en nuestros territorios, a pesar de lo levantiscas que son aquellas tierras, pendientes de apaciguarlas en todo momento y con la amenaza del francés que, cual lobo sediento de sangre, está acechante de continuo para lanzarse sobre nosotros.

Solo la valentía y el pundonor de los tercios mantienen, a duras penas y hasta en deplorables condiciones de avituallamiento, las fronteras, aunque cada vez nos estrechan más el cerco.

El marqués, que sin querer había dado todo un parte de guerra, vio que su amigo se entristecía aún más, sabedor de cuántas batallas había librado en los reinos del Imperio por mantener la unidad de este bajo la Corona de los Austrias.

—Juan, tú conoces bien aquellas tierras de herejes, donde la niebla y la humedad calan hasta los huesos. Tu coraje, tus dotes militares y diplomáticas han mantenido firmes las fronteras del Imperio de nuestros soberanos, incluso ampliándolas.

—¿Y de qué ha servido tanto esfuerzo, tanta dedicación, tanto batallar...? —se preguntó compungido el príncipe—. Tú, que frecuentas la corte, sabes mejor que yo que tengo vedada la entrada en palacio y ni siquiera soy recibido por la regente. Ninguna misión, militar o diplomática, me es ahora encomendada —se lamentó con un regusto amargo en sus palabras.

Diego sostenía la mirada de su amigo sin pestañear, intentando que no se le notara la desazón que también él sentía por no poder socorrerlo en su desgracia.

—Toda tu vida ha estado dedicada a servir a Su Majestad. Ello ha de reconfortarte. Le diste argumentos frente a todos los que en privado criticaban sin ambages que te reconociera como hijo legítimo suyo.

»Él te quiso, Juan, y la manera de manifestarlo frente a todos fue reconociéndote y honrándote con títulos y posesiones. Y..., con todo ello, también honraba la memoria de tu madre, a quien amó profundamente, no lo olvides —terminó diciendo Diego.

En ese instante, pudo observar el esbozo de una sincera sonrisa en el rostro de su interlocutor, y se congratuló.

—Y no solo te reconoció como hijo legítimo, sino que, además, te colmó de encomiendas militares y diplomáticas, a mayor gloria del Imperio al que representas, distinguiéndote con la dignidad de príncipe. —Justo en ese momento, el de Leganés hizo una extravagante reverencia que consiguió su propósito de sacar una sonora carcajada a su invitado.

—Dejemos este asunto que a nada nos lleva, al menos por ahora —sugirió el de Austria, un tanto incomodado—. Cuéntame, Diego, tus andanzas por tierras flamencas. ¿Conseguiste no caerte en sus apestosos canales y diques? —preguntó con sorna, pues de ambos era conocida la poca pericia del marqués en terrenos abruptos, ya que sus maneras eran más refinadas y delicadas, más interesado como estaba por la belleza de los lienzos, sobre todo si contenían desnudos, que por la exploración de tan vastos territorios.

Diego, que había hecho olvidar en la corte el deshonor recaído sobre sus antepasados por las lacerantes derrotas acaecidas en los condados catalanes, como la de la batalla de Lérida, aceptó de buen grado el envite y conminó, misterioso, a su invitado a que lo siguiera.

—Ven conmigo. Te sorprenderás...

30

T ras los ceremoniosos saludos prodigados a Pascual de Aragón, los ilustres fueron discrepando, ya más sosegadamente, sobre el arte de la guerra y la necesidad de firmar la paz.

De ese modo, el marqués de Aytona argumentaba, templado, que el uso de la guerra tendría que ser siempre lícito para defender los territorios del Imperio y, en cualquier caso, debería evitarse mediante pactos, por muy poco honrosos que estos fueren, si las fuerzas con las que se contaban no garantizasen la victoria, en clara referencia a los acuerdos suscritos por la Corona española auspiciados por la regente y su confesor, Juan Nithard. Lo contrario, añadió, supondría un derramamiento inútil de sangre con el añadido de mermar considerablemente las tropas, siendo a la postre una calamidad todavía mayor pues el pueblo, descontento con las obligadas levas y las sangrías que se producirían, podría alzarse en armas contra sus reyes de no disponerse de huestes suficientes para su control.

El vicecanciller del Consejo de Aragón apostillaba además que en cualquier caso la respuesta que se diera a las sublevaciones o los ataques recibidos siempre debería ser proporcional al daño infligido, pues de lo contrario sería una guerra injusta, apostando por exprimir todas las opciones de diálogo para las negociaciones a que hubiese lugar antes de iniciar las hostilidades, en clara alusión a las revueltas producidas en los condados catalanes.

Mientras teorizaban sobre el arte de la guerra Pascual de Aragón cruzó una mirada intuitiva con su socio, el conde de Peñaranda, y se dirigieron con discreción hacia un rincón donde colgaba un lienzo de Diego Velázquez en el que se veía a unos borrachos bebiendo vino que aguardaba a ser trasladado a la pinacoteca real del palacio del Buen Retiro.

El ilustre ofreció al prelado un licor de gloria y unas roscas de anís de las descalzas de Chinchón, muy del gusto de la regente, a quien esperaban con cierto resquemor.

El presidente del Consejo de Castilla se percató de que ambos departían en voz queda. Sin embargo, lejos de molestarse, avivó las divagaciones entre el marqués y el vicecanciller para que estuvieran entretenidos mientas el prelado y el conde departían sigilosos. Bien sabía que de todo cuanto hablasen el de Peñaranda le daría debido cumplimiento, pues no sería la primera vez que por boca de este llegaban a sus oídos las exigencias del prelado y, por supuesto, las sacas de reales en agradecimiento por sus gestiones.

—Dilecto Gaspar, debo hablarte de un asunto que nos

concierne —lo abordó el arzobispo, despojado ahora de todo boato mientras, de reojo, observaba el rostro de los demás ilustres que parecían enzarzarse en las artes de la guerra.

—Puedes confiar en mí —fue cuanto respondió el interpelado.

—Siempre lo hago, Gaspar, siempre —confirmó solemne el religioso intentando granjearse una vez más su confianza.

—Y yo siempre he cumplido... —le recordó sibilino el de Peñaranda.

—Creo que sería más conveniente que nos citásemos en la biblioteca real —sugirió el mitrado.

El marqués conocía que la biblioteca real estaba junto a la Casa del Tesoro, adonde se accedía a través de un pasadizo desde el monasterio de la Encarnación, abierto años atrás para que Sus Majestades acudiesen a los oficios religiosos sin necesidad de salir de los muros protectores del propio alcázar, donde supuso que pernoctaría, no manifestando inconveniente alguno a la propuesta del arzobispo.

—¿Qué asuntos son esos que pretendes confiarme? —insistió el ilustre, pues de más sabía que habría de rendir cumplimiento a su valedor en el Consejo de Castilla, García de Haro Sotomayor.

Pascual de Aragón, leyendo los pensamientos de su cómplice, no pudo por más que enunciar los asuntos que requerirían de su favor, toda vez que confiaba en su demostrada pericia para convencer al principal de Castilla, a quien unía lejanos lazos de parentesco con el de Peñaranda, de terminar accediendo a sus pretensiones.

Sin duda ese mérito, y no otro, era el que lo mantenía en el consejo, aunque se había abstenido de dar pábulo a dicho pensamiento. Al contrario, siempre consideró que esos lazos familiares, por endebles que fueran, resultaban providenciales para llevar a buen puerto sus propósitos.

«Los designios de Dios son insondables y sus caminos son inescrutables», se repetía para sí, malicioso, pensando en los salmos del apóstol Pablo de Tarso.

—Son varios los asuntos que requieren de tu consideración. Debes lograr que se traten en el Consejo de Castilla, al que perteneces. Después todo resultará más fácil ya que habiéndose aprobado en dicha institución solo quedará el refrendo de la propia Junta de Regencia en la que nos hallamos.

En el otro extremo del salón el vicecanciller alardeaba ante el de Aytona de unas ganaderías de reses bravas que eran corridas en sus dominios navarros para desesperación del conde, que volvía a acalorarse defendiendo la bravura y el encaste de las reses alanceadas en los valles del Guadalquivir.

El prelado y su compinche se adelantaron unos pasos en un amago de sumarse a los demás miembros de la junta antes de levantar sospechas aunque, entre dientes, seguían ahondando en los asuntos de su cita mientras bamboleaban sutilmente unas copas de licor con olor a mistela procedente de la sierra de Gredos.

—En el Consejo de Castilla, del que formas parte como comisionado de la alta nobleza castellana, junto al clero y los regidores en representación de sus ciudades —inició su diatriba el arzobispo—, tenéis, entre otros, los poderes de otorgar escribanías, procuraciones, tesorerías y curadurías, por lo que es mi propósito proveerte de un listado de nombres de los que procuro su designación en dichos cargos.

»Del mismo modo, teniendo en cuenta que es propio de la dignidad de los miembros del supremo consejo castellano la de nombrar también capitanías y alferazgos, he de proponeros una terna de miembros de nobles familias para su designación. Todos ellos para la ciudad de Toledo, sede de mi archidiócesis, buenos y devotos cristianos, principales que sustentan obras para mantener la casa de Dios en la tierra —argumentó conforme repasaba mentalmente lo mucho que las familias burguesas y los segundones de la nobleza sabrían agradecerle dichos nombramientos, en especial los pertenecientes a la casa de Orgaz—. Por otro lado, hay más asuntos que quiero debatir contigo —dijo distraído forzando una mueca de olvidanza, como si no recordara realmente lo que le iba a pedir, fingiendo una importancia de la que no carecía, dado el cariz de lo pretendido.

Su acompañante chasqueaba la lengua contra el paladar como si pretendiera atrapar el suave elixir que bebía durante más tiempo.

—Me refiero a unos asuntos que hacen referencia a la lejana Zafra...

El conde de Peñaranda enarcó una ceja y dejó de paladear los últimos resquicios del licor con el que hasta ese instante se estaba deleitando.

—Zafra está bajo la jurisdicción del ducado de Feria, el duque es un grande de España que siempre fue fiel a la Corona —masculló a la defensiva.

El prelado supo que había captado la atención de su interlocutor, por lo que se avino a bajar más aún el tono de su aguardentosa voz, como si le fuera a hacer una confidencia en vez de rogarle su favor.

—Así es, Gaspar, la casa de Feria siempre atendió solícita las demandas de la corte y, por supuesto, todas las encomiendas que desde la Corona se le exigió —confirmó—. Son muchos los ducados que desde los dominios de los Feria han llegado a esta corte para su sostenimiento y a mayor gloria del Imperio, y muchos han sido los parroquianos de sus tierras que han derramado su sangre en defensa de nuestra religión y nuestros reinos —argumentó solemne ante el asentimiento del conde, que todavía no lograba comprender hacia dónde pretendía derivar el prelado aquella conversación, motivo por el cual se abstenía de interrumpirlo—. A la muerte de don Luis, el anterior duque, le ha sucedido don Mauricio, un joven e inexperto muchacho que amasa bajo su poca asentada testa todo el poder y todos los bienes que su grandeza le depara por derecho.

—Sería aconsejable que se instalase en la corte —propuso el de Peñaranda—. Conviene evitar que un aliado de tal envergadura pueda porfiar contra la Corona llegado el caso.

—No debemos tener temor, mi querido Gaspar. Su madre, la duquesa viuda doña Mariana de Córdoba, sabrá guiar sus pasos. Además...

Pascual dudó unos instantes si seguir adelante con la explicación, debatiéndose entre contenerse o continuar confiándose a su cómplice.

—Además —prosiguió al fin—, el secretario ducal, mi sobrino, Nuño del Moral, fiel servidor de los Feria, instruye al joven duque en los asuntos de la gobernanza. Del mismo modo que lo asiste en la correcta toma de decisiones para con la Corona —concluyó envanecido.

—Entiendo... —farfulló el de Peñaranda—. Con todo, no tendría que permanecer en territorios tan alejados de la corte. Su ausencia, por ser uno de los grandes de España, podría desatar toda suerte de suspicacias que en nada favorecerían al nuevo duque ni a su casa.

—Tus palabras no carecen de buen juicio, Gaspar —concedió el prelado, pensando que con el joven Mauricio lejos de sus dominios, envuelto en los avatares de la vida cortesana, su sobrino Nuño tendría las manos libres para administrar la tesorería del ducado con mayor ligereza, si cabía, de aquella con la que venía obrando hasta entonces, por lo que auspiciaba un próspero futuro para sus ambiciones—. A buen seguro, no tardará en hacerse a la vida que su cuna le deparará —prosiguió—. Démosle tiempo para asentarse en la gobernanza de sus tierras, que sin duda aportarán sostenimiento a la hacienda real. Una vez afianzado en las responsabilidades que de él se esperan podrá instalarse, al menos temporalmente, en la corte, donde deberás guiarlo conforme a nuestros intereses —le reveló al fin.

El consejero asintió de buen grado ante la sugerencia del prelado.

—¿Y cuáles son los asuntos a los que te referías? ¿Qué lugar mencionaste...? Ah sí, Zafra... —dijo desganado como si ya de por sí le resultara tedioso recordarlo.

—Nada que no puedas resolver, Gaspar. Son asuntos domésticos de los que pretendo tu favor —le explicó despreocupado el arzobispo—. Sería muy reconfortante que en el supremo consejo castellano otorgaseis al mayorazgo de La Torre facultad para tomar a censo cantidades de maravedíes sobre otros mayorazgos de menor impronta, así como para la compra de bienes que pudiera agregar a sus dominios.

—¿Y ello por qué? —preguntó el conde de Peñaranda, ante lo inusual de lo pretendido.

—El mayorazgo está a cargo de Isabel Ramírez de La Torre, señora por legítimo derecho, quien a la sazón resulta ser sobrina de Águeda de Poveda, que, como bien sabes, es dama principal de la regente —argumentó astuto, sin mencionar que Isabel había contraído esponsales con su sobrino Nuño—. Es su deseo obtener licencia para agrandar los límites de sus posesiones dada la buena y próspera administración de sus tierras y haciendas, lo cual, sin duda, contribuirá al mismo tiempo a engrosar el monto de los recaudadores reales.

Peñaranda no dijo nada, asintiendo sin más.

—De igual modo te rogaría que se procediera a conceder el título de maestro veedor a un tal Alejo Guzmán, mercader de paños y sedas, par principal del Cabildo de Zafra y presidente de los Cinco Gremios Mayores —aclaró—. Además, requiere también la venia del consejo para poder comercializar con los puertos del Mediterráneo occidental desde la ciudad de Valencia.

»Según parece, los síndicos del puerto, envalentonados por los mercaderes de la Lonja de la Seda, no se muestran partidarios de tal asunto ya que es la intención del mercader instalar un taller junto a las aguas del Turia, compitiendo con los sederos del Levante en su propia casa. Confío en que podrás encontrar una solución, Gaspar, si bien tendrás que atraer la atención del vicecanciller de Aragón... Desconocemos cuál será su precio, aunque no te resultará difícil averiguarlo puesto que pasa por ser hombre de pocos escrúpulos —concluyó desdeñoso ante la mirada impasible de su interlocutor—. Te prevengo de que de todo cuanto te anticipo ya se ha cursado petitorio por el ducado de Feria con antelación. Mi sobrino Nuño sabrá diligenciar dichas encomiendas —le confió convencido—, por lo que no sería a mi dignidad sino a la del propio duque a quien procuras tu favor. Tal vez, su grandeza pueda recompensarte andando el tiempo —concluyó satisfecho el religioso, que con esa última afirmación pretendía quebrar la voluntad del conde, como cuando le entregaba un terrón de azúcar a alguno de los monagos de su diócesis.

Peñaranda se olió la jugada maniquea del arzobispo, haciéndole pensar que el ruego provenía más del duque que de él mismo, pero transigió al saberse recompensado de una forma u otra.

—Debemos ir, nos esperan... —le confió algo intranquilo el conde mientras levantaba su copa y esgrimía una inocente sonrisa al resto de los miembros de la regencia.

—Aguarda tan solo un instante —le rogó el prelado—. Se hace preciso que en el consejo confirméis algunos privilegios e hidalguías, más en concreto la de Fernando de Quintana, un hijodalgo cuya casa contribuye en buena lid al mantenimiento del Cabildo y de la hacienda ducal, quien demanda cédula para asiento de negros.

»No es esta una cuestión baladí, pues me temo que de no encontrar acomodo en el Consejo de Castilla haría llegar sus pretensiones al Consejo de Aragón... Si no lo ha hecho ya, dado que mis pesquisidores me advierten de que su difunto hermano, el malogrado Hernán de Quintana, de quien heredó la hidalguía y sus bienes, hace años que aspiraba a abrir casa de esclavos en algún puerto del Mediterráneo, llegando incluso a visitar varios enclaves prósperos, como Génova o Florencia.

»De ser así, los rendimientos de la trata engrosarían las arcas del Consejo de Aragón y sería el propio vicecanciller quien propondría ante la regente que se le concediera cédula para el asiento.

Peñaranda enarcaba la ceja izquierda, como si quisiera sopesar todo cuanto se le decía, con un rictus de cierta preocupación que no pasó desapercibido al prelado.

—El Mediterráneo es peligroso para la actividad de la trata de esclavos. No creo que un buen cristiano se aventure a surcar sus aguas orientales, dominadas por los turcos. Incluso los piratas bereberes se adentran en nuestras aguas e interceptan nuestros barcos, que deben ir escoltados por los buques cañoneros para procurar su defensa.

—Mi querido Gaspar, los mercaderes de esclavos son el propio diablo, por mucha hidalguía que destile su apellido. La única razón por la que la casa de Quintana es confirmada en su hidalguía y mantiene sus privilegios no es otra que la de granjear pingües beneficios a las arcas del ducado de Feria, el cual, a su vez, destina parte de sus rentas al mantenimiento y sostenimiento del tesoro real. Son sus sacas de maravedíes... ¡Qué digo de maravedíes! —adujo en un gesto teatralizado de brazos abiertos y palmas elevadas hacia el techo que llamó la atención del principal de Castilla, García de Haro Sotomayor—. Son sus arcas ¡de doblones! las que lo hacen merecedor del respeto y del mantenimiento de sus privilegios por los grandes de España.

»Mucho me temo que, de no actuar con presteza, Fernando de Quintana abra oficina en el puerto de Barcelona o en el de la isla de Mallorca, como medio natural de acceder a la isla de Pantelaria, al sur de Sicilia, territorios vinculados históricamente a la Corona de Aragón y que, hoy en día, siguen perteneciendo a los dominios del Imperio, si bien bajo jurisdicción del Consejo de Aragón.

Tras lo dicho se hizo un incómodo silencio ya que ambos sabían que el puerto de la isla de Pantelaria se había convertido en la puerta de entrada no solo al Mediterráneo musulmán sino también a las costas de la Berbería, donde cada año se esclavizaban a miles de indefensos cristianos.

Los árabes hostigaban y atacaban las ciudades portuarias tanto de los territorios de Castilla y Aragón, como de los de Francia, Nápoles, Sicilia..., esclavizando a hombres libres, mujeres y niños a quienes encadenaban y vendían como esclavos en los puertos turcos de Constantinopla o en los del norte de África como los de Trípoli y Argel, e incluso en el lejano Egipto.

El mercado de esclavos blancos, cristianos, era un negocio rentable para los reyes musulmanes, que llevaban siglos invadiendo las costas españolas y saqueando sus pueblos y ciudades, matando, violando, robando y privando de libertad a los desdichados lugareños.

Al recordar todo aquello, un escalofrío recorrió la espalda del de Peñaranda, cuya incomodidad era patente a ojos del prelado.

—Cada noche imploro ante Nuestro Señor Jesucristo por el alma de los miles de desgraciados que son arrancados de nuestras tierras y esclavizados contra su voluntad...

—Debemos reforzar nuestras defensas costeras —fue cuanto atinó a decir el conde de Peñaranda, aunque bien sabía que los bereberes olían el debilitamiento del Imperio, con muchos frentes abiertos, no solo en Europa sino en las Indias Occidentales, haciendo casi imposible frenar sus constantes ataques y saqueos a los desventurados asentamientos marítimos—. Dejemos la conversación, Pascual —le propuso—. Nos veremos en unos días en la biblioteca real. Aguarda a mi llamada. Estoy seguro de que podremos llegar a un acuerdo satisfactorio respecto a las demandas que me presentas.

El prelado sonrió de buen grado pues sabía que todas sus peticiones serían atendidas, solo quedaría pendiente poner el precio a sus servicios.

No hubo tiempo para más confidencias pues, sin previo aviso, las puertas se abrieron de par en par ante los congregados. El camarero real hizo presencia con gran solemnidad en el salón, por lo que todos aventuraron la inminente llegada de la reina al consejo. Erraban.

Unas varas más atrás apareció, lánguido, el valido de la regente, Juan Nithard, acompañado por sus secretarios, quienes portaban pesados rollos bajo los brazos. Comprendieron que la regente no participaría en el consejo, lo que lejos de incomodarlos les agradaba, pues la voluble voluntad del confesor real hacía presagiar que se aprobarían sus interesadas pretensiones, que no tenían por qué coincidir necesariamente con las del Imperio.

31

Palacio del marqués de Leganés
Valle del Tajuña

Al entrar en una de las cámaras privadas del palacio, a la que solo tenía acceso el marqués y, rara vez, alguno de sus contados invitados y a la que llegaron por una escalera de caracol que se elevaba sinuosa sobre ellos como si pretendiera cegar el paso, Su Serenidad, el príncipe Juan José de Austria, quedó maravillado por cuanto ante sí se mostraba.

Se trataba de una holgada galería en la que se apilaban decenas de lienzos que se mantenían en penumbra, colgados de las paredes unos, apoyados contra los muros otros, de los maestros pintores más destacados de toda Europa.

Siguiendo al anfitrión, que lo observaba con indisimulada complacencia, el príncipe se adentró por todo un mundo pictórico de exuberantes bosques repletos de ninfas y faunos al tiempo que junto a ellos observaba los trazos de desconocidos parajes o la rendición de ciudades y reinos, sin orden alguno.

No se dijeron nada. Avanzaron unos pasos y de inmediato se vieron rodeados de toda una cohorte de monjes y casullas, de inmaculadas y crucificados, de vírgenes y beatos cual si de una abadía o basílica se tratase. Poco más allá, a tan solo unas pocas varas de distancia, diferentes desnudos de piel sedosa observaban el martirio de los santos sin recato alguno, pareciendo complacidos ante los ojos de los ilustres que los admiraban extasiados.

Los lienzos de Rubens, Tiziano, Van Dyck, Velázquez, Murillo y Zurbarán, entre otros, se apiñaban aguardando al mejor postor.

El de Austria sabía que la restitución del honor perdido de su amigo, tras las complejas idas y venidas de sus desiguales antepasados, dependiendo del resultado de las contiendas, se había visto favorecida por su padre, el propio rey Felipe, quien en vida lo consideró como uno de los mejores marchantes europeos.

Diego Dávila y Mesía, tercer marqués de Leganés, con la esperanza de volver a ser notable entre los cortesanos y verse recompensado con nuevos nombramientos y prerrogativas, no escatimó en gastos, siendo muy generosas sus aportaciones a la colección real para el nuevo palacio del Buen Retiro. Con el paso del tiempo, se había convertido en un reconocido conseguidor de pinturas para los más preeminentes miembros de la corte, entre los que destacaban los consejeros regios, en cuyos palacios no solo se colgaban obras para el disfrute de sus moradores y sus visitadores, sino que igualmente albergaban en lo más profundo de sus cámaras algunas de las obras prohibidas por la Iglesia que, por ende, resultaban ser las más cotizadas. Así se había granjeado no solo su amistad y gratitud, sino también su complicidad, lo que le garantizó prosperidad y reconocimientos entre ellos, principalmente por parte del condestable de Castilla, quien se había convertido en uno de sus más firmes valedores.

—Estos que aquí contemplas son únicamente una pequeña muestra de cuantos poseo. En mi palacio de Madrid ya esperan otros muchos al mejor postor —confirmó Diego, un tanto ufano—. Muchos de ellos cubrirán los altares de los más venerados templos de la cristiandad. Monasterios y catedrales aguardan con impaciencia el arribo de sus santos y vírgenes, algunos inclusos revestirán los muros de los cenobios más remotos de nuestro Imperio, allende los mares, en Nueva España —le confió orgulloso.

El príncipe no decía nada. Amante del arte, dada su formación a manos del prior del colegio real de Madrid, el padre Beltrán, reconocida autoridad en pinceles y lienzos, estaba maravillado con aquella visión.

—Mira, Juan, estos de aquí. —Diego le indicó un puñado de cuadros de reducida factura que, dispuestos sobre un anaquel, descansaban tapados bajo unos muflones de lana—. Revestirán las alcobas de los desharrapados del colegio de los jesuitas. Es mi modesta aportación a la caritativa obra que lleva a cabo el que fuera tu preceptor, el prior del real colegio de huérfanos que la Compañía de Jesús alberga en Madrid —confirmó, conociendo de antemano el sincero afecto que ambos, preceptor y doctrino, se profesaban.

A nadie en la corte le pasaba desapercibido que para el príncipe el jesuita había sido como un padre desde el momento que fue acogido en su colegio, ya desde muy niño, prodigándole cuidados y un amor sincero hasta que, con el paso de los años, abandonó los protectores muros del cenobio para instalarse en la corte tras ser reconocido como hijo legítimo de Su Majestad.

Con los años, a pesar de los avatares de sus respectivas vidas, el apego entre ambos hombres, lejos de menguar, seguía intacto como una llama candente que sorteaba la ventisca o como el junco que se cimbreaba con el vendaval.

—Hace tiempo que no sé del padre Beltrán —le dijo Diego.

Su Serenidad, que parecía aturdido y absorto ante la acumulación de tanta belleza en aquella galería, pareció salir de su ensoñación por unos minutos.

—No hace mucho que tuve el placer de su visita —le comunicó el de Austria.

Por un instante dudo si seguir hablando, ante la mirada inquisitiva de su anfitrión, quien ya sabía por sus contactos en la corte que todos, incluidos los más destacados consejeros, deseaban que Su Serenidad se alejase de la villa por un largo periodo.

—Me ha pedido que lo acompañe hasta los dominios de los señores de Feria, en la parte más occidental del reino —le confió finalmente.

—¿Y eso por qué? —preguntó el marqués simulando despreocupación.

—Al parecer, guarda amistad con la duquesa viuda de Feria, Mariana de Córdoba, y pretende prestarle auxilio espiritual en estos difíciles momentos para ella, tras la muerte de su esposo, don Luis, de quien mantengo un afectuoso recuerdo.

Además —prosiguió—, quiere que adoctrine al nuevo duque, Mauricio de Figueroa, en los usos de la corte y en el arte de la guerra.

—No puedes negarte —respondió rápido Diego, quien deseaba que partiera cuanto antes de la villa, no por interés, como muchos otros, sino porque temía sinceramente por su integridad, aunque se abstuvo de manifestar sus sospechas—. El anterior duque, don Luis, siempre fue leal a la Corona y a los intereses del Imperio. Tú mismo te alojaste, junto con tus oficiales, en su alcázar durante la guerra contra Portugal —le recordó.

—No lo he olvidado, Diego, no es necesario que me lo mientes —dijo malhumorado—. El duque siempre fue un hombre de honor, leal a mi padre y a la Corona. Antes de morir me escribió una carta en la que me confiaba sus pesares por la juventud de su primogénito, rogándome que velara por sus intereses hasta que el muchacho pudiera hacerlo por sí mismo —le confesó.

El príncipe guardó silencio ante la mirada expectante de su amigo, de quien creyó percibir cierta ansiedad.

A punto estuvo de decirle a Diego que el padre Beltrán le había manifestado días antes su preocupación por tener que llevar a cabo peligrosas pesquisas, encomendadas por el todopoderoso Pascual de Aragón, arzobispo de Toledo, para averiguar quién podría ser el autor de unos atroces crímenes perpetrados en el ducado de Feria que amedrentaban a los regidores del Cabildo, temiendo, además, por la inestabilidad que dichas muertes pudieran acarrear. Sin embargo, consideró más prudente no desvelar esas confidencias.

—Aún no he contestado, Diego, pero lo haré en breve y pediré al padre Beltrán que viaje a rebufo de mi guardia de camino a esos territorios del ducado de Feria. Tal vez mi estancia allí sea más precisa que en la propia corte, al menos mientras las aguas sigan revueltas y desfavorables a mi persona —concluyó.

Diego respiró aliviado. Era imprescindible preservar la persona del príncipe Juan José. Dada la notoria debilidad del heredero al trono, Carlos, no parecía probable que llegara a reinar, por lo que siendo Su Serenidad el único hijo varón supérstite del rey Felipe no era de extrañar que muchos lo aclamasen entonces como a su nuevo soberano. Tal vez tuviera ante sí a aquel que ceñiría la corona del mayor imperio de Occidente. Tal vez, ante él, estuviera el próximo rey.

—Tengo algo que entregarte para que presentes mis respetos al nuevo duque de Feria —le indicó Diego, misterioso, ante la mirada interrogativa de su invitado—. Y una encomienda que hacerte...

32

Palacio del marqués de Leganés
Se acerca la despedida del príncipe

L a cena había sido copiosa y el vino abundante. La noche anterior tanto Diego como Su Serenidad se habían deleitado con unas codornices pochadas con setas y trufas y reducidas con suaves olorosos que hicieron las delicias de sus exquisitos paladares.

Tantas fueron las codornices que devoraron que apenas probaron los demás platos que cubrían la mesa: unas chuletillas de cordero lechal espolvoreadas con ajo y perejil y condimentadas con unas gotas de limón, lenguas de cerdo estofadas y unas manitas con salsa de romero.

El de Leganés, cuya glotonería era célebre en la propia corte, terminó la velada apurando una botella de licor de café con unos pastelillos de gloria que se hacía traer expresamente desde Madrid, del monasterio de las descalzas que surtía la despensa de la regente.

La mañana se desperezaba entre los sonidos del campo y los trabajos de la servidumbre.

Diego se sentía feliz. En pocas jornadas su amigo, el príncipe Juan José de Austria, de quien auguraban los más altos designios, partiría con un destacamento que lo escoltaría hasta Zafra, donde se alojaría en el alcázar de los duques de Feria, confiando en que su estancia allí fuera confortable para su espíritu y encontrara la paz y la serenidad que Madrid le negaba.

A buen seguro que su mentor, el padre Beltrán, sabría confortar su ánimo y atemperar su ira. Sería una gran influencia tanto para él como para el joven duque, se dijo.

Al mismo tiempo, los ánimos en la corte acabarían por templarse a la espera de ver qué ocurriría con el heredero al trono, el príncipe Carlos, cuyos agotamiento y endeblez eran cada vez más manifiestos, corriendo el rumor de que estaba hechizado, para mayor desesperación e inquietud de la regente.

Por otra parte, los lienzos que Diego, siempre adulador y lisonjero, había reservado para su invitado sirvieron para alegrar su ánimo, como sin duda lo harían los que aguardaban para ser entregados en su nombre a Mauricio de Figueroa, el nuevo duque de Feria y, sobre todo, a Mariana de Córdoba, su madre, la duquesa viuda, sabedor de que era benefactora de múltiples capillas y conventos de dentro y fuera del ducado y, singularmente, del monasterio de las clarisas de Santa María del Valle de Zafra con quienes, llegado el momento, pretendería entablar un rentable negocio.

Más sorpresa causó al príncipe la encomienda que le propuso Diego, por inesperada.

Le habló de Miguel y de su hermano, Alejo Guzmán, regidor precisamente del Cabildo de Zafra. De lo mucho y bien que Miguel y su familia le habían asistido en Gante, en los Países Bajos españoles, durante las semanas que permaneció en Flandes.

De igual modo le habló de Alonso, de quien referenció ser sobrino de una dignidad eclesiástica, si bien lo último que sabía de su principal tío era que ocupaba la canonjía de la colegiata de San Isidoro de Sevilla. Hombre cauto e inteligente, pasaba por ser la mano derecha del obispo de Sevilla, temido y venerado a partes iguales, con verdadero predicamento entre las órdenes monásticas asentadas en la ciudad del Guadalquivir. Franciscanos, mercedarios, hospitalarios, capuchinos, bernardas, clarisas, descalzas..., no había clausura o beguinario que escapase a su autoridad. Justo por ello había encomendado astutamente a uno de sus correos que presentara sus respetos al canónigo y pidió a este en su misiva que le honrase con el favor de aceptar la entrega del lienzo *Vendedores de frutas* firmado por Bartolomé Murillo, un pintor con mucho prestigio en Sevilla que lo había cautivado, y no solo por sus pinceles.

Siendo tal dignidad eclesiástica de tanto predicamento entre los cenobios sevillanos, auguraba un provechoso negocio de obras de arte con las que pretendía nutrir sus múltiples capillas y altares, aunque de esos detalles se ocupó de no dar parte al príncipe.

Recordó que para Alonso no pasaban desapercibidas las sutiles características técnicas de pintores flamencos como Pieter Brueghel el Viejo, al tiempo que se mostraba ducho en los pintores de cámara de los Austrias.

Al pensar en él no pudo por menos que recordar también

a Leonarda, a quien llevaba unas jornadas sin ver pues los desvelos por agasajar a su invitado lo habían apartado de cualquier otra ocupación.

Diego había pedido al de Austria que acogiera bajo su autoridad al mercader y a su sobrina, quienes hasta su llegada a las proximidades de la corte habían viajado con un salvoconducto expedido por el nuevo gobernador de Flandes, el marqués de Castel-Rodrigo.

También había hecho entrega a Su Serenidad de una carta para la duquesa viuda en la que le explicaba la procedencia de los lienzos que donaba para las capillas y los conventos de los que era benefactora y donde, al mismo tiempo, le rogaba que diera amparo a Leonarda durante su estancia en Zafra. Conocía, por boca de Alonso, las porfías pasadas con los hidalgos de la casa de Quintana, y aunque Leonarda demostraba ser una mujer fuerte, decidida y valerosa, el marqués no dejaba de tener cierto resquemor por lo que de ella pudiera ser una vez pisara los dominios del ducado.

Su homenajeado, el príncipe Juan José de Austria, había accedido a la encomienda, incluso parecía acogerla de buen grado, y se comprometió a que ambos, Miguel y Leonarda, al igual que el padre Beltrán, viajarían bajo su protección y a cuidarse de que nada malo les sucediera.

Diego quedó aliviado pues en verdad le preocupaba la seguridad de Leonarda. Alonso le había pedido encarecidamente que velase por su vida, y él debía corresponder a sus desvelos por el sincero afecto que les había cogido y porque no encontraría mejores marchantes en las provincias flamencas que ellos.

Muchos eran los peligros a los que aquella caravana parecía enfrentarse en su camino hacia Zafra. Todos sus componentes tenían un motivo por el cual estar preocupados pues a cada cual le iba la propia vida en ello.

Aun así, apartando esos aciagos pensamientos de su mente, sonrió sin más. La mañana lucía radiante y presentía una buena jornada a caballo.

El príncipe y él cabalgarían de nuevo por la vega del Tajuña a lomos de sus briosos corceles, enjaezados convenientemente para la ocasión por los mozos de sus cuadras. Holgarían despreocupados durante las jornadas que todavía disfrutarían juntos. Ese, y no otro, sería su propósito más inmediato.

33

Camino de Madrid al ducado de Feria
La pestilencia de otro crimen perpetrado

D esde que partieron de Madrid muchas fueron las jornadas de espinoso caminar hasta vislumbrar, en lontananza, los primeros territorios bajo la jurisdicción de la casa de Feria, donde los duques conservaban poderes plenipotenciarios para impartir justicia e imponer y recaudar impuestos en nombre de la Corona.

Durante todo el recorrido, en el que no tuvieron más remedio que hospedarse en las ventas y posadas que hallaban a su paso, Beltrán había quedado cautivado por los conocimientos que Leonarda había demostrado tener acerca de la vida de los santos y de los demás padres de la Iglesia. No en vano, le contó lo mucho que de niña atendía a las explicaciones de su padre y, sobre todo, de su tío Miguel en los talleres pañeros de la familia, pues eran muchos los encargos que se les hacían para vestir los altares de las capillas de los ilustres. Incluso ellos, los propios Guzmán, eran benefactores de iglesias y colegiatas como la de la Candelaria, hasta donde siempre le había gustado cabalgar a lomos de su inseparable Telmo para orar ante la Virgen de los Remedios, reina del altar enmarcado por los lienzos del maestro Zurbarán, a quien había conocido siendo muy joven en su taller de Llerena, para asombro y admiración del jesuita, ya que el que fuera pintor del rey había sido elevado a símbolo de la Contrarreforma en su lucha contra la herejía protestante.

Mayor asombro si cabía causó a Beltrán la erudición que Leonarda le mostraba sobre los pintores de cámara de la corte de los Austrias y de las escuelas de arte flamencas que tantas veces había visitado acompañada de Alonso y de los condes de Flandes, de sus maravillosas tablas y de las vidrieras de sus catedrales, cuya brillante coloración le costaba llegar a imaginar, acostumbrado como estaba a la austeridad cromática de los templos castellanos.

Intuyó, aunque guardó para sí sus suposiciones, prudente y observador como siempre, que tal vez esa era una de las razones por las que el marqués de Leganés, de quien todos en la corte parecían conocer sus negocios de piezas de arte, había encomendado su guarda a su antiguo doctrino, el príncipe Juan José de Austria.

Fuera como fuese, Leonarda resultaba ser una joven resuelta y audaz, dotada de entendederas y acostumbrada al boato en el trato con los ilustres, por lo que, dedujo Beltrán, sería bien acogida durante su estancia en la residencia de los Feria, hacia donde se dirigían.

Tampoco le pasó desapercibida su habilidad para preparar emplastos y aliviar a los enfermos, desconociendo de dónde le provenía tal destreza que le intrigaba sobremanera. A buen seguro, se dijo, podría ayudar, si la ocasión lo requería, en el dispensario del alcázar, donde la duquesa viuda había convertido unas antiguas caballerizas en una casa de misericordia en la que atender a las familias pobres de aparceros y yunteros de sus tierras.

El sol había alcanzado ya su cenit cuando oyó voces y un gran alboroto en el campamento levantado la noche anterior, a poco más de veinte leguas de distancia de las murallas de Zafra.

Su Serenidad había enviado a un heraldo que debía avisar de su llegada y la de su séquito. Estaba seguro de que tanto la duquesa viuda, como el mayor de sus hijos, el nuevo duque, Mauricio de Figueroa, los aguardarían jubilosos.

—Ilustrísima... —Uno de los pajes de Su Alteza entró sofocado y sin ningún recato en el entoldado dispuesto para él, sobresaltándolo.

Beltrán no le dijo nada, sorprendido por aquella aparición que no esperaba. No le agradó el tratamiento proferido hacia sí, que pasaba por ser un humilde siervo del Señor. Con todo, ni siquiera le dio tiempo a reaccionar ya que el soldado, intentando torpemente humillarse ante él y dando muestras de visible nerviosismo, le habló entrecortado.

—Debéis venir..., mi señor. Su Serenidad precisa veros de inmediato.

—¿Qué ha ocurrido? —le reclamó Beltrán ante aquella premura.

—No sabría deciros. Pero mi señor se muestra intranquilo y ruega que me acompañéis.

Beltrán, que no salía de su asombro, pensó que cualquier desgracia podría haber pasado en el campamento. Tal vez uno de sus oficiales se hubiera caído del caballo y se encontrara moribundo, o tal vez se tratase del propio príncipe...

—Os suplico que no os demoréis —rogó el enviado, que mostraba una mirada asustadiza.

A buen seguro temía desairar a su señor, pensó el religioso, por lo que sin más preámbulos le indicó, para su tranquilidad, que de inmediato se dispondría a seguirlo.

Cuando Beltrán llegó a la tienda de Su Alteza pudo observar la cara de contrariedad que el príncipe no se esmeraba en disimular. Justo delante de él, sobre el escritorio, vio una misiva lacrada con el sello ducal de la que parecía no despegar sus ojos.

—¿Qué ha ocurrido? —preguntó en un tono afable, como si el otro estuviera dormido y temiera despertarlo, sacándolo de su abstracción.

Fuera la algarabía de la soldadesca iba en aumento, e intuyó que se habrían cursado órdenes de levantar la acampada de forma apresurada, sin esperar a la hora tercia, que era lo convenido la jornada anterior.

—Ha habido un nuevo asesinato... —fue cuanto obtuvo como respuesta.

A Beltrán le costó encajar esas palabras, aunque su mente, más ágil que su mermado cuerpo, enseguida se apresuró a descifrar lo que se le anunciaba.

—¿Los duques se encuentran bien? ¿No habrán osado

atentar contra la casa de Feria? —preguntó temiéndose la respuesta.

—Oh no, Beltrán —le aclaró de inmediato su antiguo doctrino—. Quiera el Hacedor salvaguardar sus vidas por muchos años —imploró.

—Rezo por ello —dijo contrito—. ¿A qué se debe pues la premura de este requerimiento? ¿Quién ha sido asesinado?

Los años de internamiento del príncipe en el colegio que la Compañía regentaba en Madrid y del que Beltrán era prior cuando Su Serenidad era poco más que un desharrapado asustadizo y débil antes de ser reconocido como hijo de Su Majestad Felipe, habían aunado sus almas para siempre y Juan José de Austria consideraba al jesuita como a un verdadero padre con quien tratarse al margen de protocolarias formas.

—Doña Mariana de Córdoba, la duquesa viuda, me ha remitido esta misiva al saber por boca de Nuño del Moral, el secretario ducal, de nuestra proximidad. En ella me ruega no demorar mi entrada en la ciudad. Según confiesa, vive atemorizada por la posibilidad de que puedan atentar contra el nuevo duque o cualquiera de sus otros hijos, todos jóvenes y bisoños, tras la prematura muerte de don Luis, su malogrado esposo —le explicó—. Cree firmemente que mi presencia y la de mi hueste impondrán mayor seguridad no solo en el alcázar, sino también en la ciudad de Zafra, ya que a pesar de los esfuerzos del justicia mayor por mantener el orden y la seguridad esta madrugada se ha encontrado muerto, asesinado de una forma atroz, a un nuevo miembro del Cabildo. Según me referencia doña Mariana, son tres ya los corregidores que han hallado un final vil... y piensa que pueda ir a más.

A Beltrán la nueva lo sobrecogió. Ajeno a aquel estremecimiento, el príncipe, si bien con un rictus de consternación en el rostro, parecía no inmutarse ante el relato de los hechos, acostumbrado a la sangre de las batallas, pensó el jesuita.

—La inestabilidad se ha apoderado de la ciudad y los gremios andan revueltos por los aconteceres tan poco halagüeños, resintiéndose por ello las lonjas y los mercados y, por ende, la tesorería del ducado y la de la hacienda real.

Beltrán no decía nada. Se limitaba a oír cuanto su antiguo doctrino le contaba. Bien sabía él que esos asesinatos eran el motivo de la encomienda que el arzobispo de Toledo, Pascual de Aragón, le había hecho. En cuando llegasen al alcázar y le proporcionasen acomodo, confiaba en iniciar las pesquisas ante su propio sobrino, Nuño del Moral. Pretendía obtener de él aclaraciones más concisas acerca de aquellos desgraciados sucesos que envolvían la ciudad con una pátina de sangre.

—¿Dice la misiva de quién se trata exactamente? —preguntó, a pesar de que intuía que Su Serenidad no diría nada más.

—No —contestó lacónico el príncipe, con gesto adusto.

—¿Y se informa de cómo ha muerto? —inquirió de nuevo Beltrán.

—Nada cuenta a ese respecto doña Mariana. Solo nos ruega que ante las muertes y las algaradas producidas nos presentemos cuanto antes en el alcázar para procurar su seguridad.

—Comprendo... No hay tiempo que perder, encaminemos nuestros pasos hacia esa ciudad que parece estar maldita e intentemos averiguar quién o quiénes están detrás de todas esas muertes —le apremió.

—Sea —concedió Su Serenidad.

Mientras, en el exterior, Leonarda había escuchado la conversación. Angustiada, echó a correr en busca de Miguel, quien a esas horas, ajeno a todo cuanto ocurría, abrevaba a las monturas antes de comenzar la marcha.

34

Zafra, ducado de Feria
Llegada de la comitiva del príncipe Juan José de Austria

Durante el camino hasta Zafra los rostros de preocupación en el mando eran palpables, aunque pasaran inadvertidos para el grueso de las huestes, curtidas en feroces campañas y envalentonadas con la llegada a la ciudad, donde podrían al fin descansar tras varias jornadas jalonadas de intensas marchas.

Leonarda había tenido la oportunidad de contar a su tío Miguel lo que había escuchado.

Se hallaba lustrando a Telmo cuando vio que el padre Beltrán, acompañado de uno de los pajes del príncipe, se dirigía a grandes zancadas hacia la tienda de Su Alteza, lo que le llamó poderosamente la atención. Al intuir que algo extraño habría sucedido, lo siguió y, oculta tras unos troncos, oyó cuanto Su Serenidad confiaba al religioso.

Miguel no pudo evitar la alarma que esas noticias le producían pues desconocían la identidad del asesinado. Solo pensar que tal vez se tratara de su hermano, el padre de Leonarda, le provocó una desazón que lo hundió en una tristeza infinita, si bien procuró esconder su desasosiego para no hacer mella en el corazón de su sobrina, ya de por sí muy inquieta tras las nuevas.

Ante las puertas de la ciudad vieron agruparse una formación de soldados que, sin duda, esperaban a la comitiva del príncipe para escoltarlo hasta la residencia de los Feria.

El secretario ducal, el presidente del Cabildo y el justicia mayor eran los poderes encargados de reverenciar ante Su Serenidad, quien años después volvía al alcázar, aunque en esa ocasión no se trataba de capitanear a los soldados contra Portugal, sino con la encomienda de guiar y preparar al joven duque de Feria en el no menos peligroso devenir de la corte, por donde estaría destinado a trasegar dada la grandeza de su cuna.

El príncipe no pudo por menos que sonreír al recordar lo mucho y bien que fue cumplimentado por el anterior duque, don Luis, durante su estancia entre aquellos muros, holgando por entre las extensas dehesas en interminables jornadas de caza que lo apartaban durante días de los quebrantos de la guerra contra los Braganza que, por aquellos entonces, su padre, el rey Felipe, le había encomendado tras nombrarlo capitán general de los ejércitos en la contienda portuguesa.

Beltrán y Nuño de Moral intercambiaron una mirada. Ambos sabían que la situación, a pesar de los esfuerzos por evitarlo, era muy complicada y que más valdría que se resolvieran cuanto antes los crímenes que se estaban produciendo por miedo a que la inquietud terminase por propiciar un levantamiento contra los propios duques. Mucho era cuanto tenían que tratar, no habiendo tiempo que perder, pensaban ambos.

Tras las salvas y las aclamaciones propias del rango del ilustre visitante, los custodios del duque sirvieron de avanzadilla por las sinuosas calles de la ciudad hasta llegar al emplazamiento sobre el que se alzaba el majestuoso alcázar de los Feria.

Leonarda, con la emoción contenida y el estómago encogido, no dejaba de dirigir su mirada a uno y otro lado, a cada rincón, como si quisiera absorber los recuerdos que albergaban esas calles que la vieron crecer.

Miguel, a su lado, mostraba un rostro apacible, sereno, aunque su corazón latía desbocado al tiempo que su mano sujetaba con firmeza el tiro de su corcel para que no se asustara con el estruendoso repique de las campanas que, volteadas al aire con fruición, daban la bienvenida al séquito del príncipe.

Dada la situación, Nuño del Moral había considerado más oportuno evitar el paso de Su Serenidad por plazas donde los mercados y lonjas, siempre bullidores, pudieran propiciar algún peligro, decidiendo bordearlos y transitar por calles menos principales donde los parroquianos miraban tras los visillos, entre asustadizos y sorprendidos, el deambular parsimonioso del séquito de uno de los Austrias.

Al poco, la comitiva se encontraba ya en el patio de armas del alcázar, donde los esperaba el duque y toda la familia ducal, incluida la duquesa viuda con sus hijos menores, los demás miembros del Cabildo y una pequeña corte de infanzones ansiosos por reverenciar ante el príncipe.

Leonarda se sobresaltó al ver de lejos a su padre, Alejo Guzmán, en un lugar destacado entre los miembros del Cabildo. Sin duda, su posición predominante como presidente de los Cinco Gremios Mayores le hacía detentar aquel privilegio.

Tuvo que ahogar un grito en la garganta para no delatar su posición entre los miembros de la comitiva. Miguel se percató al instante y una sensación de alivio recorrió su cuerpo, mirando reconfortado y sonriente a Leonarda, quien parecía serenarse tras la primera impresión que le produjo la efímera visión de su padre, tras años sin verlo. Él no podía distinguirlos entre los miembros de la comitiva pues la recua de caballos, carretas y soldadesca lo hacía imposible, menos aún podía siquiera imaginar su presencia entre los muros del baluarte de los Feria.

Poco después, todos ellos encaminaron sus pasos hacia el interior del alcázar, donde les esperaba una fastuosa recepción orquestada por la propia duquesa.

Ese sería el momento oportuno para el reencuentro entre Miguel y Alejo. Miguel sonreía complacido ante la cara de estupor que presumía se le quedaría a su hermano cuando lo descubriera, creyéndolo aún en tierras de flamencos.

Lo que no sabía era cómo reaccionaría cuando le contase que también su propia hija había viajado desde Flandes y que se hallaba entre los miembros de aquella comitiva, si bien no podría verla por el momento. La camarera mayor de la duquesa había conducido a Leonarda a otras estancias, más reservadas, donde se prepararía para rendir pleitesía ante la que iba a ser su anfitriona. Doña Mariana de Córdoba había comprometido su favor, según le había informado el propio Diego Dávila y Mesía, marqués de Leganés, antes de partir desde sus posesiones de Morata de Tajuña.

Fuera como fuese, Leonarda se encontraba feliz de estar de nuevo en Zafra, años después de haber tenido que huir de aquella ciudad en busca de Alonso, su amado, por quien habría librado mil batallas más de ser necesario hasta reencontrarse con él. Cómo lo echaba de menos... Y qué dichoso se sentiría él de estar allí, junto a ellos, tan próximos a su pueblo de Atalaya, de sus hermanos pequeños y de su madre, Soledad, y de poder abrazarlos.

Una sensación de melancolía la invadió. Supuso que aún pasarían días, tal vez semanas, hasta que pudiera por fin ver a Juana, su madre, pero el solo hecho de saberse apenas a unas leguas de distancia de la heredad que la vio nacer le hizo recobrar el ánimo.

En esas estaba cuando una de las damas de la duquesa se dirigió a ella apremiándola para que la siguiese y cumplimentara a doña Mariana de Córdoba, quien tras una breve estancia en la recepción prodigada a la comitiva de Su Serenidad se había retirado a sus aposentos.

Leonarda respiró profundamente y esbozó la mejor de sus sonrisas.

Su protectora la esperaba con inusitadas ganas de conocer a aquella joven de quien tan buenas referencias había obtenido, contando con el favor de los gobernadores de Flandes y del marqués de Leganés, y de quien le auguraban un talento sin parangón sobre el santoral católico, tan del gusto de la duquesa.

35

Zafra, alcázar de los duques de Feria
Revelaciones

P asados los primeros días de alborozo tras la llegada del
príncipe y el acomodo de su séquito, la duquesa viuda
de Feria al fin pudo contemplar los lienzos con los que el
marqués de Leganés la había cumplimentado, sintiéndose
profundamente emocionada.

Más entusiasmada, si cabía, parecía mostrarse con Leonarda, quien enseguida se supo ganar su confianza y la de sus
hijas y, por ende, la de todas sus damas.

Leonarda se había mostrado resuelta en el trato con la noble y había desplegado ante ella todos sus conocimientos pic-
tóricos, sobre todo abundando en los de temática sacra, tan
del gusto de la duquesa. A pesar de ser consciente de que las
tablas y los lienzos enviados por Diego Dávila y Mesía eran
poco meritorios ya que pertenecían a pintores menores de las
diferentes escuelas flamencas, oficiales, que no maestros, en
la mayoría de los casos, supo destacar con vehemencia su

marcado carácter litúrgico y sacramental, para mayor regocijo de su anfitriona, que veía en el martirio de los santos una forma de expiación de la culpa y de comunión con Dios.

Mariana de Córdoba disfrutaba tanto de la liturgia católica que parecía entrar en éxtasis en cada representación de autos sacramentales o durante las lecturas de salmos bíblicos. Tener bajo su favor a Leonarda, quien le hablaba de la posibilidad de alcanzar a Dios por medio de los pinceles, le parecía sublime, algo que no había experimentado hasta ese momento. Tanto era así que decidió quedarse todos los lienzos y tablas que el marqués le había enviado, en vez de revestir con ellos los viejos muros de los innumerables templos de los que era benefactora.

Leonarda sonreía agradecida por el reconocimiento proporcionado por la ilustre, lo que le permitía contar con su favor y, de ese modo, desenvolverse por el alcázar sin necesidad de ser violentada, disponiendo incluso de una pequeña escolta para acompañarla en sus salidas del recinto amurallado.

Estaba satisfecha porque la encomienda de la entrega de las pinturas se había cumplido. Con ello, no solo se granjearían el favor clientelar de los duques, sino que pronto se correría la voz y los hijosdalgo e infanzones y demás miembros del Cabildo también desearían adquirir obras al gusto de los Feria con los que blasonar sus haciendas, por lo que el negocio se le antojaba fructuoso. Estaba segura de que tanto Diego como Alonso estarían muy orgullosos de su labor.

Sin embargo y a pesar de todos aquellos parabienes, sentía una punzada en su corazón, ya que aún no se había podido reunir con su madre, motivo por el que esperaba con verdadero interés la llegada de Miguel y las nuevas sobre su casa. Mientras tanto, se había esmerado en poner oídos aquí y allá, en especial en los jugosos mentideros de planchadoras y cocineras, quienes, atemorizadas, contaban sin ahorrarse detalles cómo habían sido los crímenes cometidos.

Si en verdad eran tal cual los relataban, el asesino o los asesinos se habían ensañado con sus víctimas, lo que los hacía temibles y muy peligrosos.

Esa misma tarde, para su contento, le anunciaron la visita de su tío.

Miguel Guzmán esperó pacientemente en un salón al que se accedía a través del patio de armas, y en cuanto vio llegar a Leonarda se fundieron en un abrazo espontáneo como si llevasen meses sin verse.

—Leonarda, te encuentro muy recuperada —le confió satisfecho.

Reconoció que había recobrado el color sonrojado en sus mejillas y el brillo en su mirada. Descansada y nutrida, su tersa piel irradiaba luminosidad.

—Pero mira que eres lisonjero, tío —le espetó entre risas.

Sus miradas, entrelazadas, mostraban el sincero afecto que se profesaban.

—Cuéntame cómo está mi madre —le apremió ansiosa—. Cuéntame también cómo te recibió mi padre. Cómo te...

—Tenemos tiempo, Leonarda —la intentó tranquilizar—. Ya estamos aquí, eso es lo más importante.

Leonarda le miraba con expectación, si bien procuraba que no se sintiese abrumado por sus urgencias.

—Mi querida Juana, tu madre, se encuentra muy bien de salud. Nada más verme la embargó la emoción y no dejó de preguntarme acerca de ti. Lloraba y reía al mismo tiempo, sintiéndose muy feliz —le explicó.

Leonarda, que ya había tomado asiento junto a él, ni siquiera pestañeaba ante sus explicaciones, absorbiéndolas como la tierra reseca hace con las primeras lluvias del otoño.

—Por un momento temí que tantas emociones juntas pudieran hacerle algún mal, por lo que no le conté que te encontrabas aquí, a pocas leguas de la hacienda.

—Pero ¿por qué no...? —le intentó preguntar, contrariada.

—Aguarda, Leonarda, no te precipites, te lo ruego. Déjame terminar —le dijo Miguel en un tono de voz que pretendía ser tranquilizador.

Leonarda sonrió, conocedora de su ímpetu e impaciencia.

—Era mejor así. De haberle anunciado que estabas aquí desde el mismo día de nuestra llegada, me temo que habría hecho todo lo posible para venir a verte. Sin duda se hubiera saltado todas las órdenes y los controles que pesan sobre Zafra. Incluso habría comprometido su situación, ya que los crímenes perpetrados mantienen alterada la ciudad, ocasionándose revueltas y levantamientos. Es necesario —le explicó de forma convincente— que, al menos de momento, permanezca segura en la heredad.

Leonarda asintió levemente.

—Pasados los primeros días, en los que departí con tu padre y le puse al tanto de nuestra llegada y de todos nuestros...

—¿Mi padre está al tanto de que me encuentro aquí? —lo interrumpió.

—Así es. Y ambos convinimos que tu madre no sepa de tu paradero hasta estar más calmada la situación.

—¿Cómo reaccionó? —le espetó a bocajarro.

Miguel no dudó en responder.

—Quedó impactado por la noticia. Pienso que en esos momentos su corazón volteó de tal forma que se sintió desfallecer. Teme por tu seguridad, al igual que teme por la de tu madre. Me ha pedido, conociendo tu impetuoso temperamento, que te mantengas bajo la protección de los duques —le sugirió.

—Necesito ver a mi madre, abrazarla, besarla, contarle todo cuanto...

—Leonarda, es más juicioso aguardar aquí, en el alcázar. Todo se esclarecerá, tarde o temprano el asesino será apresado, cometerá algún error y la pesadilla acabará —le dijo intentando ser convincente—. Y entonces, solo entonces, tendrá lugar ese reencuentro que tanto anhelas.

Leonarda suspiró. Sabía que Miguel estaba en lo cierto. De ser verdad todo cuanto había oído contar a las fámulas y libreas del alcázar, el asesino podría atacar en cualquier momento. No se perdonaría nunca que su madre se pusiera en peligro por ella.

Le escribiría una carta, pensó. Se la daría a Miguel para que aquella espera fuese más llevadera.

—Leonarda..., tu padre está muy preocupado, todos aquí

lo están. Me ha participado cuanto ha acontecido, y créeme si te digo que los crímenes perpetrados parecen más propios del mismísimo diablo que de los hombres, por muy perversos que estos puedan llegar a ser —le anunció Miguel, cabizbajo.

—Cuéntame todo cuanto sepas —le pidió.

36

Cabildo de Zafra
Espanto tras el tercer crimen consumado

R odrigo, el regidor mayor, esperaba angustiado la llegada
de Nuño del Moral, quien le había cursado aviso orde-
nándole urgentemente reunirse con él en el palacio del Cabildo. Sin embargo y para su extrañeza, le había indicado que no
hiciera llamar a los demás corregidores, pues pretendía mantener una reunión secreta con algunos de los prohombres de la
ciudad antes de convocar al resto de sus miembros, para evitar
que cundiese el pánico, más aún de lo que ya lo había hecho.

En esas estaba, paseando a zancadas de uno al otro lado
del salón de juntas, cuando le anunciaron la presencia del secretario ducal, quien se hacía acompañar de un religioso de
hábito pardo y actitud penitente cuyo rostro no resultaba
desconocido a Rodrigo.

Al poco llegó Alejo Guzmán, cofrade mayor de los Cinco
Gremios, quien, cariacontecido, los saludó respetuoso.

Tras él, envuelto con una negra capa, llegó el justicia mayor, malencarado. Las puertas se cerraron a su paso, como si quisieran atraparlos dentro, y Rodrigo comprendió que ya no acudiría nadie más a tan inusitada junta.

—Pasemos a la cámara del regidor mayor —ordenó Nuño mirando a su alrededor como si las paredes de la sala capitular no fueran lo suficientemente protectoras para ellos.

Los demás, incluido Rodrigo, lo siguieron sin demorarse y sin elevar pregunta alguna.

Del exterior llegaba el repiquetear de las campanas anunciando la hora tercia. El sol, con sus rayos infinitos, calentaba los tejados y las calles volvían a retomar una actividad marcada por la inquietud de sus habitantes.

Ya no se oían el vocear de las mujeres ni el griterío de la chiquillería, solo los sonidos sordos, cadenciosos y monótonos de las carretas en un ir y venir de los mercados y las lonjas desperdigados por la almendra de la ciudad.

Nuño del Moral tomó asiento en el centro de la mesa. Rodrigo no protestó, a pesar de que ese honor solo le correspondía a él. Se mantuvo prudente, como acostumbraba, conocedor de que su rango dependía del duque, y este, al igual que lo hiciera su padre, delegaba en Nuño todos los asuntos relacionados con la gobernanza del Cabildo.

—La situación empeora por momentos —escupió Nuño sin rodeos y con un deje rabioso en su voz que no se molestó siquiera en disimular.

Todos lo miraban expectantes ya que por expresa orden suya, dijo mientras dirigía una mirada de soslayo al justicia mayor, no se había participado aún la identidad del malogrado.

—A pesar de todos nuestros esfuerzos, se ha cometido un nuevo crimen. Otro de los regidores del Cabildo ha sido hallado muerto en su taller...

Todos se miraron con una expresión de horror en sus ojos. Los peores presagios se habían cumplido una vez más.

—Se ha redoblado la guardia en las murallas y en las puertas de entrada de la ciudad, se han apostado partidas de tiradores en los cruces y caminos, se ha parapetado a los custodios del duque en el alcázar, se han ampliado las rondas de los justicias... Pero de nada ha servido —se lamentó, pareciendo ahora abatido y pesaroso.

—¿Quién ha sido esta vez? —preguntó Alejo.

—Simón Acosta, el maestro orfebre, cofrade mayor del gremio de platería. Sus hermanos gremiales, bajo mi autorización, se esmeran con discreción en preparar las exequias y las novenas en su honor ante la capilla dedicada a san Eloy, su patrón.

—¿Cómo murió? —se interesó Beltrán después de haberse persignado en actitud contrita, gesto que fue imitado por los demás.

Se produjo un incómodo silencio durante el cual Nuño parecía sopesar la respuesta que iba a darles.

—¿Es necesario saberlo? —preguntó al fin—. Tal vez solo sirva para que el pánico se apodere del resto de los miembros del Cabildo cuando tengan conocimiento del crimen.

—Nadie tiene por qué enterarse —le contestó templado el religioso—. No soltéis la lengua y nadie sabrá nada.

Nuño iba a contestar, visiblemente irritado, pero recordó que el jesuita contaba con el favor de Su Serenidad y de su propio tío, el arzobispo de Toledo, quien le había escrito una misiva en la que lo alertaba de su llegada y le encomendaba auxiliarlo.

—Si es el deseo de tan venerable padre...

Nuño no dijo más, indicándole con un leve movimiento de la cabeza al justicia mayor, que hasta ese momento había permanecido sin hablar, que contase los detalles del asesinato.

—El cofrade mayor de los orfebres y plateros —inició la exposición Rodrigo— ha sido hallado muerto cuando varios de sus oficiales se extrañaron de que ya bien entrada el alba las puertas de su taller no estuvieran abiertas, como era de costumbre, para albergar allí a sus aprendices y oficiales en las faenas de acuñación y orfebrería propias de su dueño. Sin embargo —prosiguió bajo la atenta escucha de los otros—, más les llamó la atención la luz proveniente de unos candiles de su interior. Llamaron reiteradamente a la puerta, incluso golpeando con brusquedad la aldaba para sobresalto de los vecinos, y al cabo decidieron derribarla.

—¿Tenía la puerta señales de haber sido forzada? —El religioso interrumpió la alocución del justicia.

—No.

—¿Hay alguna otra puerta trasera?

—No, que sepamos. Y hemos buscado bien.

Beltrán, con el entrecejo fruncido, lo escrutaba clavándole la mirada, sin que el justicia se amilanase.

—¿Alguna ventana rota?

—No.

—¿Adónde pretendéis llegar? —preguntó Nuño, suspicaz.

—Es extraño que el finado permanezca dentro si la puerta y las ventanas están cerradas y no hay señales de que se hayan forzado —les explicó Beltrán con templanza—. El asesino ha de ser alguien de su confianza... Posiblemente, tras cometer el crimen se hiciera con la llave para cerrar la puerta al marcharse. Puede que incluso tuviera una copia.

—Encontramos una llave en el escritorio de Simón Acosta —intervino ahora el justicia mayor.

—Bien puede ser solo eso, una llave. Es posible que tuviera más de una, agenciándose el asesino cualquier otra para salir y cerrar tras de él —supuso el jesuita.

Los demás parecían rumiar con interés las conjeturas del religioso. Alejo se disponía a intervenir cuando Beltrán volvió a hablar, anticipándose.

—Eso... o bien que el Todopoderoso lo haya llamado a su presencia y que su muerte se deba a causas naturales... Pero de ser así no estaríamos aquí —dedujo sutil.

—Imposible —bramó el justicia enfurruñado—. Su cuerpo ha sido hallado desnudo, mutilado, herrado...

—Atormentado —balbució Beltrán.

—Todo su cuerpo ha sido marcado a fuego —concluyó el justicia mayor, no escatimando en detalles.

Un escalofrío recorrió el cuerpo de todos los presentes, de la cabeza a los pies, ante la impasibilidad de Beltrán, a quien parecía no afectarle cuanto se relataba.

—Además...

—¡Continuad! —le ordenó ahora Nuño.

—Además, todo su cuerpo daba un fuerte olor a vinagre, como si lo hubieran lavado con él —terminó.

—O como si hubieran querido hurgar más en sus heridas, me temo, para mayor suplicio del desdichado —razonó Beltrán.

—¿Quién ha podido hacer sufrir así al bueno de Simón? —se preguntó en voz alta Alejo, indignado y visiblemente nervioso, sin que nadie fuera capaz de contestarle—. ¿Por qué nos atacan tan vilmente? Primero fue Melquíades, después Isaías y ahora... Simón. ¿Quién será el siguiente?

—Sin descartar las muertes de varios aprendices meses atrás, a las que no dimos mayor importancia por pensar que se debían a reyertas gremiales. Tal vez fuese un aviso... —enlazó al fin unas palabras Rodrigo, el regidor mayor, que se mostraba amedrentado y superado por todo aquello.

—¿Un aviso de qué? —inquirió Beltrán.

El regidor lo miró con la duda anidada en su frente, sin poder responderle.

—No lo sabemos —contestó cabizbajo el secretario de los duques—. No sabemos quién puede ser el asesino ni por qué nos está atacando.

—Aparecieron unos escritos anónimos a los que no dimos ninguna importancia —dijo Alejo.

—¿Anónimos? Explicaos —exigió el jesuita.

—Así es —confirmó Alejo Guzmán—. Al principio supusimos que podría ser obra de algún iluminado y no los tuvimos en cuenta. Después, a cada muerte aparecía un breve texto junto al cadáver.

—Eso dice mucho del asesino... —significó Beltrán.

Todos lo miraron extrañados.

—Necesito ver esos textos y leerlos. A buen seguro, guardan una correlación entre ellos. Y... de ser así, nos están diciendo que el asesino no es un iletrado, lo que reduce el número de sospechosos —confirmó.

—¿Eso qué significa? —preguntó asombrado Nuño, sin atreverse a plantear abiertamente la pregunta con la que su mente lo machacaba.

—Eso significaría que podría ser cualquier persona de estamentos superiores: burgueses, fedatarios reales, religiosos... e incluso nobles.

Todos se miraron circunspectos, incapaces de dar crédito a cuanto allí se estaba diciendo.

—Pero ¿por qué? —preguntó insistente Alejo.

—Eso es lo que debemos descubrir —contestó pausado Beltrán—. ¿Se ha encontrado algún escrito en esta ocasión?

—Sí —contestó lacónico el justicia mayor.

Sin necesidad de que le instasen, sacó de su faltriquera una pequeña hoja doblada.

—Leedla —le ordenó Nuño.

El justicia, con voz trémula, se dispuso a cumplir la orden:

Póngase toda la armadura de Dios
para que puedan hacer frente a
las artimañas del diablo.
Porque nuestra lucha no es contra seres humanos,
sino contra poderes,
contra autoridades,
contra potestades que dominan este mundo de tinieblas,
contra fuerzas espirituales malignas...

El padre Beltrán reconoció de inmediato que se trataba del versículo sexto de la Epístola a los Efesios, un pasaje bíblico.

—¿Tenéis los demás escritos encontrados? —preguntó el religioso.

—Así es. Los guardo bajo llave en las instancias de la prisión.

—Coged todo cuanto tengáis y hacédmelos llegar al alcázar al atardecer. No os demoréis —le ordenó sin dudarlo.

El justicia miró desdeñoso al jesuita, como si no se aviniera a que un desconocido le diese órdenes. Sin embargo, tras una mirada de Nuño, inclinó la cabeza y se dispuso a salir mientras los demás guardaban silencio.

—Os ruego que mantengáis las medidas protectoras que hasta ahora tenéis dispuestas. Redobladlas si fuere preciso para salvaguardar la seguridad de los miembros del Cabildo. Aún no sabemos quién es el asesino ni por qué actúa de forma tan execrable, pero es evidente que sus víctimas son los regidores municipales —concluyó, para sobresalto de Rodrigo—. Al menos de momento. Nadie está seguro dentro de la ciudad, y quienquiera que sea no levanta sospechas allá donde vaya. Cualquiera puede ser ese endemoniado, incluso uno de nosotros... —afirmó sereno, ante las miradas de incredulidad de los demás.

Nuño del Moral se dispuso a hablar, pero el jesuita no se lo permitió.

—Convocad a los demás corregidores y avisadles del peligro que corren. Evitad entrar en detalles, pero indicadles que se rodeen de sus hombres de confianza y que nunca permanezcan a solas, ni siquiera ante la visita de ilustres o gentilhombres. Y ahora llevadme junto a la duquesa. Hemos de celebrar la eucaristía en el monasterio de Santa María del Valle. Las clarisas, en la soledad de su clausura, aguardan mi plática —les dijo con total indiferencia y serenidad, para pasmo de los presentes.

Tras esas últimas palabras todos salieron hacia sus haciendas para ponerse a salvo mientras Beltrán iba royendo algunas suposiciones en su despierta mente.

37

Zafra, capilla del alcázar de los duques de Feria
Indagando sobre los crímenes

L eonarda rezaba fervorosa ante una tablilla policromada
de la Virgen María con el Niño y rodeada de querubines. La talla, de profuso color, era una de las que habían llegado con ella desde Flandes, autoría de un joven artista flamenco del que ni siquiera recordaba su nombre.

Había sopesado mucho el paso que iba a dar, pero consideró necesario encontrarse cuanto antes con el padre Beltrán
y hacerlo a solas, no habiéndosele ocurrido mejor lugar que
esa capilla aneja a la habitación de la duquesa.

Aquella mañana Mariana de Córdoba permanecería
postrada en la cama, en compañía de sus dueñas aquejada
de jaquecas, tal era el profundo solivianto que las noticias
llegadas hasta el alcázar le habían provocado, por lo que
no recibiría la comunión en la capilla, como solía hacer al
alba.

De ahí que cuando Beltrán penetró en la capilla encontra-se un mar de quietud, envuelto por el humo de los sahumerios, que agradeció.

Al pasar no percibió la presencia de Leonarda, que se hallaba en un costado de la capilla orando en penumbra a los pies del ábside. Se humilló ante un crucificado ante el que diariamente depositaban flores y se persignó.

Leonarda lo dejó hacer. No quiso importunarlo y aguardó el tiempo necesario para que sus pequeños ojos se adaptasen a la oscuridad del templo. Sin embargo, el religioso debió de notar su presencia porque se volvió inquieto al intuir que no estaba solo en aquel espacio de oración.

—Leonarda..., ¿eres tú?

La joven se levantó del reclinatorio en el que permanecía arrodillada e inclinó la cabeza en señal de respeto.

—No pretendía causar inquietud —masculló.

—No te había visto al entrar, estando todo tan en silencio y recogido.

Leonarda esbozó una tenue sonrisa pensando que precisamente ese era el lugar adecuado para el recogimiento y la oración.

—¿Dónde está la duquesa? —preguntó Beltrán, confundido—. ¿Acaso se encuentra indispuesta?

—Así es, padre —le contestó—. Sufre de jaquecas, y me temo que hoy no podrá asistir a su encuentro con el Altísimo —le confió.

Beltrán arrugó la frente en señal de fastidio, pero no dijo nada y se limitó a recoger sus manos entre los pliegues de la casulla.

—Son muchos los soliviantos que doña Mariana ha sufrido en estos días y le embargan tan tamañas preocupaciones...

Beltrán asintió levemente.

—Padre Beltrán..., me gustaría poder ayudar.

—Ya lo haces, Leonarda. Son muchas las obras que...

—No me refiero a eso —atajó serena pero contundente, sorprendiendo al religioso con sus palabras.

Leonarda sabía que era su oportunidad. Quizá sus conocimientos pudieran ayudar a resolver los crímenes que se estaban cometiendo. Más si cabía desde que su tío Miguel le informase de los pormenores de las muertes tras haberse entrevistado con su padre, Alejo, quien le había confiado sus preocupaciones.

—Me refiero a los crímenes...

—¿Cómo dices? —preguntó cariacontecido el jesuita.

—Tengo conocimiento de lo que ha ocurrido y tal vez pueda desentrañar algunas claves para esclarecerlos.

—¿Cómo sabes tú lo de los crímenes? —le preguntó realmente sorprendido el jesuita.

—En el alcázar los muros no son tan sólidos como parecen —respondió Leonarda, no deseando delatar a su fuente.

Beltrán la miraba con una mezcla de asombro y pasmo que no sabía ni quería disimular.

—Me temo que habrá más muertes... —vaticinó Leonarda con una seguridad que inquietó al religioso—. Debemos actuar con prontitud. De no ser así, pronto nos encontraremos con otro cadáver a quien llorar —sentenció con aplomo—. Tenemos que dar caza al asesino antes de que él lo siga haciendo con los prohombres de esta ciudad. Y si hasta ahora lo ha hecho sin cerco alguno, nadie puede asegurar que una de sus próximas víctimas no sea el duque... o incluso Su Serenidad —concluyó.

Beltrán no supo muy bien cómo reaccionar. Aquella mujer, tan segura como aparentaba, le había dicho justo lo que él mismo había imaginado y que nadie hasta ese momento había alcanzado siquiera a imaginar. Tal vez, conociendo de lo juicioso de su comportamiento, pudiera aportarle alguna pista que lo pusiera sobre el asesino.

—Vayamos a la rectoría, allí estaremos más seguros —la conminó.

Al instante, en actitud penitente, ambos abandonaron la capilla con la convicción de encontrar al asesino antes de que fuera demasiado tarde.

Ya pesaban varios crímenes sobre el ducado, no podían permitir que hubiera ni uno más.

Leonarda entró detrás de Beltrán y se aseguró de cerrar la puerta tras ellos. El religioso la invitó a acercarse hasta una escribanía cuyos roídos bordes denotaban el paso de los años, al igual que en todo el rancio moblaje que adornaba la estancia.

—Aguardo impaciente, Leonarda —le dijo mirándola fijamente a los ojos.

—Me han informado de que ha habido, hasta el momento, tres asesinatos —inició la exposición—. Eso sin tener en cuenta las muertes de unos aprendices de platerías de los que al parecer nadie echó cuentas, pero que, tal vez, ahora podamos convenir que se trató de un aviso.

—¿Un aviso? —preguntó extrañado Beltrán.

—Sí. Quizá el asesino estuviera avisando a sus amos en las cabezas de aquellos inocentes.

Beltrán la miraba pensativo, dando la sensación de otorgar poco crédito a cuanto le explicaba.

—Si tenemos en cuenta las muertes anteriores y los escritos encontrados podemos comprender que el asesino alerta a aquellos que pudieran tener conductas descarriadas..., el desvío de ricos y poderosos de los sagrados dogmas de la Iglesia.

El jesuita la observó con curiosidad. Había pensado que el asesino sería, sin duda, un hombre versado, que sabía leer y conocía la Palabra, pues resultaba evidente que los escritos hallados eran de las Escrituras. Tenía la sensación de que podría ser alguien con acceso al conocimiento y al poder, como había explicado en la junta del Cabildo, pero se abría ante él una nueva posibilidad que, al menos de momento, le había pasado desapercibida.

—Continua, cuéntame todo cuanto piensas —solicitó mostrando un sincero interés, que Leonarda supo agradecer.

—El primer cadáver encontrado fue el del cofrade mayor del gremio de los curtidores, Melquíades.

—Así me lo han referenciado —adujo el jesuita.

—Tras su muerte se encontró un escrito donde se denunciaba la avaricia de los hombres que alertaba de que el dinero es el mal de todos. La codicia los desvía de la fe hasta hacerles perder su propia vida.

—Sí, se trata de un salmo bíblico de los evangelistas Lucas y Mateo. Ambos abominan del dinero y de las riquezas, que pervierten el corazón de los ricos y poderosos y los apartan de las Enseñanzas y del amor al prójimo, al necesitado.

Leonarda asintió, como si ya lo hubiera supuesto por sí misma, prosiguiendo con sus deducciones.

—El segundo asesinado fue Isaías, quien presidía el gremio de los vinateros. También se halló otro escrito donde se avisaba de que si no se obedecía y se seguían los designios del Hacedor morirían y la ciudad quedaría desolada.

—Pasajes del Libro de las Lamentaciones de Jeremías, profeta hebreo que pretendió llamar al arrepentimiento al Reino de Judá, principalmente a los poderosos, a sus reyes, advirtiéndoles que serían conquistados y destruidos si no volvían su corazón hacia Dios —arguyó Beltrán.

Leonarda volvió a asentir levemente antes de continuar desentrañando las pistas sobre la razón de los crímenes.

—Parece como si el asesino quisiera decirnos que todos ellos se han apartado de la verdadera fe en Cristo, adorando por eso no al Cordero sino a un ídolo envilecido, el becerro de oro de los hebreos que menciona la Biblia en el Éxodo tras ser libertados por Moisés del yugo esclavista de Egipto, traicionando con ello a Dios todopoderoso.

—Puede tratarse de algún alumbrado —masculló Beltrán.

—Sí, yo también lo he pensado, pero tras los autos de fe que, años atrás, se celebraron en la vecina Llerena, guarida de la Inquisición, los llamados alumbrados fueron cazados, condenados y exterminados.

—Tal vez quedara alguno que...

—Lo descarto —dijo segura de sí Leonarda—. Los alumbrados solían ser gentes que se movían por sus creencias equivocadas sobre Cristo, hechiceros en algunos casos y santurrones en muchos otros. La inmensa mayoría ni siquiera sabía leer ni conocía los Evangelios. El asesino es mucho más inteligente que todo ello. Conoce la Palabra y con cada muerte nos envía un nuevo aviso que hasta ahora no se ha atendido, no se ha sabido entender, por eso ha seguido matando y, mucho me temo, continuará haciéndolo...

—Lo mismo he pensado desde que llegamos —se sinceró Beltrán, que la escuchaba con suma atención.

—Con el tercer cadáver, el del orfebre Simón Acosta, nos anuncia que seguirá matando pues, como si del Libertador se tratase, nos dice en el escrito hallado junto a su cuerpo que se arrogaría la armadura de Dios para enfrentarse a las artimañas del diablo, desafiando no a los hombres sino al poder que detentan alejándose del camino de la Verdad, al hilo de lo dicho en la Epístola a los Efesios del Nuevo Testamento.

En esa ocasión fue Leonarda quien, temiendo ser de nuevo interrumpida, aclaró la procedencia del escrito encontrado junto al cadáver, ante la expresión de complacencia del jesuita.

—Padre Beltrán, los asesinados eran todos representantes del Cabildo, regidores del ducado, mercaderes ricos y poderosos a quienes el asesino consideraba avarientos y descarriados del mensaje de Nuestro Señor.

—Puede que se trate de un enajenado, un loco, que pretenda alcanzar al Redentor por medio del crimen, alguien cuya ruindad no le permite comprender lo atroz y pecaminoso de sus actos —le replicó.

Leonarda parecía dudar de lo dicho, pero, finalmente, otorgó que tal vez el jesuita pudiera estar en lo cierto.

—O que pretenda confundirnos, haciéndonos creer que sus crímenes pasarían por la acción de un demente —concluyó Beltrán.

Tras esa última deducción un ensordecedor silencio sobrevoló sus cabezas, como si quisieran tomarse un tiempo para meditar cuantas ilaciones habían propuesto.

Leonarda, tras unos momentos que le parecieron eternos, decidió compartir uno de los hallazgos al que todavía no habían aludido.

—Y, además, no logro comprender el significado del cordón escarlata —dijo pensativa.

Beltrán la miró de hito en hito, ignorando a qué se podría referir. Leonarda supo enseguida que el jesuita no estaba al tanto de aquellos bramantes que se habían encontrado junto a los cuerpos de los asesinados, por lo que se apresuró a participarle todo cuanto había indagado.

—Se ha encontrado un cordón escarlata en la puerta de cada uno de los talleres donde fueron hallados muertos los regidores.

Beltrán vaciló.

—Es una señal... —dijo al fin.

Ahora era Leonarda quien lo miraba expectante, sin comprender a qué se refería.

—Una señal... Pero no es posible —dudó el jesuita.

—¿Qué no es posible? —le preguntó Leonarda, sin comprender todavía la deducción de Beltrán.

—En la Biblia el cordón escarlata es tomado como una señal de salvación. La historia de Rahab, la prostituta de Jericó, nos enseña que ayudó a los espías a huir y después colocó un cordón rojo en la muralla de su casa. Al hacerlo buscaba señalar dónde se guarecía con su familia para que cuando atacaran la ciudad pudieran identificar su humilde hogar y así salvar su vida mientras los demás eran pasados a cuchillo, a sangre y a fuego.

—Es extraño —adujo Leonarda—, a ninguno de los asesinados les sirvió para salvarse...

—Es una marca —opinó al pronto Beltrán con los ojos desorbitados, desdiciéndose en parte de lo dicho con anterioridad—. No es una señal. Es una marca. Una marca de sangre. El color escarlata simboliza el sufrimiento, la Pasión, la sangre derramada de los inocentes... Al igual que Cristo pereció en la cruz para redimir a los hombres del pecado, bajo los padecimientos de la crucifixión, ahora son los hombres los que mueren para redimirse de sus pecados. Los escritos hallados fueron arrancados de una biblia. Una biblia de... sangre. Una biblia escarlata.

Beltrán hizo una pausa, como si rumiara sus propias palabras, ajeno a la revelación que su interlocutora le depararía.

—Eso explicaría el martirio de los condenados...

Beltrán, boquiabierto, no entendía el sentido de lo que Leonarda acababa de decir. Esta se apresuró a seguir arguyendo, pues la celeridad de su mente no le daba tregua.

—Toda la sangre derramada en los crímenes. La forma de ensañarse con los sacrificados, con los martirizados, como lo hicieran los infieles con sus santos patronos... Al asesino no le bastaba con darles muerte; además, se regodeó sometiéndolos a tormento, mortificándolos...

El jesuita cayó de inmediato en la cuenta. Y le pareció que Leonarda era el ser más lúcido que jamás había conocido.

Juntó sus níveas manos sobre su pecho agarrando fuertemente un escapulario con la imagen del Salvador, como si quisiera hallar una fortaleza que se le resistía.

Eran muchas las preguntas que aún no habían encontrado respuestas, pero se sentía más cerca de conocer la verdad.

38

Rectoría del alcázar de los duques de Feria
Hallan el significado de la Biblia escarlata

L eonarda se humedecía los labios como si se dispusiera a
desvelar una verdad tan pesada como macabra.

—Padre Beltrán, todos los corregidores han muerto desangrados. Todos. Además, sus ropajes se han impregnado
de sangre, confiriéndoles un color...

—Escarlata, como el manto de Jesús —adujo Beltrán con
voz entrecortada—. En Mateo capítulo veintisiete, versículo
veintiocho se nos recuerda que los soldados de Pilatos desnu-
daron a Cristo y le pusieron un manto rojo, símbolo de la
Pasión, de los mártires... El salmo nos dice: «Antes de ser co-
ronado de espinas y azotado, Cristo fue despojado y vestido
con un manto rojo».

Leonarda lo miró con ánimo de seguir revelando sus descubrimientos, pero el religioso la conminó a guardar silencio
y, entre susurros, como si hablase para sí mismo, le participó
aquello con lo que su mente lo machacaba desde hacía días.

—En los dictámenes de los justicias se relata la maldad del asesino. Un modo de actuar perverso, sanguinario. Todos esos desgraciados habían perdido tanta sangre que sus faces comenzaban a palidecer. Tan ambarinos como el trigo seco estaban que se diría que hubieran practicado una sangría con ellos. El color rojo vívido nos habla en la Biblia de la sangre de Jesucristo, de la limpieza de conciencias y de la purificación. En el Evangelio de san Mateo y en el Libro de los Hebreos se nos señala también nuestra pertenencia a Cristo. La sangre derramada por Él es la nuestra propia.

Al punto, el religioso calló pensativo, momento que aprovechó Leonarda para intervenir.

—El asesino, en su mente retorcida, quiere purificar los cuerpos de aquellos a los que considera en deuda con Dios. Pero ¿por qué motivo?

Leonarda guardó silencio unos instantes antes de proseguir.

—No puede ser solo porque fueran avariciosos o codiciosos a ojos del matador. Ni por ser ricos ni aviesos con los más desfavorecidos. Si así fuere, todos los ilustres estarían amenazados. También los gentilhombres y los ricos mercaderes. Sería una cruzada sin fin, sin sentido... —dijo bajando el tono de voz.

—De lo que no hay duda es de que el asesino ataca vilmente a los hombres más ricos y poderosos del Cabildo, aunque aún no sepamos por qué... Eso tendremos que descubrirlo si queremos parar los crímenes; de lo contrario, aparecerán más cadáveres y la ciudad quedará sometida al mal, sumida en las sombras, vencida por un adorador de Lucifer —auspició pesaroso Beltrán.

Leonarda se mantuvo firme, inquebrantable ante la profecía lanzada por su interlocutor, recapitulando en un intento de seguir hilvanando sus sospechas.

Beltrán la observaba como queriendo adivinar un punto en común a todas esas muertes.

—Fueron ajusticiados salvajemente, encontrando el asesino regocijo en el dolor de los inocentes, en el sufrimiento de sus víctimas.

—El martirio... —espetó de pronto el jesuita.

Leonarda lo miró extrañada, sin comprender muy bien a qué pretendía referirse Beltrán.

—El martirio. El asesino recrea el martirio de sus patronos.

Ahora era Leonarda a quien le costaba seguir las deducciones del religioso.

—La forma en la que han muerto, las armas utilizadas para infligirles tormento, la sangre..., todo hace referencia a sus patronos. Cada gremio está bajo la advocación de un mártir, a quien sus miembros elevan plegarias y novenas en su honor. Su protector. El de los curtidores tiene como patrón a san Bartolomé; los vinateros y toneleros, a san Vicente, y los plateros, a san Eloy. La tradición católica habla del suplicio de sus santos, de los quebrantos sufridos para arrancarlos de la fe que profesan. Fueron azotados, ultrajados, asaeteados, mutilados, quemados y sacrificados por los infieles. Así, san Bartolomé fue degollado vivo por Astiages, el rey de Armenia, para obligarlo a renunciar de su Dios —razonó el jesuita.

—Cuando Melquíades fue hallado muerto, había sido degollado y con un punzón atravesando su corazón —le indicó Leonarda.

—Así es —evidenció Beltrán—. El asesino quiso que el cofrade mayor de los curtidores sufriera el tormento en sus carnes, por eso lo degolló y antes de morir le ocasionó más dolor todavía atravesándole el corazón mientras aún seguía con vida.

—El segundo cadáver, el del patrón de los vinateros y toneleros, también mostraba síntomas del suplicio al que fue sometido —recordó Leonarda sin siquiera parpadear, imperturbable.

—Así fue —confirmó Beltrán—. Isaías apareció sobre una cruz en aspa y con el cuerpo lacerado de heridas, descarnado, como el suplicio de san Vicente, el patrón de su gremio, a quien tras ser crucificado le rompieron los huesos, le azotaron y le abrieron las carnes con uñas de garfios hasta desollarlo.

Leonarda hizo una pausa para repasar con agilidad lo escuchado acerca del tercer cadáver. Sin embargo, fue Beltrán quien, en esa ocasión, se adelantó.

—En el tercer crimen, el del hermano mayor de orfebres y plateros, Simón Acosta, se lo encontró con el cuerpo herrado y marcado a fuego. Sin duda el asesino sabía que san Eloy, su venerable patrón, fue herrador en una fragua antes de orfebre...

—La vida de los santos está llena de sangre. Por eso el asesino utiliza las Escrituras, para hacer sentir temor, pavor, ante las amenazas que se ciernen sobre aquellos que son indignos del Cordero —referenció Leonarda.

—Para después cumplir con aquello que concibe en su

mente como un mandamiento divino: dar muerte mediante tormento a sus víctimas. En la Epístola a los Romanos capítulo nueve, versículo cinco se nos muestra a Jesucristo como nuestro amado y el derramamiento de su sangre como nuestra salvación, convirtiéndose en nuestro redentor...

—La Palabra convertida en sangre. Una biblia de sangre, una biblia escarlata —silabeó ahora Leonarda, interpretando lo dicho momentos atrás por el propio Beltrán—. Como en un lienzo...

—¿A qué te refieres, Leonarda?

—En todos los reinos, estados y señoríos del Imperio proliferan pintores que se esmeran en retratar el suplicio de los ajusticiados, el martirio de los santos. Atravesados por picas, asaeteados, quebrados, desmembrados... Las más de las veces son escenas sanguinolentas, sangrantes. Es como si el asesino, además de ser erudito en la lectura de los Evangelios, lo fuese también en el arte de los pinceles. Crea su propio lienzo con los desgraciados a los que da muerte, su sangre es la pintura de sus pinceles.

En ese mismo instante, las sospechas de Beltrán se hicieron realidad. Se encontraban ante una mente retorcida, muy enferma, al tiempo que inusualmente hábil e inteligente. No solo conocía las Escrituras, sino que era tan arrogante y pretencioso que se erigía en ángel exterminador. Se diría que se trataba del mismo diablo.

—El asesino conoce muy bien la letra de la Biblia. Además, ha de ser alguien verdaderamente cercano a los sacrificados, a sus víctimas, pues todo indica que le franquearon la entrada a sus casas y talleres sin ninguna traba, confiándose a él.

—Eso indicaría... que se trata de un gentilhombre de la ciudad —señaló Beltrán.

—Un ilustre o un corregidor —supuso Leonarda.

—Podría ser —dijo Beltrán.

—O, tal vez, un...

—Padre de la Iglesia. —El jesuita terminó la frase por Leonarda, quien no se atrevía a decirlo en voz alta por temor a ofenderlo.

—Padre Beltrán, debemos andarnos con cautela. Quienquiera que sea ese malnacido detenta poder, manteniéndose en un lugar de privilegio. Tenemos que guardarnos de cualquier prócer que salga a nuestro encuentro, por muy ricos paños bajo los que disimule su maldad, pues cualquiera de los poderosos puede ser el asesino. Lo mejor es que no compartamos con nadie nuestras sospechas, eso nos haría vulnerables y nuestras vidas correrían un serio peligro —conjeturó, precavida, Leonarda.

Beltrán asintió, estremecido, convencido de la verdad que albergaban aquellas palabras al tiempo que se preguntaba quién sería el criminal.

39

Dependencias del alcázar de los duques de Feria
Desenmascarando al asesino

Beltrán rumiaba las últimas palabras tenidas con Leonarda durante su encuentro en la vieja rectoría. Sobrecogido, rogaba a Dios porque el asesino no fuese uno de sus hermanos en la fe de Cristo. Sin embargo, el conocimiento que de las Sagradas Escrituras exhibía impúdico parecía presumir que así pudiera ser, señalando inequívocamente en esa dirección. Pero ¿por qué?

Había pasado toda la noche en vela, apenas dormitando por momentos, pensando en qué podría llevar a un religioso a cometer tan viles crímenes y el porqué de emplearse con esa crudeza, ensañándose con los desgraciados de forma tan despiadada tal que si fuera obra del propio Satán.

En dichos pesares se encontraba, mortificándose con esos pensamientos que no era capaz de alejar de su mente, cuando le asaltó una premonición: ¿y si fuera alguien con porfías pendientes del pasado? Pero ¿quién podría ser?

Y... ¿qué motivos llevarían a una persona a actuar como la más cruel de las bestias?

No dejaba de cavilar, haciendo acopio de todo su saber, de los conocimientos adquiridos a través de tantos años de experiencia acumulados.

Fue al pronto cuando le sobrevino una idea. Otra más, solo que esa parecía encajar con el perfil del asesino.

Sin demorarse, Beltrán se dirigió raudo, sin apenas pensárselo, hacia la cámara de Nuño, a pesar de lo intempestivo de las horas.

Desde la llegada de Su Serenidad, el secretario ducal se había trasladado a la cámara que, por rango, le correspondía en las instancias superiores del alcázar de los Feria, junto a su esposa, Isabel Ramírez de La Torre, a quien resultaba ingrato alejarse del mayorazgo, donde sentía dueña y señora, a pesar de que no dejaría pasar la ocasión para acercarse a la duquesa a fin de conseguir sus propósitos de futuros esponsales entre miembros de ambos linajes.

Ajeno a las intrigas de su mujer, Nuño del Moral consideró más oportuno hallarse lo más cerca posible del joven duque, toda vez que la presencia de Su Serenidad podría suponer un obstáculo inesperado para el manejo y la administración de sus bienes, tal como venía haciendo, aunque por el momento el príncipe pareciera estar más dedicado a aleccionar a don Mauricio en los pormenores de la corte que en el gobierno de sus posesiones.

So pretexto de afianzar la seguridad de su familia, Nuño

albergó a su esposa e hijos junto a él, en su propia cámara, hacia donde se dirigía el jesuita en esos instantes con pasos agigantados.

Al verlo llegar, la guardia custodia de los duques ni se inmutó ya que, desde su arribo a la fortaleza, el jesuita disfrutaba del beneplácito de los Feria para deambular por ella sin que nadie osara echarle el alto.

Tan solo un ayuda de cámara de Nuño amagó con salirle al paso cuando el religioso traspasó la estancia que hacía de antecámara para dirigirse, con paso firme, a la alcoba de los señores de La Torre.

Beltrán, como poseído de un frenesí del todo ajeno a su templanza natural, le exigió que diese aviso de inmediato a sus señores, haciéndoles partícipe de la urgencia del asunto.

Al instante, el propio Nuño, con la cara demudada, se encargó de franquearle el paso a su cámara.

Al fondo, junto a la chimenea, Isabel Ramírez de La Torre miraba expectante ante lo inoportuno de aquella visitación.

—Padre Beltrán, ¿qué os sucede? —preguntó Nuño, visiblemente desconcertado.

—Disculpadme, señora —dijo a la dueña de La Torre llevándose las palmas de las manos hacia el pecho, en un delicado gesto aprendido años atrás, sin contestar a su interpelador.

Isabel le mostró un esbozo de sonrisa a modo de benevolente disculpa.

—¿Ha ocurrido alguna desgracia? —quiso saber Nuño, desesperado ante la posibilidad de que se hubiera cometido un nuevo crimen.

—Aún no. Pero si no actuamos con celeridad, me temo que encontraremos otro cadáver a las puertas del alcázar —vaticinó el religioso para espanto de la dueña, quien ahogó el grito que luchaba por salir de su garganta llevándose instintivamente las manos hacia la boca.

—¿Cómo decís? —inquirió boquiabierto el secretario ducal.

Intentando aparentar una serenidad que se le escapaba, el jesuita hizo recapitulación de sus pensamientos, ordenándolos mentalmente para que fuera más sencilla su explicación.

—El asesino es un hombre de Dios —concedió a bocajarro para asombro de Nuño e Isabel, que no acertaron a decir nada.

El chisporroteo de los leños al ser consumidos por el fuego, inmisericorde, rompía el silencio que sobrevolaba la alcoba en ese instante.

—Señora, necesito de vuestra ayuda —se dirigió a Isabel, quien miró de inmediato a su marido sin saber muy bien qué hacer—. Si no recuerdo mal, hace no pocos años, durante mi estancia entre estos mismos muros, tuve conocimiento por el anterior duque, don Luis, a quien el Altísimo haya acogido en su gracia, de que tuvisteis serios problemas en la gobernanza de vuestro mayorazgo, allá en La Torre...

Nuño e Isabel ignoraban adónde pretendía llegar, de modo que aguardaron en silencio la diatriba del religioso, cuyo parduzco hábito le confería una imagen siniestra.

—Si la memoria no me falla, vuestro padre tuvo un hijo con una de sus sirvientas a quien nunca llegó a reconocer... Al menos, no lo hizo legítimamente, aunque sí de forma encubierta, pues le procuró estudios religiosos y le proveyó de una capellanía en su propio fundo que ahora os pertenece por derecho.

—¿Acaso pensáis...? —se atrevió a preguntar tímidamente la dueña de La Torre sin llegar a terminar la frase, como hilando en su cabeza lo que el jesuita parecía sugerir.

—El bastardo, según me consta, lanzaba filípicas incendiarias desde el púlpito incitando a la revuelta contra la legítima propietaria de La Torre, pues se creía con mejor derecho por el mero hecho de haber nacido varón y, además, de mayor edad que la hija legítima de los señores del mayorazgo... —les dijo Beltrán mientras apuntaba a Isabel con el índice sin percatarse de ese gesto acusatorio que tantas veces había utilizado en cientos de pesquisas anteriores.

—Yo mismo me encargué de sofocar la rebelión —salió al quite Nuño— cuando apenas se encontraba en sus albores.

—Así es, lo recuerdo vagamente... —concedió Beltrán—. Con todo, aquel religioso que se creía con mayor derecho para ser el sucesor de los señores del mayorazgo recurrió al Cabildo para presentar su caso y pedir su amparo, incluso me consta que hizo llegar un petitorio a don Luis, el anterior duque, quien...

—Que no llegó a ver la luz —dijo, en un tono duro, Nuño.

—Entiendo —rezongó Beltrán.

Isabel escuchaba con aflicción al verse obligada a recordar aquellos hechos que la abocaron a pedir auxilio a su tía, Águeda de Poveda, quien intermedió ante la propia regente para la resolución del conflicto.

—Pero todo aquello ya pasó. Una parroquia, unos cuantos acres y unas rentas anuales fueron suficientes para mantener a la oveja descarriada dentro del redil —explicó Nuño.

—Nuño... —solicitó su atención la de La Torre—. ¿Recuerdas los sucesos del año pasado?

—¿A qué os referís? —preguntó intrigado Beltrán.

—Encontraron a un zagal destripado en los montes cercanos al mayorazgo...

—Un ataque de las alimañas —sentenció Nuño sin más—. No debió alejarse del páramo donde abrevaba con el ganado.

—Hallaron su cuerpo destrozado, pero el rebaño no fue atacado... —constató ahora Isabel, pensativa.

—Resulta poco creíble. Un suceso muy extraño, cuando menos —adujo Beltrán con el ceño fruncido.

—Hay más —le dijo Isabel.

Mientras, Nuño parecía revolverse incómodo, como si estuviera cayendo en la cuenta de que aquellos sucesos podían significar una señal, una amenaza que había pasado por alto, que ni siquiera mandó investigar.

—Hablad, os lo ruego —le pidió Beltrán.

—Hace tan solo unos meses, poco antes del crimen de Melquíades, apareció muerto un monaguillo.

—¿Dónde? —inquirió Beltrán.

—En las tierras de la capellanía de...

—De vuestro hermano bastardo —espetó Beltrán a la doña, sin rubor alguno.

Ella asintió levemente con la cabeza, mostrando perplejidad.

—¿Cómo murió? —quiso saber el jesuita.

—Se precipitó desde el campanario, según informaron los justicias —contestó con sequedad Nuño.

—¿Encontraron algo anormal junto a los cuerpos?

—¿A qué os referís? —preguntó Isabel.

—Algún escrito, alguna marca... —sugirió Beltrán.

—No, nada —respondió Nuño con seguridad.

Beltrán sopesaba cuanto le estaban contando.

—Hubo algo extraño... —dijo Isabel apenas en un susurro, como si no estuviera segura de que aquello tuviera importancia.

El jesuita la escrutó con la mirada, invitándola a seguir, sin advertir el incomodo que su proceder provocaba a su esposo.

—El desdichado portaba un roquete decorado con un cordón escarlata que...

—¿Qué importancia tiene eso? —preguntó Nuño, visiblemente irritado.

—Mucha —concedió Beltrán, para su asombro, lo que animó a Isabel a intervenir de nuevo, esa vez ya sin pedir licencia a su marido, a quien hacía rato que había dejado de mirar antes de contestar.

—Lo enterraron en el camposanto de la propia capellanía. Su cuerpo fue amortajado, a petición del... bastardo de mi padre, con un alba morada por lo mucho y bien que al parecer le había servido.

»Me resultó extraño, cuando supe del lúgubre suceso, que se usaran unos paños más propios del tiempo de Pentecostés, pues aún no habían pasado los cincuenta días desde Pascua, en vez de ataviar a su servidor con un alba blanca que simbolizase la inocencia del muchacho —concluyó.

—El rojo escarlata es el color de la sangre —precisó Beltrán con un extraño brillo en su mirada que los desarmó—, con el que se rememora a los mártires católicos...

Tras esas sospechas suspendidas en el aire, Beltrán consideró que las pruebas conducían a un único camino. Tal vez aún estuviese a tiempo de evitar más muertes.

—Nuño, debéis apresar de inmediato al titular de la capellanía. Hacedlo con discreción, no levantéis sospechas.

—¿Creéis que puede ser el asesino? —preguntó Isabel, sobresaltada por la nueva.

—Es un hijo de Dios, conocedor de la Palabra y de los Evangelios. Su dignidad podía abrirle las puertas de los regidores del Cabildo sin levantar por ello sospechas en su contra ni ser detenido por los guardias apostados en las entradas de la ciudad.

»Además, tiene un motivo para alzarse contra todos aquellos que no le prestaron ayuda para conseguir sus propósitos... El odio, alimentado durante todo este tiempo, ha ido emponzoñando su corazón al punto de convertirlo en un demente, en un criminal sin alma. Necesito interrogarlo.

»Cuando lo apresen los justicias, llevadlo de inmediato a las celdas del alcázar y mantenedlo encerrado durante días entre las penumbras de sus muros. Tal vez así afloje su voluntad y confiese los crímenes. Mientras tanto, señora, os ruego que mantengáis la prudencia sobre cuanto aquí se ha hablado. Ya habrá tiempo de anunciar las pesquisas a los duques y a los demás miembros del Cabildo.

Isabel asintió, solícita.

Y dicho esto, el secretario de los Feria dispuso su marcha

hacia los dominios de La Torre, seguido de una partida de escopeteros y justicias, con el ánimo de apresar a aquel bastardo que tantos quebrantos le había proporcionado en el pasado.

Quizá, pensó, el destino le estaba brindando la oportunidad de deshacerse de él de una vez por todas.

40

Castillo de Feria, en los dominios del ducado

Con la detención del clérigo de La Torre y el anuncio de su apresamiento al duque y a los demás miembros del Cabildo, los envalentonados ánimos tornaron más serenos. La ciudad iba recobrando poco a poco su actividad bulliciosa y pendenciera. Lonjas y mercados volvían a estar repletos de mercaderes que vociferaban el género hasta desgañitarse y las barraganas atendían solícitas los deseos de la soldadesca en los lupanares asentados extramuros, donde los ociosos putañeaban a sus anchas tras recibir las soldadas adeudadas.

Por su parte, el prisionero no se había inculpado, a pesar de los muchos interrogatorios a los que Beltrán lo sometió. El jesuita estaba sopesando la posibilidad de aplicar tormento al reo para obtener una confesión que lo delatase, si bien sabía que en la mayoría de los casos cualquier reo sometido a suplicio terminaba por declarar todo cuanto se le pidiera, lo que podría inducir a cerrar falsamente las pesquisas sobre los crímenes cometidos en el ducado.

En esos pensamientos se hallaba sumido cuando se dirigía, en compañía de Leonarda y de Isabel Ramírez de La Torre, hacia el castillo de Feria, donde se había retirado la duquesa con sus hijas para disfrutar de unos días de holganza y así dejar que su hijo, el nuevo duque, fuese adquiriendo los conocimientos que Su Serenidad, el príncipe Juan José de Austria, le estaba proporcionando sobre los tejemanejes de la corte, una instrucción que le sería de gran utilidad en el futuro.

Leonarda había accedido a ir por petición expresa de la duquesa, bajo cuya protección seguía estando hasta que se aclarasen definitivamente los crímenes perpetrados. Cuando Beltrán le comunicó la detención del clérigo se mostró sorprendida por la lucidez de sus deducciones. El hijo bastardo del anterior señor del mayorazgo de La Torre cumplía con el perfil que ella había trazado, por lo que ya solo cabía aguardar a su confesión y conocer los detalles de esta.

Ajena a todos esos pensamientos, a Isabel el camino se le estaba haciendo más largo y pesado de lo que había supuesto, tanto era así que tuvo que entretenerse dando varias vueltas a las cuentas de su rosario. Un buen puñado de padrenuestros, salves y avemarías mitigaron la espera hasta que por fin el cochero les alertó de que se hallaban cercanos a la fortificación.

Con inusitada inquietud descorrió el liviano cortinaje de la portezuela y se asomó tímidamente. En lontananza despuntaba la majestuosa silueta de la torre del homenaje que, envuelta por una densa bruma, parecía sobrevolar el inmenso valle asentado bajo las faldas de la Sierra Vieja.

Sin lugar a dudas, se dijo, los primeros señores de Feria

habrían elegido adrede tan excepcional emplazamiento con el propósito de gobernar sus dominios a vista de águila.

Leonarda y Beltrán cruzaron fugazmente una mirada ante las muestras de zozobra que mostraba su acompañante, aunque no dijeron nada pues deducían que el desarrollo de los acontecimientos habría hecho mella en su ánimo.

Según se iban acercando al baluarte, el terreno se volvía cada vez más escarpado y el bufido de los trotones dejaba entrever lo dificultoso de aquellas tierras cuya aridez resultaba difícil de tomar por asalto.

Pequeñas manchas blancas, mezcla de lares de adobe y cal, delataban la cercanía a sus moradores, que, ajenos al devenir de sus señores, vivían ocultos apegados a su montaña.

Isabel se abandonó sobre su mullido asiento y guardó las nacaradas cuentas en la escarcela que ceñía sobre su talle, dejando entreabierta una rendija entre el cortinaje por la que ver sin ser vista. No se sentía cómoda junto a ellos, pero no dijo nada, menos aún sabiendo de los tratos que Alejo Guzmán, padre de Leonarda, mantenía desde hacía años con su esposo.

Leonarda no pudo disimular cierto atisbo de rubor en su rostro cuando se sorprendió pensando que sus hilanderas de Flandes realizaban unos bordados mucho más pulidos y sutiles que los que adornaban el corpiño de la señora de La Torre.

Mientras tanto en el exterior, los aldeanos se apartaban embobados al contemplar el tránsito por sus empinadas calles de tan lujoso carruaje. A buen seguro que esa tarde habrían visto pasar a más de uno, dedujo Leonarda, ya que la duquesa gustaba de rodearse de una pequeña corte con la pretensión de mitigar el tedio de aquellas tardes interminables.

Al pronto, unos chiquillos, ruidosos y harapientos, echaron a correr detrás de ellos. Los notaron alegres y contentos. Para aquellos niños seguir el trote de los corceles y de aquella lujosa carroza debía de suponer un divertimento poco común.

Leonarda no pudo por menos que sonreír al oír sus voces pues recordó lo feliz de su infancia junto a sus padres y a su tío Miguel. Al mismo tiempo, a la señora de La Torre la asaltó el recuerdo de sus hijos, dichosos y ajenos, como ella lo fue, a los sinsabores y miserias de las vidas de aquellos otros, únicamente por sus derechos de cuna.

A medida que iban ascendiendo hacia la loma, la torre, de más de cuarenta varas de altura, les parecía cada vez más imponente, sobresaliendo por encima del macizo de aquella fortificación que resultaba tan irregular como el propio terreno rocoso donde se asentaban sus contrafuertes.

El cochero atravesó las murallas por el portón que daba acceso al patio de armas, vigilado desde el adarve por un puñado de soldados que parecieron salir de su letargo al ver llegar a más invitados de la duquesa.

Al bajar, pudieron observar que a su derecha abrevaban, junto a un templete de lascas de pizarra, los caballos de otros carruajes, distinguiendo al momento sus diferentes enseñas. Esa visión no fue del todo del agrado de Isabel, aunque se abstuvo de manifestar la sensación de fastidio que sentía ante la presencia de algunas de las damas con las que en breve no tendría más remedio que compartir aquella velada vespertina.

Las hachas permanecían apagadas, si bien el viento, revoltoso, se encargaba de esparcir algunas pavesas, todavía humeantes, por el empedrado.

Sin más dilación, cruzaron la ornamentada puerta manuelina que daba acceso a la torre y se encaminaron por su escalera, deseando que la jornada pasara cuanto antes.

Nada más ascender los primeros escalones se cruzaron con una de las camareras de la duquesa. La oronda mulata, del color de la harina tostada, se sobresaltó por lo inesperado del encuentro, inclinándose torpemente ante ellos para cederles el paso y poder seguir con sus quehaceres.

En esa pequeña estancia, forrada hasta medio cuerpo de azulejos de mayólica en tonos azules, blancos y amarillos, se emplazaba lo que pretendía ser un salón de juegos para las hijas de la duquesa, sobre todo de Mariana, la más pequeña, una preciosa niña cuyos tirabuzones, largos y sedosos, descansaban sobre sus diminutos hombros como si estuvieran pegados a ellos.

Leonarda recordó la última vez que la vio, días antes, meciéndose alegre y despreocupada sobre un caballito de madera al tiempo que una de las ayas empujaba el artilugio con poco entusiasmo.

Un piso más arriba se encontraba la estancia donde las demás dueñas aguardaban la llegada de la duquesa. No eran muchas, pero sí inmensamente ruidosas, para desdicha de Isabel, quien pronto reconoció la voz aflautada de Sancha, la esposa del regidor mayor del Cabildo, y la de su petulante sobrina, Mencía, quien, ufana, alardeaba de una hidalguía sobrevenida tras desposarse con el mercader de la trata Fernando de Quintana junto a otras damas que le bailaban el agua a cada ocurrencia de esta última.

A Isabel le resultaba del todo insufrible. No obstante, sabedora del encanto que a todas luces proyectaba sobre la duquesa, procuraría ahuyentar aquellos pesares y obrar según su propia conveniencia.

Leonarda parecía presentir los sentimientos de la esposa del secretario ducal, a quien miraba de soslayo. Aun así, se mostró prudente y no comentó nada, manteniéndose discretamente tras Beltrán y la señora de La Torre.

Antes de seguir avanzando, el jesuita rogó a Isabel que lo disculpase ya que debía dirigirse hacia la pequeña capilla y prepararse para oficiar la misa que la duquesa le había confiado. Acto seguido, solicitó a Leonarda que lo acompañase cual improvisado acólito, al no disponer de nadie más.

Con un leve mohín, que pretendía ser de asentimiento, Isabel los vio desaparecer a través de los vericuetos de la fortificación mientras ella se adentraba en la cámara donde aguardaban las demás doñas.

Al encontrarse con ellas un incómodo silencio sobrevoló la estancia, si bien y tras una protocolaria salutación, en un santiamén se volvieron a mostrar tan dicharacheras como momentos antes, para su infortunio, ya que habría preferido mantener un rígido boato conforme de ellas se esperaba.

—¡Querida Isabel, cuánto te estaba echando en falta! —dijo jocosa Sancha ante las complacientes sonrisas de las demás.

—Mi apreciada Sancha, es un placer inmenso, del cual no

podría desprenderme, encontrarme de nuevo con mis queridas dueñas en esta hermosa tarde que nos es regalada —contestó Isabel, complaciente.

Enseguida, una de las criadas encargadas de servir un tentempié se acercó solícita con una bandeja repleta con las toscas dulzainas de aquellas tierras: perrunas de aceite, flores de
miel, azucaradas roscas y pestiños de anís junto a una damajuana con agua de manzanilla que, mezclada con yerbabuena
y menta, pretendía suavizar el paladar de las damas.

—¿Qué eran esas risas que se oían? —preguntó Isabel.

Todas permanecieron calladas mientras pícaras sonrisas
perfilaban sus labios.

—Me temo que el rubor os asaltaría al conocer el motivo
de la chanza —le dijo Mencía, aguantándose las ganas de con-
társelo.

—Aventuraos... —le espetó a modo de desafío Isabel, conocedora del carácter espontáneo y poco medido de la hidalga.

—Cuentan en los mentideros de la corte —inició Mencía
el relato en un mortecino tono, como si mostrase temor de ser
oída— que el marqués del Carpio esconde en su palacio de
Bellavista de Madrid el lienzo de una mujer desnuda que se
conoce con el nombre de *La Venus del espejo* —explicó—. Al
parecer, podría tratarse de una de las cortesanas de nuestro
difunto rey Felipe, quien consintiera a su pintor de cámara,
Diego de Silva y Velázquez, tal ligereza para, de esa forma,
poder contemplarla en su aposento las noches en las que no se
hacía acompañar por alguna de sus amantes... —añadió sibilina.

Las demás damas sonreían ruborizadas ante la mirada de Isabel, quien, estupefacta, se obligó a beber un sorbo de agua de manzanilla para disimular su azoramiento.

—Por lo que se dice en la corte, el marqués del Carpio, al igual que nuestro antecesor soberano, ama la pintura casi tanto como a las mujeres, sobre todo a las de más baja estofa —concluyó la hidalga, maliciosa, entre las veladas mofas de sus acompañantes, quienes ante la cara de estupor de la señora de La Torre callaron al punto, mostrándose cautelosas por temor a ser delatadas al tribunal eclesiástico.

—Oh mis queridas dueñas, no os apuréis, que vuestros secretos están a buen recaudo conmigo —terció enseguida Isabel, lisonjera, para ganarse su favor, pareciendo retornar el color a sus espolvoreadas mejillas.

—Dejémonos de estas chanzas —intervino Sancha—. Doña Mariana será anunciada de inmediato y no es menester que nos descubra en estas pláticas tan poco apropiadas en damas de nuestra alcurnia —convino, halagadora y sonriente.

A Isabel no se le escapaba que aquella mujer, embutida en un horrible vestido de lana color calabaza se comparaba sin rubor con ella, señora de su propio mayorazgo, sin tener abolengo ni cuna y con el único mérito de estar casada con el títere de los duques, un pusilánime al que Nuño, su propio esposo, le dictaba las encomiendas que debía cumplir.

Se disponía a contestarle cuando uno de los libreas, que parecía haber perdido el resuello tras subir los escalones a toda prisa, les anunció la inminente llegada de doña Mariana de Córdoba, duquesa viuda de Feria, a la que rendían pleitesía por ser la dama más principal de todos los contornos.

Todas, sin excepción, tornaron a ocupar los asientos que por abolengo les correspondían. Una infinita sonrisa se dibujó en los carnosos labios de Isabel, pues su sitio junto a la duquesa dirimía cualquier disputa sobre quién ostentaba el rango mayor de entre todas ellas.

No tuvieron que esperar mucho más ya que al poco la duquesa, en compañía de dos de sus hijas mayores, Juana y Teresa, se hizo presente en la sala ante la cadenciosa reverencia de todas las dueñas.

Delante de ella estaban, pensó Isabel, regodeándose por ello, las que algún día podrían desposar con su primogénito, heredero natural del mayorazgo de La Torre.

Ajena a todas esas funestas sospechas, la anfitriona tomó asiento en el centro de la sala bajo un baldaquín con los escudos de armas de la casa de Feria. A su diestra se situaron sus hijas, unas altivas muchachas de tez blancuzca y tan empolvadas que la rojez natural de sus mejillas quedaba adormecida. A siniestra, aunque algo más distante, quedó situada Isabel Ramírez de La Torre y, frente a ellas, las demás damas con Sancha y Mencía en fingido recogimiento.

La duquesa había dado órdenes al servicio para que les sirvieran el ágape allí mismo antes de acudir a la oración en la capilla, donde suponía que las esperarían Beltrán y la joven llegada de Flandes, Leonarda, que tanto la había impresionado.

Mariana de Córdoba estaba dispuesta a degustar la tosca comida de los mesteños de sus tierras, tan alejada de las florituras culinarias de palacio. Tan solo el postre, unas tejas de almendras bañadas en almíbar de albaricoque, traídas del obrador de las clarisas, la devolverían a los placeres de la buena mesa.

—Decidme, mis virtuosas damas, ¿cuáles eran las distracciones en mi ausencia? —preguntó para dar pie al entretenimiento que tanto anhelaba.

Ninguna de las presentes se atrevió a iniciar la conversación.

—No olvidéis, mis nobles dueñas, que aquí, tras estos centenarios muros construidos por los antepasados de Feria, no nos debemos al protocolo ni al boato. Tenedme, pues, por una igual —arguyó templada, ávida de nuevas con las que disipar el tedio de aquel día, sin presumir siquiera cuanto acontecería de un momento a otro.

Sancha, con esmerado disimulo, rozó con sus botines de pico de pato el delicado empeine de terciopelo de su sobrina, señal inequívoca para que fuese esta quien iniciase el parloteo que tanto anhelaba la anfitriona.

—Hablábamos, mi señora, de las nuevas escuelas de poetas y dramaturgos que afloran al amparo de la corte —se adelantó Mencía, resuelta, aparentando ser cultivada.

La duquesa la escuchó con esmerado desinterés mientras tomaba un sorbo de manzanilla, como si con ese gesto pretendiera aclararse la garganta.

—Contadnos, mi señora, cómo eran los teatros de la corte... —la incitó Sancha, cobista, para agrado de la ilustre.

—Como bien sabéis, mis amadas damas, desde hace años mis pies no recorren las alfombradas alquerías reales, a pesar de las innumerables invitaciones que se me participan, dado mi abolengo —mintió la duquesa.

Aguardó unos instantes con los que pretendía atraer la atención de las congregadas.

—Así y todo —continuó—, recuerdo con dicha las recreaciones del real coliseo del palacio del Buen Retiro, en la denominada sala de Máscaras, adornada de bellas esculturas marmóreas y de dorados repujados, con enormes palcos separados por celosías y un vasto patio de planta ovalada ahíto de bancos donde se aprestaban infanzones e hidalgos, nobleza de baja cuna —comentó despreocupada, aunque con malicia—, pues los que por nuestro linaje estamos llamados a gobernar y ser grandes de España tomábamos asientos en los palcos más próximos al de Su Majestad —se regodeó.

Las demás la miraban sin pestañear, con una complacida sonrisa por toda respuesta, sin apenas despegar los labios.

—Por Corpus, Sus Majestades siempre nos deleitaban con el estreno de una gran pieza. Precisamente me vienen ahora a la mente los autos de Fernando de Rojas y las obras de Tirso de Molina, estrenadas en tan señaladas fechas y representadas por Bartolomé Romero, un renombrado comediante que contaba con el favor de palacio.

—Cuentan los mentideros que el tal Fernando de Rojas procede de una familia toledana de marranos... —se atrevió a interrumpir la hidalga.

Isabel Ramírez de La Torre supo de inmediato que Mencía había cometido una gran indiscreción, pues era mucha la fama que lo precedía como autor de autos sacramentales, aunque el verdadero motivo no fuera su fe sino que, pensó, tal vez solo pretendiera llenar su bolsa al tiempo de limpiar el buen nombre de su familia.

La duquesa demudó el rostro, lo que pareció pasar desapercibido para la joven ante el estupor de su tía, quien ya no la podía alertar puesto que la mirada escrutadora de doña Mariana se había posado sobre ellas.

—Por lo visto son muchas las comedias que llenan las corralas de la villa y corte, donde el vulgo se divierte a cambio de un puñado de reales con las burlas y los desatinos de sus personajes —concluyó Mencía con una risa destemplada que las incomodó sobremanera.

—Mi amada sobrina —terció Sancha—, como bien sabéis, Fernando de Rojas se caracteriza por ser un consagrado autor de autos sacramentales, de los del gusto de Su Excelencia —dijo mirando a la duquesa, quien seguía mostrando mala cara.

Isabel las observaba expectante y divertida, pues aunque la hidalga no suponía un peligro para sus planes casamenteros futuros, nunca había sido de su agrado por la cercanía que mantenía con la duquesa desde que, siendo muy joven, fuera nombrada su camarera mayor por mediación de su tío, Rodrigo, regidor mayor del Cabildo.

—Más bien, querida tía, destaca por el apego que esos adoradores de Yahvé profesan a la plata, pues de todos resulta conocido que su interés por los autos sacramentales, en vez de por las comedias, le viene dado únicamente porque los primeros se pagan al triple que los segundos; así, mientras que por las comedias le satisfacían con cuatro bolsas de cien reales por pieza, por los autos le daban quince —dijo convencida, para mayor irritación de la duquesa.

Isabel decidió intervenir, ante la incomodidad que esas palabras provocaban en la ilustre. Tal vez pudiera cobrarse el favor más adelante, pensó fría y previsora.

—Mi querida dueña, no deis pábulo a cuanto escuchen tan inocentes oídos —dijo con voz meliflua al tiempo que lanzaba una mirada cómplice a Sancha—. Sin duda todavía sois joven e influenciable, Mencía. Todas sabemos de vuestro sensato gusto por el recato y la decencia con que se representan los autos sacramentales, tan alejados de las comedias, burdas y zafias, con las que se entretiene al vulgo —argumentó, condescendiente, en un premeditado tono compasivo.

Mencía la miró boquiabierta como si todavía no se hubiera percatado del desacomodo que sus precipitadas palabras habían causado.

Doña Mariana permanecía con el ceño fruncido, mostrando una grave ofuscación en su mirada. Sin embargo, no entró a afear lo dicho por la hidalga, más por temor a que la tuvieran por una defensora de los judíos que por el aprecio que pudiera sentir hacia su camarera mayor.

—Propongo, mi señora —terció nuevamente la de La Torre—, que Mencía nos recite una de aquellas piezas sacramentales con las que acostumbra a deleitarnos. Proponed a vuestro gusto... —le sugirió zalamera.

La duquesa, cuyo enojo parecía no haberse disuelto del todo, eligió al fin uno de los autos con los que tanto disfrutaba.

Ninguna de las allí presentes parecía apreciar el gusto por lo sacro, ávidas como se encontraban por vivir emociones que las sacasen de sus encorsetadas vidas, aunque se guardaron mucho de manifestar sus ocultos deseos.

La hidalga, parsimoniosa, se levantó timorata mostrando un falso gesto contrito, que pretendía pasar por un arrepentimiento con el que redimirse de las desafortunadas palabras proferidas momentos antes, dispuesta a ensalzar cada escena del auto para agradar con ello a la duquesa, con el propósito de recitarlas de memoria.

La tarde transcurriría sin mayor encanto que el de la lectura y recitación de salmos, para disfrute postrero de la anfitriona.

Por su parte, Isabel, resignada, intentaba abstraerse de la Pasión sacramental y ya solo pensaba en retornar a su mayorazgo.

Ninguna de ellas suponía lo que habría de pasar en breve, desconociendo las revelaciones de las que iban a ser partícipes.

41

Capilla del castillo de Feria
Hallan la Biblia condenatoria

—Te noto ausente, Leonarda —le confió Beltrán—. Desde hace días presiento que algo te inquieta —prosiguió, pesquisidor—. ¿Qué tienes?

Leonarda lo miró dubitativa, meditando si debía esquivar la pregunta o atajarla de frente.

—No sabría explicar por qué, pero algo en mi interior me dice que los crímenes no terminarán con la detención del clérigo de La Torre.

Beltrán la escuchaba sin levantar la mirada, pues se hallaba preparando las ofrendas a la Virgen que, a no mucho tardar, las nobles damas se encargarían de proferir.

—Leonarda, coge aquellas biblias y dispón una a cada lado de la bancada. Hoy dedicaremos las lecturas a san Pantaleón, patrón de los enfermos —dijo desentendido, como si no hubiera prestado la suficiente atención a lo que su improvisada acólita acababa de referir.

Transcurrieron apenas unos instantes, los necesarios para que el jesuita terminase el rezo de un credo para que, mirándola fijamente a los ojos, le preguntase sin más demora:

—¿Por qué tienes ese temor?

Leonarda llevaba entre sus manos varias de las biblias para disponerlas en el orden de las asistentes a la eucaristía. Se entretuvo hojeando una de ellas, como buscando en sus salmos una explicación a lo que presentía.

—Es cierto que el clérigo de La Torre, el hijo bastardo del anterior señor del mayorazgo, aventura ser el culpable: es conocedor de la Palabra, sabe interpretar los símbolos, podría pasar inadvertido al entrar y salir de las haciendas de los mercaderes y corregidores dada su condición de siervo de la Iglesia..., incluso tenía un motivo para actuar de esa manera tan despiadada contra quienes le desproveyeron de lo que pensaba que eran sus legítimos derechos al estar cegado por la ira y el odio.

Beltrán seguía sus deducciones, como ya lo hiciera días antes, intentando escudriñar su mente.

—Sin embargo..., tanto por lo expuesto como por lo que yo he podido indagar entre las gentes del mayorazgo, es un hombre rudo, huraño, que apenas se aleja de los contornos de su capellanía, incluso de poca sesera, según han llegado a afirmar sus propios parroquianos. ¿Cómo iba a concebir ese macabro plan él solo? ¿Y si hubiera alguien más? ¿Y si el clérigo no fuese más que la mano ejecutora, el ángel exterminador guiado por una mente superior y malévola?

Esas preguntas golpearon las plateadas sienes de Beltrán. No lo había pensado, obcecado como estaba en resolver los crímenes para así regresar cuanto antes con sus huérfanos y desharrapados.

Calló, prudente, pero sabía que Leonarda podría estar en lo cierto y aquello destapó sus temores.

—¡Oh Dios mío! —gritó al pronto Leonarda, con los ojos desorbitados.

—¿Qué te ocurre, Leonarda? ¿Qué tienes? —preguntó sobrecogido el jesuita ante la cara de espanto que vio en ella.

—No puede ser, no puede ser... ¡Oh Dios todopoderoso!

Leonarda contemplaba boquiabierta y con manos temblorosas una de las biblias que estaba depositando sobre los reclinatorios.

—No es posible... —refirió, horrorizada por cuanto parecían desvelar aquellos textos.

Y en diciendo esto empezó, frenética, a hojear el puñado de biblias que tenía a su alcance. Su cara mostraba un horror difícil de disimular mientras Beltrán parecía petrificado en las escalinatas del altar, junto al ábside.

—Faltan hojas, faltan hojas...—repetía fuera de sí.

—Déjame ver —le dijo, aturdido por lo inesperado de la situación.

El jesuita repasó aquellos textos sagrados y pudo comprobar que diferentes páginas habían sido arrancadas de ellos, coincidiendo con los salmos escritos que habían aparecido junto a los asesinados.

Un vahído recorrió todo su cuerpo, pero se mantuvo firme.

—Esto significa... que el asesino ha estado aquí —dedujo atónito.

—No pudo haber sido vuestro prisionero, padre Beltrán.

Nunca salía de las tierras de su capellanía y las distancias hasta este baluarte le resultarían insalvables. Además, jamás le habrían dejado atravesar los muros de esta fortaleza donde huelga la duquesa con sus hijas —confirmó Leonarda—. Es imposible entrar y salir sin ser visto.

El jesuita se mostraba contrariado ante el peso de las evidencias que Leonarda se afanaba en desgranar. ¿Y si estuviera en lo cierto?, pensó taciturno.

—A no ser...

Leonarda ahogó, de pronto, sus sospechas, para desespero del jesuita.

—A no ser ¿qué? —preguntó angustiado.

—A no ser que alguien le proporcionara esas páginas...

—Imposible —rezongó Beltrán—. Esta es la capilla privada de la duquesa de Feria. Aquí solo ora ella con sus hijas.

—Y, a veces, también con alguna de sus damas...

Esas últimas palabras de Leonarda se quedaron suspendidas en el aire como una amenaza que pesara sobre todos ellos.

—¿Qué ilustre dama podría confabularse con un asesino? ¿Y por qué? —preguntó descompuesto el jesuita.

—No lo sé, pero sea quien sea ha de tener una razón oculta y muy poderosa —concluyó Leonarda.

Beltrán no salía de su asombro. Se sentía paralizado ante aquellos descubrimientos que malograban las pesquisas que había llevado a cabo en persona hasta ese momento. «¡Cuán ciego he estado!», pensó cabizbajo, atormentándose por ello.

—Apremiemos a la duquesa y a sus hijas a que abandonen la cámara sin levantar sospechas —determinó Leonarda.

—¿Cómo?

—Conminándola a que tome confesión antes de la eucaristía. Se le debe exigir, si fuera necesario. Tal vez su vida corra verdadero peligro en estos instantes... —auspició alertadora.

—Vayamos, no hay tiempo que perder —concedió Beltrán, desconcertado.

Nada más entrar en la cámara, Leonarda, seguida de un fatigado Beltrán, a quien la subida de los incontables peldaños parecía dejar sin resuello, se situó en un rincón oculto tras unos tapices.

Fue en ese instante cuando ambos, mirándose el uno al otro, comenzaron a entenderlo todo.

En el centro de la cámara, presa de una sentida afectación, Mencía recitaba unos salmos del Evangelio según san Marcos, como si Dios le hablase, embaucando con sus palabras a la duquesa:

Lo que sale de la persona es lo que contamina.
Porque de adentro, del corazón humano,
salen los malos pensamientos,
la inmoralidad y la lascivia, los robos,
los homicidios, los adulterios, la avaricia, la maldad,
el engaño, el libertinaje, la envidia, la calumnia,
la arrogancia y la necedad.
Todos estos males vienen de adentro y contaminan a la persona.

—¡Es ella! —gritó Leonarda dirigiéndose a Beltrán.

Las damas, absortas hasta ese instante, dieron un respingo ante lo inesperado de su aparición.

—Ella... —Leonarda dio unos pasos hacia Mencía y volvió a señalarla—. Ella es la asesina...

—Pero ¿qué decís? —preguntó alarmada la duquesa de Feria ante los gritos ahogados de sus damas y la cara de perplejidad de Mencía—. ¿Acaso habéis perdido el juicio?

Beltrán cayó en la cuenta de que la acusada vestía unos ricos paños ribeteados con un bordón escarlata, de similar factura a los cordones encontrados junto a los cadáveres. Además, recitaba los salmos con afectación, como si realmente pensara que su Dios le hablaba.

—Excelencia... —le contestó Leonarda—, os oí decir que es Mencía quien se encarga de preparar las lecturas. Es la única a la que permitís el acceso a los libros sagrados de vuestra capilla, encargándose después de repartirlos entre las damas que os acompañan en la oración. Allí hemos hallado unas biblias de las que se han arrancado varias de sus páginas...

Isabel Ramírez de La Torre seguía atónita las culpaciones lanzadas por Leonarda mientras Sancha parecía haber perdido el sentido y la duquesa no podía dar crédito a cuanto oía.

—Los escritos encontrados junto a los asesinados coinciden con las páginas arrancadas de algunas de vuestras biblias.

—Es Mencía quien custodia vuestros libros sagrados... —declaró Beltrán, sumándose a las sospechas de Leonarda.

Por unos instantes, un silencio acusador sobrevoló la cámara mientras la inculpada era asaeteada por las horrorizadas miradas arrojadas sobre ella.

—Deberéis acompañadme, he de haceros unas cuantas preguntas —le dijo Beltrán conforme se acercaba amenazante hasta ella con intención de aprehenderla.

De pronto, el sereno semblante que luciera Mencía momentos antes tornó en desquiciado y blandiendo una daga que ocultaba entre los pliegues de su bocamanga asestó una cuchillada al jesuita cuando se encontraba a apenas un palmo de distancia, cogiéndolo descuidado.

Beltrán soltó un alarido de dolor que lo llevó a arrodillarse al tiempo que intentaba taponar la herida abierta sobre su carne. De inmediato, el gris de su hábito se fue cubriendo de un tono tan rojizo como el vino santificado ante el griterío de las dueñas, aterrorizadas por cuanto sus ojos eran obligados a contemplar.

Mientras, al saberse descubierta, una enfebrecida Mencía se dirigió amenazante hacia la duquesa, a quien pretendía asestar una cuchillada mortífera ante la cara de espanto de sus hijas. Tan solo los altos proferidos por la guardia, que acudió presta al oír el vocerío, la hizo desistir, dándose a la fuga.

Leonarda se arrodilló junto a Beltrán para tratar de auxiliarlo y le cubrió la herida con un pañuelo que se desanudó del cuello.

Beltrán, con una mueca de dolor contenida, la miró fijamente.

—Ve tras ella...

42

Cabildo de Zafra
Unos días más tarde... un nuevo e inesperado crimen

A lejo Guzmán se encontraba en la sala capitular del cabildo esperando junto a Nuño del Moral la llegada de Rodrigo, el corregidor mayor, quien parecía haber entrado en una profunda consternación cuando tuvo noticia de la muerte de su sobrina Mencía.

No salían de su asombro ante el estupor que les había causado enterarse de que había sido ella quien ordenase la ejecución de los tres miembros del consejo de aquella forma tan cruenta y sanguinaria. Con todo, mayor tribulación aún les causó conocer que Mencía se había arrojado desde el adarve de las murallas al saberse presa, quedando totalmente abatidos.

Alejado de esos pesares, para el secretario de los duques se revelaba fundamental que Rodrigo siguiera siendo el regidor mayor, pues no era sino un títere en sus manos, a quien manejaba a su antojo mostrándose sumiso ante las órdenes dadas por la casa ducal, por lo que no le costó aducir esas razones ante el joven duque para garantizar que se mantuviera en su cargo.

Para Alejo, que siempre estaba ávido de seguir acaparando parcelas de poder y nuevas riquezas que añadir a su heredad, el mantenimiento del atormentado Rodrigo como regidor mayor del Cabildo le supondría un mayor dominio sobre él que se encargaría en traducir en más rédito para sus negocios hasta que, llegada la ocasión oportuna, él en persona se postulase como aspirante a regidor mayor de Zafra, una vez que el duque, acompañado de Su Serenidad y todo su séquito, se marchase de la ciudad con rumbo a la corte y la normalidad se fuese recobrando poco a poco.

Hasta entonces, tanto a Alejo como a Nuño les convenía mantener a Rodrigo bajo sus órdenes. Ya llegaría el momento de hacerse con el poder real en el ducado, confiando en que la lisonjera vida del joven duque en la corte lo atrapase con sus encantos de hechicera.

Cuestión más espinosa les resultaría explicar al hidalgo de la trata lo acontecido con su esposa, si bien se conjuraron para disfrazar su muerte como si se hubiera tratado de un fatídico accidente ya que, muy a su pesar, pretendían seguir gozando de los favores de Fernando de Quintana para el mantenimiento de la tesorería del Cabildo y del ducado.

En esas resoluciones andaban cuando uno de los justicias, con la faz demudada y desencajado, se presentó ante ellos.

—Señor... —dijo humillándose tembloroso ante el secretario ducal.

—Habla —le espetó Nuño sin miramientos.

—Señor, se ha cometido un nuevo crimen.

—No puede ser... —contestó Alejo, turbado.

Ambos se miraron aturdidos, no creyendo las nuevas que el justicia les anunciaba.

—Han encontrado muerto a Hernán Velasco, el recaudador ducal.

Incrédulos, no salían de su asombro. Hernán Velasco ostentaba el cargo de recaudador mayor otorgado por el anterior duque, don Luis, y desde entonces se había mantenido fiel como un perro a la casa de Feria, aglutinando bajo su manto un enjambre de aduaneros, contadores y recaudadores que sabía gobernar con mano firme a mayor gloria de la hacienda de los duques.

—¿Cómo ha muerto? —preguntó al fin Nuño, abandonando su estupor.

—Su cadáver ha sido hallado en las escalinatas del altar mayor de la colegiata de la Candelaria cubierto por un gran charco de sangre. Su cuerpo ha sido atravesado a espada tantas veces que el cirujano no sabe precisar cuántas estocadas cubren su cuerpo.

Boquiabiertos y espeluznados, enseguida ensombrecieron su mente los peores presagios.

—Hay que redoblar la vigilancia alrededor de la familia ducal y de Su Serenidad. Que permanezcan tras los muros del alcázar —ordenó Nuño de inmediato—. Que se aposten custodios en las haciendas principales y entre los demás miembros del Cabildo.

—Esto aún no ha acabado... —vaticinó Alejo entre dientes.

Nuño ya no le oía, encargado como estaba de dar órdenes al justicia.

—¿Dónde está el justicia mayor? —preguntó desabrido.

—No lo sabemos, mi señor. Hemos enviado a un mensajero hasta su heredad para cursarle aviso de lo acontecido.

—En cuanto regrese, que se dirija al alcázar. Se ha de proteger la vida de los demás regidores. Todos están en peligro —confesó mirando de soslayo a Alejo, turbado ante los nuevos acontecimientos—. Hemos de hablar de inmediato con el padre Beltrán y con... —Hizo una pausa antes de seguir—. Con Leonarda. Fue ella quien descubrió la traición de Mencía. Tanto los duques como Su Serenidad la tienen en muy alta estima, al igual que el jesuita. Sus pesquisas nos serán muy útiles para intentar averiguar quién puede ser el asesino y apresarlo antes de que siga matando a más inocentes. Lo descubierto hasta ahora no es suficiente. Ese malnacido se nos escapa como una sanguijuela.

Alejo asintió, si bien no sabía qué más podía hacer.

43

Dependencias del alcázar de los duques Feria
Afloran nuevas sospechas. Destapando al malhechor

C uando Leonarda quedó a solas con Beltrán, tras la marcha de Nuño del Moral, tardaron un buen rato en reaccionar, aturdidos tras lo acontecido.

—Es el mismo patrón —dedujo Beltrán en voz alta.

—Tal vez no sea exactamente el mismo —dijo pensativa Leonarda.

—Ha sido apuñalado sin piedad, la sangre manaba de su cuerpo enfangando todo cuanto a su paso salía, se ha encontrado un nuevo escrito junto a su cuerpo... —adujo Beltrán, convencido.

—Pero hay pequeños matices que lo diferencian. Esta vez no se ha encontrado ninguna marca junto al cuerpo ni ningún cordón escarlata. En cuanto al escrito... No sé —dijo Leonarda moviendo la cabeza de uno a otro lado como queriéndose convencer a sí misma—. No sé, es muy escueto.

—Es la página de un libro santo.

Leonarda lo tomó de nuevo entre sus manos y releyó con esmerada atención.

—Sí, lo es, pero muy breve, tal vez demasiado, apenas unas líneas:

Jesús salió y se fijó en un recaudador de impuestos llamado Leví,

sentado en la oficina de los tributos,

y le dijo: ¡Sígueme!

—Pertenece al Evangelio de san Lucas capítulo cinco, versículo veintisiete —se apresuró a explicarle el jesuita.

—¿Quién es el patrón de los recaudadores?

—San Mateo apóstol. Era recaudador de impuestos antes de la llamada de Jesús.

—¿Cómo murió? —inquirió nuevamente Leonarda.

—Sufrió martirio... —dijo pensativo Beltrán—. Fue apuñalado ferozmente por un sicario de Hirtaco, hermano del rey de Etiopía, Egipo, quien había abrazado la cruz tras haber resucitado el evangelista a su hija Efigenia, con quien Hirtaco pretendía desposarse.

Leonarda se dio cuenta de que el jesuita cavilaba unos instantes.

—Durante mi estancia en Roma, recuerdo que pude contemplar *El martirio de san Mateo* que la familia Contarelli había encargado al maestro Caravaggio para colgarlo en la iglesia de San Luis de los Franceses. El santo aparecía a los pies del altar en el que se estaba oficiando la eucaristía.

—De ahí la similitud con la posición del cadáver en el altar de la Candelaria —dedujo Leonarda—. ¿Hay alguna cita de san Mateo acerca de los recaudadores? —preguntó al pronto, interesada en conocer la respuesta.

—Sí —contestó sin pensar Beltrán—. San Mateo capítulo nueve, versículo nueve: «Cuando Jesús se fue de allí, vio a un hombre llamado Mateo, sentado en la oficina de los tributos, y le dijo: "¡Sígueme!". Y levantándose, le siguió».

—Son como dos gotas de agua —pronunció Leonarda—. Pero no idénticas.

—¿Adónde pretendes llegar? —preguntó Beltrán removiéndose inquieto en su hábito.

—El asesino tal vez hubiera maquinado este nuevo crimen antes de la muerte de Mencía —dedujo—. Aunque no les dio tiempo de atar todos los cabos, de ahí que falte la marca escarlata que se encontró en los otros cuerpos. Además —prosiguió—, tampoco posee sus conocimientos teológicos. De haberlos tenido, la cita que habría dejado sería la de san Mateo, patrón de los recaudadores, quien, al igual que el desdichado recaudador mayor, sufrió tormento siendo atravesado y apuñalado insistentemente hasta esparcir su sangre por todo el templo.

Beltrán asentía, pensativo, rumiando las deducciones de Leonarda.

—Quienquiera que sea es una mente enferma. Podría haberse ocultado para siempre tras la precipitada muerte de Mencía y la confesión culposa del clérigo de La Torre, aunque obtenida bajo suplicio. Sin embargo, ha vuelto a matar, como si tuviera que terminar una encomienda maldita.

—Nos enfrentamos a un demente que asesina sin piedad. Debemos cazarlo antes de que vuelva a hacer otra felonía y, esta vez, hay que apresarlo vivo. Solo así podremos averiguar la razón de sus crímenes —confesó Beltrán.

—Hasta ahora nunca se había atrevido a tanto. Es cierto que atacaba a los regidores de la ciudad en sus propios talleres, pero asesinar a un recaudador ducal en uno de los templos que más visita la duquesa es todo un desafío —observó Leonarda.

—Nos está diciendo que no tiene miedo a ser apresado ni a ser ajusticiado, lo que le convierte en un asesino muy peligroso.

»Y nos advierte que puede atacar a cualquiera por mucha protección que tenga. Es alguien ciertamente poderoso. Lo tenemos delante aunque no seamos capaces de verlo —vaticinó Beltrán, agotado.

—¿Y si es alguien cuyo propósito fuera atacar al duque? —preguntó alarmada Leonarda.

—No tendría sentido... Además, se ha redoblado su seguridad.

—¿Y si todas las demás muertes fueran para desviarnos de su verdadero objetivo? Atentar contra la familia del duque...

—No tendría sentido —volvió a asegurar el jesuita—. Así y todo, es mejor que pongamos en aviso al duque y, también, a Su Serenidad. Si algo les ocurriera, la catástrofe podría ser aún mayor.

Leonarda regresaba a su alcoba cuando presintió una sombra a su espalda. Miró sobre su hombro, pero no vio nada. Las hachas se habían prendido ya hacía tiempo y mitigaban la oscuridad de los pasillos del alcázar con el vaivén candente de sus llamaradas.

Se acurrucó en una oquedad y esperó, sigilosa cual lince que aguardara para lanzarse sobre un gazapo.

Al poco, unos pasos sonaron no muy lejos de donde se refugiaba de cualquier mirada que pudiera delatarla. Sin pensárselo dos veces, los siguió hasta poder ver quién era aquel que, furtivo en la noche, se adentraba en los aposentos de Nuño del Moral. Se quedó perpleja cuando constató que accedía a la antecámara echándose mano a la empuñadura de su acero.

Presintiendo lo peor, ahogó un grito en su garganta, paralizada por no saber cómo actuar. Pero no había tiempo que perder, se dijo.

Ni siquiera podía dar la alarma llamando a los custodios, que se encontraban en los pisos inferiores, alejados de las estancias nobles del alcázar donde se hallaban.

Decidida, armándose de un valor que no le era desconocido, Leonarda aferró uno de los hachones y se dirigió hacia los aposentos de Nuño dispuesta a intervenir.

Nada más adentrarse en la antecámara, se topó con uno de los criados que había sido degollado por el asaltante y a otro más que a duras penas lograba taponar la hemorragia que una estocada mortal le había propiciado en su vientre. Entretanto, al fondo se oían voces, y al penetrar en la cámara pudo ver horrorizada cómo Nuño del Moral se batía en duelo con el atacante mientras su esposa y sus hijos gritaban aterrorizados.

En un impulso no medido, Leonarda le lanzó el hachón que portaba. Lo hizo con escasa fortuna, pero bastó para atraer la atención del facineroso, lo que aprovechó el secretario ducal para propinarle una estocada en el costado que lo hizo trastabillarse hasta caer al suelo, retorciéndose de dolor. De inmediato, Nuño se sirvió de la ventaja y se abalanzó sobre él con el ánimo de asestarle la estocada definitiva. Sin embargo, una encorajinada Leonarda se interpuso entre ambos.

—¡No! —gritó firme—. No lo matéis. Lo necesitamos con vida...

Nuño, cegado por la ira, se proponía apartarla de su camino, pero Leonarda, decida, insistió con viveza.

—¡No lo hagáis! Precisamos su confesión —le espetó mirándolo fijamente a los ojos—. Podría tratarse de una conspiración para atentar contra el duque, vuestro señor...

Esas palabras hicieron reaccionar a Nuño. Miró a Isabel y a sus hijos y, comprendiendo que se hallaban a salvo, intentó sosegarse.

—Avisad a los guardias —fue todo cuanto pronunció mientras su acero lamía la garganta del caído con indisimuladas ganas de atravesarla.

Presta, Leonarda obedeció. El corazón le latía desbocado. Sabía que la confesión de aquel hombre resultaría vital para, de una vez por todas, conocer la razón de aquellos crímenes. Por eso, tras avisar a los guardias, corrió de nuevo hasta la cámara del secretario ducal con la idea de mantener al prisionero con vida.

«Solo Dios sabe lo que podría pasársele a Nuño por la cabeza en estos instantes», se dijo apremiándose por ello.

Epílogo

El fuerte oleaje bamboleaba la nao a su capricho. Tanto era así, que Leonarda pensaba que la galerna del Cantábrico haría zozobrar la nave como si no quisiera que abandonase aquellas costas.

Se sentía inmensamente feliz por haber podido abrazar a su madre y reconciliarse con su padre, lo que le produjo una paz infinita. Además a no mucho tardar se volvería a encontrar con Alonso, a quien días antes le había anunciado su regreso.

Durante la travesía no podía dejar de pensar en todo cuanto había acaecido aquellos meses desde que zarpase de Flandes.

Por fin logró descubrir al asesino, después de apresarlo vivo y de que, sin necesidad de someterlo a tormento, confesara el porqué de sus crímenes.

Como bien habían deducido Beltrán y ella, la instigadora de los asesinatos fue Mencía, la hidalga de quien nadie sospechaba ya que se mostraba afable y temerosa de Dios, habiendo conquistado el corazón de la duquesa de Feria merced a su engañosa piedad.

Según había confesado el apresado, Mencía pretendía vengar la muerte de sus hermanos, quienes perecieron bajo el yugo de sus explotadores, los regidores asesinados, como consecuencia de la vileza de los trabajos a los que los sometían siendo aún muy niños, de la hambruna que padecían y de las penurias que soportaban.

La propia Mencía había sufrido la tropelía de los poderosos en sus carnes de niña, y tan solo el hecho de que la hubiera acogido su tía Sancha, quien la crio como si de su hija se tratase, la había salvado de un final tan atroz como el de sus desdichados hermanos.

Había jurado venganza y se la tomó con creces. Ella era quien había planeado toda aquella oleada de crímenes, imitando el martirio de los santos patronos de los cofrades muertos. Quería encubrir esas muertes haciéndolas pasar por la obra de un perturbado siervo de Dios, albergando en su mente la idea de denunciar al clérigo de La Torre, a quien inculparía aun sabiéndolo inocente.

Ella le había hecho llegar la túnica con la que amortajar al monago que se despeñó desde el campanario en cuanto lo supo, así como la estola con la que el bastardo oficiaba la misa, bordadas sendas prendas con bordones escarlatas similares a las marcas dejadas junto a los asesinados.

Sabía que esas serían pruebas suficientes para incriminarlo, suponiendo que poco más necesitaría Nuño del Moral para ajusticiarlo y, con ello, quitarse de encima el odioso recordatorio de ser el hermano bastardo de su esposa, Isabel Ramírez de La Torre, a quien había disputado el mayorazgo.

Con lo que no contaba era con que Leonarda descubriría las biblias escondidas en la capilla de la duquesa.

Nunca pudo imaginar que el azar diera al traste con su escondrijo, pues nadie habría osado siquiera pensar que en los sagrados libros de los duques se encontrarían las pruebas de sus crímenes.

Lo que ni Beltrán ni Leonarda habrían llegado a suponer es que el cometedor de aquellos crímenes tan atroces fuese Martín Olite, el justicia mayor, quien confesó que Mencía lo había seducido y convencido para que los ejecutase. El tribunal no le creyó y fue condenado a muerte.

Su cargo le proporcionaba la seguridad que sus víctimas pretendían de él ya que nunca intuyeron que fuera el asesino. Ese cargo le hacía deambular por la ciudad sin levantar sospechas. Dijo haber dado muerte al recaudador por cumplir una promesa a Mencía, a quien aseguró amar perdidamente. Incluso después de la muerte de la hidalga se juramentó para darle suplicio, enajenado por el dolor que le produjo su terrible pérdida al saberla despeñada entre los riscos del alcázar.

Nuño del Moral había sospechado de él cuando no se presentó tras el asesinato del cofrade de los orfebres, no dándole explicaciones convincentes sobre su paradero. Eso y que uno de los confidentes de los duques le había visto por la calle de Platerías momentos antes de que se descubriera el cadáver. Con todo, desterró esos pensamientos, confiando en que no se tratase más que de un desvarío de su agotada mente.

Quiso la Providencia que fuera Leonarda quien lo descubriera justo en el momento en el que se disponía a perpetrar un nuevo crimen, el del secretario ducal, Nuño, mientras este dormitaba en su cámara desprevenido.

Al sorprenderlo a punto de cometer el crimen, Leonarda

le lanzó el hachón que portaba y, si bien no acertó, bastó para que el justicia quedara paralizado durante unos instantes. Fueron breves, pero suficientes para que Nuño se pusiera en guardia e iniciase un encorajinado duelo del que finalmente salió vencedor, aunque gravemente herido, permaneciendo postrado durante algún tiempo pero sin riesgo para su vida. Isabel alumbró prematuramente ante lo acontecido. De todos modos, tras unos primeros momentos de incertidumbre, la criatura recobró el hálito y mamó con fruición de su nodriza, para contento de su valedora, Águeda de Poveda, quien poco después pudo retornar a la corte y disfrutar de los parabienes de la regente.

Entretanto, la duquesa había encargado múltiples novenas por las almas de los desgraciados que fueron asesinados cruelmente y por el esclarecimiento de los crímenes. Por su parte, Beltrán, satisfecho por haber resuelto su cometido y ya restablecido de la cuchillada de Mencía, regresaría a la quietud de su colegio para cuidar de sus huérfanos, aunque no sin antes rendir cuentas a Pascual de Aragón, el arzobispo de Toledo, quien quedaría conforme con sus pesquisas y por haber mantenido al príncipe ocupado, aleccionando al joven duque, lejos de los maniqueísmos de la corte.

Leonarda esbozaba una sonrisa de felicidad. Todo había terminado y ella acudía al encuentro de su amor, como ya lo hiciera años atrás cuando Flandes suponía para ambos la tierra prometida de libertad, una tierra donde se podrían amar en plenitud.

De pronto se sintió fatigada. Un ligero vahído le sobrevino y sus manos corrieron sin meditarlo a posarse en su vientre. Una nueva vida afloraba en su interior. No encontraba el momento de reunirse con Alonso y compartir su dicha.

Se sentía dichosa surcando aquel mar de olas embravecidas y de cielos limpios, donde el sol parecía lucir más brillante y luminoso que nunca y donde el viento insuflaba las velas, como si fuese cómplice de sus pensamientos, empujándola hacia Flandes, donde la esperaba Alonso, feliz por su regreso.

Agradecimientos

Quisiera expresar mi sincero agradecimiento a todas las personas que siempre me han apoyado y han confiado en mí, leyendo mis artículos y novelas, acudiendo a mis charlas, conferencias y presentaciones y a las firmas de mis libros. También a los lectores, a los clubes de lectura y a quienes me siguen en las diferentes redes sociales. Gracias, asimismo, a los medios que dan a conocer mi trabajo y lo muestran al mundo. A todos ellos, que consiguen emocionarme y me motivan para mejorar cada día, les muestro mi gratitud.

Gracias, por otra parte, a la totalidad de los integrantes de Editabundo Agencia Literaria, muy especialmente a Pablo Álvarez y a David de Alba, por su apoyo y fe en mí.

Por supuesto, gracias a Aranzazu Sumalla, mi editora, por elegirme, por descubrirme, por creer en la historia que cuento y en mí, y en cuyas manos me pongo con ojos ciegos, y a Pilar Hidalgo por sus buenos consejos, tan oportunos como enriquecedores. A ambas, mil gracias.

No puedo por menos que mostrar también mi sincero agradecimiento al sello editorial que ha dado luz a esta novela,

Ediciones B, y a todas las personas que lo integran y lo han hecho posible y, ni que decir tiene, a la gran familia internacional de Penguin Random House Grupo Editorial.

También quisiera mostrar un afectuoso agradecimiento a los familiares y amigos que me vienen acompañando en toda esta aventura, mostrándome su confianza sincera e inquebrantable. Aquí me permito hacer una mención especial a mis padres, Felipe (*in memoriam*) y Manuela, que siempre me apoyaron y animaron a seguir mejorando cada día, y a mi esposa, fiel acompañante de viajes e investigaciones, con recomendaciones certeras y sugerentes y mi mejor crítica.

Por último, deseo tener un recuerdo emocionado para María del Pilar Gallego Abellán (*in pace*), a cuya memoria también está dedicada esta novela, así como a sus hijos, Ángel y Alba; a su marido, Ángel María; a sus padres, Tiburcio y María Jesús; a sus hermanos, Olga y Nacho; a Leticia, Mario, Gabriel, Maite, Juanfe... y a cuantos la han querido y no la olvidan, porque ella sigue viviendo en todos nosotros.

Nota del autor

Al concluir esta novela deseo escribir una última reflexión, trayendo a la consideración del lector/a que si se acerca a ella con el ánimo de encontrarse con un libro de historia se equivocará, ya que no lo he concebido así en ningún momento. Se trata de una obra de ficción y, como tal, me he permitido ciertas licencias.

La Biblia escarlata es una novela, solo eso.

La idea de escribirla surgió de forma espontánea, sin siquiera haberla imaginado, al descubrir durante un viaje el personaje de Leonarda, sobre quien tiempo después indagaría en los históricos sitios de Zafra y de Guadalupe, donde hallé referencias acerca de ella.

Durante ese viaje fui escuchando un romance popular, de cadencia deliciosa y envolvente, del que más tarde tendría mayor conocimiento por medio de la tradición oral y de los textos que fui consultando, no olvidándome de su exquisita sonoridad hasta escribir la historia que el lector termina de leer.

Puedo asegurar que cada vez que escuchaba el romance

sentía que sus personajes me hablaban, me pedían que contara sus avatares, aunque de forma algo diferente, por lo que me he permitido escribir una adaptación de la letra tradicional donde en mi novela el personaje de Leonarda arranca casi al final de dicho romance, siendo una consecuencia inesperada de este.

Leonarda resultaba ser una mujer libre, indómita, a pesar de las trabas y lazadas de su época. En mi novela ha conseguido ser la mujer que ella desea para poder decidir por sí misma cómo quiere vivir, desatándose de las ataduras sociales y morales de su tiempo.

Menos musicalizado fue el descubrimiento del personaje del padre Beltrán, más dado a la investigación bibliográfica, pero no por ello exento del mismo interés que tiene Leonarda.

Ambos conforman una inusual pareja barroca de pesquisidores, complementándose mutuamente y no comprendiéndose el uno sin el otro, siendo los dos inteligentes, respetuosos, vivaces, perseverantes, instruidos, comprometidos, sagaces...

Por más, deseo que el lector haya disfrutado de la historia que aquí narro —téngase en cuenta que la novela debe leerse con los ojos de aquella época, cuyas formas de actuar, ideas y pensamientos nada tienen que ver con la nuestra, cuatro siglos después— y que haya podido viajar a través de la centuria en la que se sitúa la trama, que corresponde al Barroco, periodo cultural que abarcó todo el siglo XVII y principios del XVIII, una época caracterizada por fuertes disputas religiosas entre países católicos y protestantes, así como marcadas diferencias políticas entre los estados absolutistas, donde una incipiente burguesía empezaba a cimentar el futuro del capitalismo.

En cuanto al arte, este se volvió más refinado y ornamental, buscando formas sorprendentes en una época de penuria económica. En la novela, tanto Alonso como su compinche y aliado, el marqués de Leganés, Diego Dávila y Mesía, pasan por ser lo que hoy denominaríamos marchantes de arte. Piense el lector que fueron muchos los artistas que atravesaron las fronteras de los distintos reinos en pos del mejor pagador y muchas fueron también sus obras, escultóricas y pictóricas, las que viajaron de una corte a otra e incluso abastecieron palacetes y cenobios allende los mares, en las colonias del Nuevo Mundo.

Como sucedió históricamente, en la novela la trama se hace coincidir también con la parte final del Siglo de Oro español o, más bien, cuando este ya había expirado o estaba a punto de hacerlo. Recuerde el lector que el denominado Siglo de Oro español aproximadamente abarca desde 1492, año del fin de la Reconquista, el descubrimiento de América y la publicación de la *Gramática castellana* de Antonio de Nebrija, hasta 1659, momento en que España y Francia firmaron el Tratado de los Pirineos. Durante ese periodo florecieron el arte y las letras españolas, coincidiendo con el auge político y militar del Imperio de las Españas y de la dinastía de los Austrias —especialmente, en la novela que acaba de leer, tras la muerte de Felipe IV, el Rey Planeta—, lo que suscitaba las envidias de otros países como Francia, Inglaterra, Holanda o Portugal, que confabulaban —a veces con la displicencia de territorios propios como Cataluña, Nápoles o Flandes— en contra de España, si bien tras su fallecimiento, con la subida al trono de su hijo el rey Carlos II, a quien apodaron el Hechizado, comienza el declive de aquella época de esplendor cimentada por el Imperio español de los Austrias coincidiendo, además, con el final de su dinastía y el inicio de la de los Borbones, al morir sin descendencia.

En mi opinión, la figura de Carlos II no ha sido bien tratada por algunos autores por lo que, en cierto modo, deseo recuperar su memoria y decir al lector que, a pesar de todo, durante su reinado se procuró aliviar la presión sobre sus súbditos, consiguiéndose una de las mayores deflaciones de la historia y acabando con las sucesivas bancarrotas en las que incurrieron los Austrias, además de mantener los territorios del Imperio bajo la Corona.

Así y todo, a buen seguro que su apariencia física —mucho más si pensamos en las supercherías de entonces— hacía que pesaran sobre él manifestaciones e informes demoledores, sobre todo avivados por los enemigos de los Austrias, que eran muchos dentro y fuera de sus dominios. En este sentido traigo a colación la descripción que el nuncio papal del momento realizó cuando el joven monarca apenas contaba veinte años:

> El rey es más bien bajo que alto, no mal formado, feo de rostro; tiene el cuello largo, la cara larga y como encorvada hacia arriba; el labio inferior típico de los Austrias; ojos no muy grandes, de color azul turquesa y cutis fino y delicado. El cabello es rubio y largo, y lo lleva peinado para atrás, de

modo que las orejas quedan al descubierto. No puede ende-
rezar su cuerpo sino cuando camina, a menos de arrimarse a
una pared, una mesa u otra cosa. Su cuerpo es tan débil como
su mente. De vez en cuando da señales de inteligencia, de memoria y de cierta vivacidad, pero no ahora; por lo común tiene un aspecto lento e indiferente, torpe e indolente, pareciendo estupefacto. Se puede hacer con él lo que se desee, pues
carece de voluntad propia.

Con todo, como he expuesto, contrahecho o malhecho
—utilizo palabras propias de la época— logró mantener unidos todos los reinos, estados y señoríos del Imperio español,
a pesar de los continuos ataques de las potencias europeas y
las sublevaciones de territorios bajo la Corona anteriormente
referenciados.

Y por si eso fuera poco, consiguió un presupuesto cero
que permitió condonar las deudas a los cabildos —munici-
pios— para que pudieran recuperarse, redujo los impuestos,
terminó con los gastos suntuosos, colocó en los puestos clave
a expertos en la materia y no a políticos o nobles, se logró la
mayor bajada de precios de la historia... No parece pues, a
pesar de las luces y sombras de su reinado, que fuera tan mal
rey como algunos autores nos explican. Es más, permítame el
lector traer a su consideración que en mi opinión lo que se
debería tener en cuenta en un gobernante no es su físico sino
su buena gobernanza, la capacidad de adoptar las decisiones
oportunas en los momentos apropiados siempre en pro de la
ciudadanía.

A mayor abundamiento, ya habrá supuesto el lector que

estas medidas se adoptaron cuando el monarca accedió al trono, tras la regencia de su minoría de edad y, por tanto, en una etapa posterior a cuanto se narra en la novela, ya que en esta el rey Carlos es apenas un niño, sin mayor discernimiento que el de cualquier otro infante de su edad.

Punto y aparte merece la mención a su hermanastro, el príncipe Juan José de Austria. En este sentido, cuando muere Felipe IV deja dispuesto en su testamento lo siguiente (cláusula 37):

> Por cuanto tengo declarado por mi hijo a don Juan José de Austria, que le hube siendo casado, y le reconozco por tal, ruego y encargo a mi sucesor y a la Reina, mi muy cara y amada mujer, le amparen y favorezcan y se sirvan de él como de cosa mía, procurando acomodarle de hacienda, de manera que pueda vivir conforme a su calidad, si no se la hubiera dado yo antes de mi muerte.

A pesar de todo, Su Serenidad quedó excluido de cualquier puesto político de relevancia, ya fuese en la Junta de Regencia o en el Consejo de Estado, lo que provocó en él un gran abatimiento, como así indicaba el propio Juan José por escrito a la reina regente, Mariana de Austria:

> [...] Que no se dirá contra lo más sagrado de mi intención si viesen que Su Majestad me cerraba la puerta que Su Majestad que Dios haya [Felipe IV] me abrió para concurrir en los bancos de un Consejo, que es la puerta del toque de la confianza, y el aprecio de los más relevantes vasallos, ¿acaso lo he

desmerecido después acá con mi proceder, o se ha visto sombra o asomo que pueda oscurecerlo? No, señora, ni esto ha sido, ni puede Vuestra Majestad permitir que me haga un disfavor de este tamaño.

En otro orden de cosas, deseo también compartir con el lector que la trama se desarrolla igualmente durante la época conocida como Edad Moderna, que discurre entre los siglos XV y XVIII, en este caso en concreto ya avanzada la segunda parte del siglo XVII, como he explicado con anterioridad. En ese periodo se suceden los valores de modernidad, razón y progreso junto al capitalismo y el humanismo, y pese a todo ello la esclavitud era una institución consolidada y legalizada, además de aceptada por la sociedad, no siendo hasta el siglo XVIII cuando comienza a apreciarse una decadencia, previa a la abolición definitiva del mercado de la trata, donde la Ilustración cuestiona los métodos y planteamientos de tan vil práctica que, finalmente, desembocará en los movimientos abolicionistas del siglo XIX.

Tanto en España como en Portugal, el libre negocio de los esclavos, traídos de África —principalmente desde Angola pero también desde el Mediterráneo, con las sucesivas contiendas norteafricanas entre cristianos y musulmanes—, en menor medida de las Indias Occidentales, de los cautivos hechos en batalla en el propio continente como es el caso de Hungría y también de Turquía, o incluso de los esclavos nacidos como tales dentro de los reinos peninsulares, además de los moriscos granadinos, era una actividad reglada en plazas y lonjas públicas por ordenanzas y mandatos municipales que los propios cabildos se encargaban de regular, siendo un comercio rentable que generaba pingües beneficios.

Mención aparte merecería la trata de esclavos blancos, de cristianos, por parte de los reyes musulmanes, si bien no voy a abundar más en ello pues considero que en la novela aparece suficientemente referenciada la trata de blancos como para que el lector se haya hecho ya una idea.

Tan aceptada y cotidiana era la actividad y el mercadeo de la trata que es un recurso más en la literatura y la pintura de la época. Recuerde el lector, tal cual pongo como ejemplo en la novela, el cuadro pintado por Velázquez bajo el título *La mulata* y el de Murillo *Tres niños* o lo que se dice en el *Quijote* por boca de su escudero, Sancho: «¿Qué se me da a mí que mis vasallos sean negros? Habrá más que cargar con ellos y traerlos a España, donde los podré vender, y adonde me los pagarán de contado, de cuyo dinero podré comprar algún título o algún oficio con que vivir descansado todos los días de mi vida», o por boca del propio Alonso Quijano: «El cautiverio es el mayor mal que puede venir a los hombres», y, por supuesto, antes que todos ellos, la propia Biblia dice que no se esté sujeto al yugo de la esclavitud, entre otros textos, en la Epístola a los Gálatas.

Por último, traer a la consideración del lector que en esa época la mujer solo tenía un papel que cumplir: poco menos que ser moneda de cambio en un matrimonio convenido por diferentes intereses, políticos o económicos generalmente, otorgándose incluso una dote al hombre que se desposara con ella. Su función no era otra que la de ser esposa y madre, permaneciendo encinta durante buena parte de su vida desde que contraía esponsales.

Tan solo a las mujeres de familia noble se les permitía el acceso a la cultura, al margen de tener alguna actividad relacionada con obras de caridad y de mecenazgo. Las otras solo podían trabajar en sus hogares, además de hacerlo en los campos o ayudando, en ocasiones, en los pequeños negocios familiares o en los oficios propios de su gremio: hilanderas, lavanderas, fámulas, planchadoras...

Como única excepción —aparte de las nobles y, avanzando en el tiempo, también las pertenecientes a familias burguesas, enriquecidas y con poder para intervenir en las políticas del momento—, para acceder a cierto grado de educación y cultura no les quedaba más remedio que optar por la vida consagrada dentro de los muros de un convento.

En el romance popular que inspiró, en parte, la novela que el lector acaba de leer, Leonarda es una joven luchadora y aguerrida a la par que cultivada, enamorada de Alonso —quien le corresponde—, que no aceptó su temprano y convenido casamiento con un rico mercader al que ni siquiera conocía, rebelándose contra el mundo pero con un final cenobita propio de la época en la que transcurre su azarosa vida. En mi novela, por el contrario, transmite la rebeldía de una mujer bravía contra su encorsetado entorno y que, a pesar de su juventud, demuestra ser una persona inteligente, con recursos, destrezas y habilidades, capaz de prever una situación de dificultad o de peligro y adoptar la decisión más oportuna para combatirlo, afrontándolo cara a cara.

El miedo no la paraliza ni le impide seguir hacia delante.

Por todo ello, sentía que Leonarda me pedía que reescribiera su historia, dándome en pensar que tal vez el trovador de aquella época —cobardemente, sin lugar a dudas— no fue capaz de concederle el final que tanto ansiaba y por el que tanto había porfiado, que no era otro que el de ser una mujer que caminaba hacia la modernidad. Un final donde Leonarda y Alonso vivan libres su amor para siempre.

Glosario de personajes*

Leonarda. Personaje a medio camino entre la realidad y la leyenda cuya existencia aparece recogida en diferentes textos, cancioneros, romances y poemarios bajo el nombre de «Leonarda y el mercader de Zafra» o, también, «El romance de Leonarda», siendo objeto de estudio y tratamiento por parte de diferentes ámbitos culturales, musicales y autores, como es el caso del folclorista y compositor Bonifacio Gil García (Santo Domingo de la Calzada-Madrid) en su libro *El cancionero popular de Extremadura.*

Ana María de Aragón. Ana María de Moncada de Aragón y de la Cerda; contrajo esponsales en Roma con el marqués de Castel-Rodrigo.

Marqués de Castel-Rodrigo. Francisco de Moura Corterreal y Melo, gobernador de los Países Bajos españoles.

---

* Según el orden de aparición en la novela.

Isabel Ramírez de La Torre. Isabel Ramírez de Torres, heredera del mayorazgo de La Torre, cuyo parentesco la une con el duque de Abrantes, a quien concedió dicho título el rey Felipe IV. El mayorazgo significó el mantenimiento del poder familiar ligado a la propiedad de la tierra a través de sucesivos enlaces matrimoniales dentro de la familia para mantener la estirpe y el linaje y, sobre todo, la conservación y el aumento del patrimonio.

Luis Ignacio Fernández de Córdoba Figueroa y Enríquez de Ribera. Grande de España, VI duque de Feria.

Príncipe Juan José de Austria. Bastardo del rey Felipe IV y la actriz apodada la Calderona. Fue reconocido como hijo por el propio rey cuando contaba trece años y se le otorgó el tratamiento de Su Serenidad y el título de alteza. Destacó por ser un gran estratega, militar y embajador.

Luis Mauricio Fernández de Córdoba y Figueroa. Grande de España, VII duque de Feria.

Mariana Fernández de Córdoba Cardona y Aragón. Duquesa consorte de Feria, prima y esposa de Luis Ignacio Fernández de Córdoba Figueroa y Enríquez de Ribera, madre de Luis Mauricio Fernández de Córdoba y Figueroa.

Antonio Baltasar. Hermano menor del VII duque de Feria.

Pascual de Aragón. Representante de la Junta de Regencia del futuro rey Carlos II, primero como inquisidor general y, posteriormente, como arzobispo de Toledo.

Mariana de Austria. Hija de Fernando III, emperador del Sacro Imperio Romano Germánico, y de la infanta María Ana de España. Reina consorte de España por el matrimonio con su tío, Felipe IV de Austria, y madre y regente del rey Carlos II, apodado el Hechizado.

Príncipe Carlos. Futuro rey Carlos II, el Hechizado; hijo de Felipe IV y Mariana de Austria; hermanastro del príncipe Juan José de Austria. Se le atribuye el inicio de la decadencia española frente al poderío francés de Luis XIV, si bien durante su reinado se recuperaron las arcas públicas, finalizó el hambre y se vivió una época de paz que mantuvo todos los territorios del Imperio bajo su reinado.

Marcos de Velasco. Francisco Marcos de Velasco y Alvear. Caballero de la Orden de Santiago, gobernador de Amberes y capitán general del ejército de Flandes.

Fernando III. Emperador del Sacro Imperio Romano Germánico. Padre de Mariana de Austria, esposa de Felipe IV y madre de Carlos II.

La Calderona. María Calderón, actriz y amante de Felipe IV, madre del que luego fuera príncipe Juan José de Austria.

Felipe IV. Rey de las Españas, apodado el Rey Planeta. Su reinado duró más de cuarenta y cuatro años, siendo el más largo de la casa de Austria. Durante él tuvo que hacer frente a numerosas crisis sociales, revueltas y guerras que irían mermando su ánimo y su salud. Amante del arte, consiguió reunir una de las mejores pinacotecas de toda Europa.

Juan Everardo Nithard. Jesuita austriaco confesor de la reina regente Mariana de Austria, quien lo nombró en el cargo de inquisidor general y miembro de la Junta de Regencia del futuro rey Carlos II.

Los Velasco. Nobles españoles, condestables de Castilla.

Murillo. Bartolomé Esteban Murillo, pintor sevillano perteneciente al Barroco español.

Diego Dávila y Mesía. Diego Dávila Mesía y Guzmán, III marqués de Leganés. El marquesado de Leganés es un título nobiliario español creado por el rey Felipe IV.

Gaspar Sanz. Compositor y guitarrista español.

María de Sandoval. Noble española afincada en Toledo, esposa del conde de Orgaz.

Conde de Orgaz. Noble español afincado en Toledo.

Padre Juan Beltrán. Juan Carlos de Andosilla, jesuita que enseñó en el Colegio Imperial de Madrid materias como Matemáticas y Gramática y autor, junto a los también jesuitas José Zaragoza y Bartolomé Alcázar, del libro de instrumentos matemáticos que el duque de Medinaceli regalaría después a Carlos II, de quien fue su maestro y cosmógrafo real, defendiendo los intereses de la Corona ante el papado.

Rembrandt. Pintor representante de la denominada Escuela holandesa o Barroco neerlandés.

Archiduques Alberto e Isabel Clara Eugenia. Mandatarios de las provincias del Norte, independientes del Flandes de los Austrias, que protegieron las artes y las ciencias, así como la agricultura, el comercio y las leyes.

Pablo Rubens. Pintor y máximo representante de la Escuela de Amberes, exponente del denominado Barroco flamenco.

Anton van Dyck. Discípulo de Rubens y, como él, pintor de la Escuela de Amberes, exponente del denominado Barroco flamenco.

Alfonso VI de Portugal. Apodado el Victorioso, hijo del rey portugués Juan IV y de la noble española Luisa de Guzmán; de la casa de Braganza.

Los Gallo. Familia de estirpe noble española, asentados en Flandes.

Los Pérez de Malvenda. Familia de estirpe noble española, asentados en Flandes.

Alejandro VII. Santo Padre.

Carreño. Juan Carreño de Miranda, pintor de cámara en la corte de Carlos II, a quien retrató en el salón de los Espejos del Real Alcázar de Madrid.

Diego Velázquez. Diego Rodríguez de Silva y Velázquez, pintor sevillano, maestro de la pintura universal cuyo estilo destaca por su asombroso dominio de la luz, de pinceladas rápidas y sueltas. Fue nombrado pintor de cámara por el rey Felipe IV. Algunas de sus obras más destacables son *Las meninas* y *Las hilanderas*.

Duques de Benavente. Nobles españoles coleccionistas de arte, en especial de obras de autores flamencos e italianos, si bien constituyeron el núcleo de su pinacoteca las pinturas de Murillo.

Duques de Villahermosa. Junto al de Híjar, el ducado de Villahermosa era el único existente en Aragón. Coleccionistas de arte.

Los Nelli de Espinosa. Banqueros vallisoletanos de ascendencia italiana.

Francisco de Zurbarán. Pintor extremeño del Siglo de Oro español que destacó por la pintura de temática religiosa, de gran carga visual y misticismo. Figura de la Contrarreforma, innumerables fueron los encargos y contratos para los mercedarios y cartujos sevillanos y para los jerónimos del monasterio de Guadalupe. Sobresalen entre sus obras maestras: *Agnus Dei, El martirio de san Serapio, La Inmaculada Concepción* o *San Hugo en el refectorio de los cartujos.*

Juan de Flandes. Pintor español de origen flamenco representante del Renacimiento español.

Fray Juan María. Religioso y pintor español.

Isabel I de Castilla y Fernando II de Aragón. Los Reyes Católicos.

Condes de Rivadavia. Nobles españoles.

Marqueses de Valverde. Nobles españoles.

Duque de Uceda. Noble español.

Luis de Haro. Político español.

Bartolomé Hurtado. Alarife real.

Príncipe Baltasar Carlos. Primer y único hijo varón del rey Felipe IV y su primera esposa, Isabel de Francia, destinado a suceder en el trono a su padre. Murió prematuramente, al igual que su madre, por lo que el monarca decidió contraer segundas nupcias con su sobrina Mariana de Austria, a la postre reina regente y madre del futuro Carlos II.

Guillén de Moncada. Guillén Ramón de Moncada, marqués de Aytona; miembro de la Junta de Regencia del futuro rey Carlos II.

Cristóbal de Valldaura. Cristóbal Crespí de Valldaura, vicecanciller del Consejo de Aragón y miembro de la Junta de Regencia del futuro rey Carlos II.

Gaspar de Bracamonte. Gaspar de Bracamonte y Guzmán, conde de Peñaranda, representante del Consejo de Estado en la Junta de Regencia del futuro rey Carlos II.

García de Haro Sotomayor. García de Haro Sotomayor y Guzmán, conde de Castrillo, presidente del Consejo de Castilla y miembro de la Junta de Regencia del futuro rey Carlos II.

Pacheco de Narváez. Maestro de esgrima del rey Felipe IV.

Marqués del Carpio. Noble español.

Tiziano. Pintor italiano.

Bartolomé Romero. Actor español.

Juana, Teresa y Mariana. Hijas de los VI duques de Feria.

Tirso de Molina. Seudónimo de fray Gabriel Téllez, religioso mercedario nacido en Madrid que destacó como dramaturgo, poeta y narrador del Barroco.

Fernando de Rojas. Escritor español cuya obra cumbre fue *La Celestina*.

Familia Contarelli. Nobles italianos.

Caravaggio. Pintor italiano.